好莱坞剧本医生的故事课

WRITING FOR EMOTIONAL IMPACT

如何写出富有情感冲击力的好故事

[美] 卡尔·伊格莱西亚斯（Karl Iglesias） 著

王春 译

华夏出版社
HUAXIA PUBLISHING HOUSE

Writing for Emotional Impact: Advanced Dramatic Techniques to Attract, Engage, and Fascinate the Reader from Beginning to End

Copyright © 2005 by Karl Iglesias

北京市版权局著作权合同登记号：图字 01-2022-6615 号

图书在版编目（CIP）数据

好莱坞剧本医生的故事课 ： 如何写出富有情感冲击力的好故事 ／（美）卡尔·伊格莱西亚斯（Karl Iglesias）著 ； 王春译． — 北京 ： 华夏出版社有限公司，2025． — ISBN 978-7-5222-0766-7

Ⅰ．Ⅰ053.5

中国国家版本馆 CIP 数据核字第 2024T4Q288 号

好莱坞剧本医生的故事课

作　者	[美]卡尔·伊格莱西亚斯
译　者	王　春
责任编辑	陶　鹏
责任印制	周　然

出版发行	华夏出版社有限公司
经　销	新华书店
印　装	三河市少明印务有限公司
版　次	2025 年 1 月北京第 1 版 2025 年 1 月北京第 1 次印刷
开　本	880mm×1230mm　1/32 开
印　张	11.25
字　数	271 千字
定　价	59.00 元

华夏出版社有限公司　　地址：北京市东直门外香河园北里 4 号　邮编：100028
网址：www.hxph.com.cn　　电话：（010）64618981
若发现本版图书有印装质量问题，请与我社营销中心联系调换。

目录

第四章

主题：普世意义

/ 048 /

第五章

角色：引人入胜的共情

/ 065 /

第六章

故事：逐渐紧张的局势

/ 107 /

第七章
结构：有吸引力的布局
/ 161 /

第八章
场景：令人着迷的时刻
/ 176 /

第九章
描述：扣人心弦的风格
/ 213 /

第十章
对话：生动的声音
/ 249 /

第十一章
最后的思考：在纸上作画
/ 343 /

附　录
电影名称中英文对照表（译者注）
/ 350 /

第一章

引言：传递情感

书里的人发生了什么不重要，重要的是读者的心
灵与思想里发生了什么！

——戈登·利什[1]

读剧本有三种感受——无聊、有兴趣和"哇！"。作为一名编剧，你的工作就是在尽可能多的页面里创造出那些让人惊叹的感受。这本书是献给所有想要表达这一感受的作者，只有他们才真正明白，要讲好故事只需要做对一件事——在情感上吸引读者。

"写作要制造情感冲击"是给那些沮丧的作者们的灵丹妙药。他们花费数百美元购买书籍、参与研讨会，最终认识到他们所鼓吹的公式化写作只能带来枯燥的阅读体验，读者的评价只会是"及格"，迫切需要令人兴奋的素材的高管们也不会给他们回电话。尽管专家们的意愿很好，但是就算你读过剧本写作方面的书，参加过相关研讨会，并掌握了相应的写作规则和原则，你也还只是在写作的路上

---

1 译者注：戈登·利什（Gordon Lish），美国文学编辑，生于1934年，编辑过雷蒙德·卡佛、巴里·汉纳、艾米·亨佩尔、里克·巴斯和理查德·福特等作家的书籍。他是小说家阿提库斯·利什的父亲。

走到一半。即使大多数专家认为，你必须写一个和读者有关的剧本，但我并没有看到剧本质量显著提高。当然，剧本看起来确实好了点。我们听到新手惊呼："看，它的结构很棒……我找到了它们的情节发展点……我的主人公经历过英勇的旅程，最终发生改变。"结果却功亏一篑。要明白，尽管任何剧本的重要组成部分都包括这些基础结构，有些书还提供了非常优秀并有价值的建议，但是，如果你想在写作的路上"毕业"，还得继续读下去。

为什么又写一本关于剧本写作的书？

你们中的有些人可能会想："我们真的还需要一本关于如何写出畅销的好剧本的书吗？"正如罗伯特·麦基[1]所说："我并不需要另一本烹饪书来重新加热好莱坞的剩饭剩菜。"我完全同意他的观点。看看书架上和网上已经有多少本同类书了——我最近在亚马逊网站上搜索，结果有超过 1200 本！真让人难以置信。在过去的三十年里，从书籍、杂志、研讨会、网站、电影到学校的研究生课程，更别提咨询顾问和编剧大师，他们都在致力于向有追求的作者提供跟剧本创作基本原理和原则有关的丰富知识，并保证，如果你将特定的事件按照特定的顺序排列在特定的页码，你就能创作出优质剧本，并实现热卖。然而，什么都没有改变。

目前市场上的大多数剧本都具有公式化、机械化、可预测化的特点，因而让读者感到很乏味。这是为什么呢？因为剧本创作不只是要将理论和情节放在一起烹饪。诚然，你需要了解这些基础知识，

1　译者注：罗伯特·麦基（Robert McKee）（1941.1—），美国作家、编剧、导演。罗伯特早年做过演员，1981 年，受南加利福尼亚大学邀请，他开设了"故事"培训班，该培训班已成为全球最大的故事与写作公司。

但是要创作出一个优秀的剧本，这些显然还远远不够。

在我的《编剧自我修养——好莱坞顶级作家的成功秘诀》[1]一书中，奥斯卡最佳编剧阿齐瓦·高斯曼（代表作品包括《铁人灰姑娘》《我》《机器人》《美丽心灵》）写道："编剧就像时装设计师：所有的衣服都有相同结构，比如一件衬衫有两个袖子和纽扣，但并非所有衬衫看起来都一样。大多数课程和书籍都会告诉你，一件衬衫有两个袖子和纽扣，然后期待学生能设计出一件时装设计师才能设计出的衬衫。"我还采访过作家霍华德·罗德曼（Howard Rodman），但由于本书篇幅有限，我没有把他囊括进来，他补充说，这些写作规则、原则和理论已经"越来越成为糟糕的发行主管们手里的工具。在工作室中，表演结构、刺激性事件、情节要点和页码这样的东西只会把那些只有一个人能写好的剧本变成任何人都能写的剧本"。

不妨直说，写作这本书有两个原因。原因之一是向沮丧的作者们提供他们在其他地方都找不到的内容，即使已经有多到令人难以置信的剧本创作信息，但有追求的作者仍然迫切需要有价值的内容。我在各类研讨会上听到他们抱怨，尽管读过一本书接一本的书，参加过一个研讨会又一个研讨会，但是自己并没有学会任何新东西。对这一切，他们已经厌倦了。原因之二来自我的私心：作为一名忙碌的讲师和剧本顾问，我也已经厌倦了阅读糟糕的剧本。我的想法是，如果我将专业作家使用的技巧都阐述出来，初学者将能把他们的写作水平提升到一个令人满意的高度。它可能还是卖得不够好，但至少能提高作者们的写作水平，最终使阅读体验更好一些。

1　译者注：《编剧自我修养——好莱坞顶级作家的成功秘诀》（*The 101 Habits of Highly Successful Screenwriters*）于 2012 年由电子工业出版社引进出版。

是时候越过那些最基本的要素，专注于剧本创作的真正核心——为读者创造情感体验。好的作品之所以好，是因为你阅读时会有所感悟。这就是为什么一部卓越的电影可以长达三小时，而你却毫无觉察。而在度过糟糕的90分钟时，人们会感觉像过了90个小时。这就是心理学家称电影为"情感机器"的原因。情感体验是我们看电影、看电视、玩电子游戏、读小说、观看戏剧和体育赛事最令人信服的理由。然而，情感反应却又是一个经常被忽视的对象。

当我成为一名剧本阅读人时，我认为现在对编剧们来说是美好年代，因为我们以前可没有这么多有价值的指导建议。我想我会读一些不错的剧本，尤其是来自CAA、ICM和威廉·莫里斯（William Morris）这样的大型文学公司的很多剧本。可是，天哪，我错了！在过去这么多年里，我读过几百本剧本，但我只能推荐出其中五本。当然，我否定了很多在技术上完美无缺的剧本——没有拼写或格式错误，结构完善，所有规定的动作都出现在"正确"页面上。其实，主要问题是他们给人的感觉都一样，仿佛用同一个老套的刻板算法在计算机上生成的。我感到震惊的地方不仅在于即便经过指导的剧本充其量也只能算平庸之作，更令我恼火的是许多有才华的作者花钱接受毫无用处的指导，而这导致他们反而一无是处。直到今天，在很多有追求的作者当中，仍然存在着一种令人惊讶的意识缺失，他们不明白优秀的剧本创作到底跟什么有关。情感而非逻辑，才是戏剧的素材。情感是剧本的灵魂。

关于情感的思考

如果编剧们认真对待这种观点，不把他们的劳动成果看作两个无头钉固定起来的110页大纲，而是看作对一种强烈的令人满意的情感体验的承诺，结果会如何呢？想想看，一旦你真正理解读者对于伟大故事的情感需求，要推销一个剧本将多么容易。为什么一个故事能抓住读者，而另一个故事令读者厌倦？为什么有些文字能超越字面，满足读者的感情需求，而另一些则让读者产生扔掉剧本的冲动？与读者产生情感交流才是成功的唯一法门。

首先，你必须转变自己的观点。要从考虑电影观众转向为读者写作。大约两百名艺术家共同努力的最终成果展现在荧幕上，才会带给你电影院中的体验，你可以从配乐、剪辑、摄影、导演、布景设计等方面体验情感。而阅读是一项个人活动，只存在于读者和书面之间，它是一个人与文字的联结。读者只会从你的文字和你把它们串在一起的方式中体会到情感。你是唯一对读者情感反应负责的人。如果这不是他[1]想要的回应，或者他觉得无聊而不是着迷，那就意味着游戏结束。你还认为写剧本很容易吗？当然，用合适的格式写110页文字，用上粗体字、描述和对话确实很容易。但保持读者的兴趣、调动他的情绪则是另外一回事。

是时候从担心前十页的内容转变为认识第一页的重要性，然后是第二页、第三页……事实上，重要的是第一个节拍、第一个词、第一句话。一些读者告诉我，他们的老板以随意阅读一页而闻名。如果这页不能吸引他们，如果这页不能让他们产生继续翻开下一页的欲望，他们就会丢开剧本。你自己试试阅读那些经典剧本。拿起《卡萨布兰卡》《唐人街》或《沉默的羔羊》，随便打开其中一页，展开阅读。即使你不知道这段内容在故事中处于什么位置，你也会被

1　作者注：为了读起来简单明了，使用男性化的"他""他的"和宾语"他"，但这里的"他"其实为中性，指代男性和女性读者、作家、角色、演员、高管等。没有性别歧视的意图。

对话、人物或场景中的冲突所吸引，继而想翻看下一页。这才应该是你为自己设置的优秀标准。

是时候从幻想在屏幕上看到你的剧本，转向建立你和读者之间的信任了。每次读者拿起剧本，他都相信你是一名专业作家，能创造出令人满意的情感体验。如果你的写作技巧不够好，无法提供读者想要的那种体验，那么你就辜负了读者的信任，他们也不会对你的下一部剧本抱期望了。

是时候放弃提交不合格的初稿了，因为你不能指望制片人给你一张百万美元的支票，只是为了等你磨炼技巧、测试每一页剧本所表达的情感。

是时候从肤浅的规则、页面模板和准则转向锻炼实用的技能和技巧，进而为读者带来他们所需要的情感体验了。

但可能你还是不相信这些。也许你想要一些确凿的证据来证明，在好莱坞情感就是一切。情感体验不仅仅是故事的精髓，也是好莱坞的买点和卖点。

好莱坞做的就是传递情感的生意

你已经知道这是一门生意，但当你仔细想想，好莱坞以情感为交易对象，在电影和电视中精心包装情感体验，这门生意每年的价值达一百亿美元。正如我前面所说，电影和电视节目是"情感机器"。

悬疑和操控观众的大师阿尔弗雷德·希区柯克[1]曾对作家欧内斯特·雷曼（Ernest Lehman）说："我们不是在拍电影；我们在演奏风

1　译者注：希区柯克（Alfred Hitchcock）（1899—1980），出生于英国伦敦，著名导演、编剧、制片人、演员，代表作品有《房客》《讹诈》《三十九级台阶》《失踪的女人》《蝴蝶梦》《爱德华大夫》《深闺疑云》《美人计》《后窗》等。

琴，就像在教堂里一样。我们按下这个和弦，观众笑了；我们按下那个和弦，他们倒抽一口气；我们按下这些键，他们咯咯地笑起来。总有一天，我们不用拍电影了。我们把他们连接到电极上，然后播放各种情绪让他们在剧院里体验。"

看看好莱坞给情感做广告的方式——电影预告片、报纸广告。下次你看到一段预告片，可以从中抽离出感情，自己展开分析。注意每个场景中的瞬时图像或短暂片段是如何于刹那间唤起特定情感的，这些图像的合集向潜在观众许诺，他们将获得奇妙的情感体验，为此付出的票价很值得。

看看现代电影在报纸上的广告，你会发现大多数广告都有评论摘要，有些来自知名的影评人和媒体，但大多数来源未知。你难道不觉得奇怪吗，为什么市场部会将它们选出来放到广告里，甚至还会编造一些评论？原因之一就是，当观众选择周六晚上看哪部电影时，这些赞扬往往是决定性因素。

电影市场营销人员的关键工作就是从影评人的评论中提炼出这些溢美之词。认真关注一下评论，你会看到以下词语和句子："全程无尿点，充满活力、有趣味、热烈、刺激、不可预测，一段引人入胜、令人难忘、紧张非常的电影体验，令人心潮澎湃，张力强、诱惑大、超级扣人心弦，一段不可思议的旅程，情感冲突巨大，带给人巨大的满足感。"

"结构精良，情节精彩，对话新颖！"你最后一次看到这种电影广告是什么时候？罕见！你经常看到的是情感宣传，它给你一种承诺，承诺你将在看电影时感受到某种情感。他们出售情感，因为这正是观众想要的。

你的剧本能与你给读者的情感承诺相匹配吗？问问自己，如果你的剧本在情感层面很失败，为什么电影公司要给你的剧本投资八千万美元呢（这是如今电影制作和营销的平均成本）？如果没有对情感技巧的发展做出完全承诺——换句话说，在你能够唤起读者强烈的情感之前，一个剧本接一个剧本地写、试图推销你的剧本，都是在浪费时间和金钱。

我希望你被说服了，好莱坞确实在买卖情感体验。因此，如果你想成为一名成功的编剧，必须在剧本中创造出情感体验。过往的书籍、研讨会都有助你建立一个坚实的基础，但是现在你需要技能和工具来创造这种情感体验。你需要戏剧技巧，你需要写作技能。

"技巧"意味着唤起情感共鸣

一个有追求的作者需要不断磨炼写作技能，这个说法你已经听过几百遍。但这到底意味着什么呢？一般来说，写作技能就是知道如何让事情发生到纸面上。具体来说，它是一种控制语言的能力，可以在读者脑海中有意识地创建出情感或形象以吸引他的注意力，并通过感人的体验鼓励他。简而言之，写作技能就是通过书面上的文字与读者建立联系。正如罗伯特·麦基所说，这一切都是关于"一个讲得好的好故事"。讲得好意味着能唤起情感。

伟大的作家本能地就会运用语言技巧唤起观众的情感反应。在故事的每一时刻，他们都与每个角色的感受、期待或恐惧情绪保持合拍。他们不相信艺术纯属偶然。伟大的作家无时无刻不在操控读者的情感——从第一页到最后一页的每一页。这就是写作技能。本书中介绍的所有技巧都来自那些非常成功的编剧，他们掌握了这门写作技能，创作出的优秀剧本后来都拍成了著名电影。

身为作家的双重任务

> 艺术是火与代数的融合。
>
> ——豪尔赫·路易斯·博尔赫斯[1]

你的工作就是诱惑读者，让他们不断翻页去看看接下来究竟会发生什么，让读者产生强烈的兴趣，以至于沉迷其中，将自己"带入"你所创造的世界中。你要让他们忘记自己其实是在阅读一页纸上的文字。为了做到这一点，你必须找到最令人兴奋并全情投入的方式来讲述故事。

"好故事，讲得好"包含两个要素。因此，你身兼双重任务：首先，创造你的角色所处的虚构世界和生活（一个好故事），大多数书籍和研讨会都教过这些，以激发你的创造力——如何创造概念，从零开始塑造角色，推动故事发展和建构情节结构。其次，为读者创造出预期的情感效果（讲得好）。我们已经厌倦了那些把故事讲得一团糟的作家和电影制片人。这种感觉也同样适用于阅读过成千上万本糟糕剧本的人，不是因为故事平庸，而是因为讲得不好。正如博尔赫斯的那句话所说，讲故事的优秀能力是纯粹的创造性才能（火）和高度娴熟的技巧（代数）的融合体。

有些人可能会说，这点显而易见。每个优秀的作者都知道自己需要吸引读者。当然，有才华的作者都知道这一点。但你会惊讶地发现，有那么多作者并没有花费足够的精力去研究这门写作技能，

1　译者注：豪尔赫·路易斯·博尔赫斯（1899.8.24—1986.6.14），阿根廷诗人、小说家、散文家兼翻译家，被誉为作家中的考古学家。代表作品有《老虎的金黄》《小径分岔的花园》等。

以至于他们并不知道如何去做。他们甚至没有意识到自己是在为读者写作。他们总在寻找写剧本的捷径——简单的解决方案、人物图表和填空模板。大量人为的、千篇一律的、按数字排列的、因此被拒绝的剧本清楚地表明，这种作者真的存在。

大多数人认为写剧本很容易，就像玩电子游戏一样。越来越多的剧本编写软件也助长了他们的这种想法。用模板写110页的剧本小菜一碟。每个人都能做到。而写110页能打动读者、让他始终保持兴趣的剧本，这要比看起来难得多。这需要天赋和写作技能。

由此可见，写作技能意味着在纸上唤起情感，但我们所讨论的情感究竟是什么呢？

情感体验的三种类型

读剧本或看电影时，我们会经历三种不同类型的情感，我称之为"三个体验"：窥探隐私体验、间接体验和本能体验。理想情况下，你的剧本应该在所有这三个层次上都能吸引读者。

窥探隐私体验与我们对新信息、新世界和人物间关系的好奇心有关。这种感受来自作者的激情和好奇，因此无法传授。但你可以学习一些你感兴趣的东西。好奇、想知道、想理解、想偷听秘密的谈话，都是窥探隐私这种情感的例子。我们明知有假装的成分，反而愈发加深了这种感受——我们知道在私密的场景中，自己不会因为"窥视"而被"抓住"。"假装"是分隔真实和虚拟世界的玻璃墙，将在剧本中创造事件与我们在现实生活中可能经历的后果的恐惧分开。例如，在现实生活中，我们不想在鲨鱼出没的水域游泳。但当你坐在黑暗中看《大白鲨》，你可以想象自己在水里，而不用担心被鲨鱼吃掉。

至于间接体验，当我们认同一个角色时，我们就变成了他们。我们感角色之所感，通过角色间接地过他们的生活，这不再是一个处于挣扎中的人物的故事，这是我们的挣扎。这些体验来自你刻画的主要角色的经历，因此它来自你所设定的事件。我们对人性和人类处境的好奇心会强化这种间接体验性情感。如果我们识别出这个角色所经历的情感，并且和这个角色发生联结，就能间接地体验到相同的情感。

本能体验是我们在看电影时最想体验的情感，也是你想让读者在看剧本时感受到的情感。它们包括兴趣、好奇、期待、紧张、惊喜、恐惧、兴奋、欢笑，等等，史诗级电影和特效，以及我们花钱去感受的身体刺激。如果你的剧本传达了相当多发自内心的本能情感，它就会给读者一种娱乐过的感觉。

本书介绍的大多数高级技巧是为了唤起内心的本能情感。但在我们继续讲之前，我们必须理解角色情感和读者情感之间的区别。

角色情感与读者情感

区分这两种类型很重要。例如，在喜剧中，一个角色的情感可能是紧张，但作为观众，我们的情感是笑。或者在惊悚片里，角色可能很冷静并对危险一无所知，而我们却在为他担心，因为我们知道一些他不知道的事情。这一区别至关重要，因为那些对情感在剧本中的重要性有大致了解的作者会过多关注角色的情感。例如，他们认为如果自己安排一个角色哭，我们就会感到悲伤或遗憾。但这种对情感在剧本中的重要性的认识还不够，想想看，有多少角色情感强烈的剧集让观众感觉单调？因为观众已经厌倦了这种无法激发内在本能情感的作品。你的角色是否痛哭并不重要，重要的是读者是否哭泣。就像戈登·利什所说："书里的人发生了什么不重要，重要的是读者的心灵与思想里发生了什么！"

本书的价值

这本书直接触及源头——成功的编剧技巧，分析经典案例，并展示一种大杂烩式的讲故事技巧和行业技巧，目的只有一个——加强读者与文字的联系。

《编剧自我修养——好莱坞顶级作家的成功秘诀》研究了非常成功的编剧的工作习惯，希望读者通过学习这些习惯来获得成功，而本书则介绍了那些编剧独特的戏剧写作技巧，希望读者通过学习成功剧本的写作技巧来获得成功。《编剧自我修养——好莱坞顶级作家的成功秘诀》跟讲故事的人有关，而这本书跟故事如何讲有关。

这本书的目的不是划下条条杠杠，而是探索并呈现。在这里，你不会读到"必须"和"应该"。我没法告诉你怎么写，也没有人可以告诉你怎么写。但我坚信可以有一些方法，而不是规则能帮助你。我可以向你展示优秀的剧本中是什么在起作用，熟练的作家如何抓住读者的注意力，并从头到尾一直抓着它不放，以及如何在这两者之间表现出广泛的发自内心的情感。我希望你能运用这些技巧，并将它们与技能、天赋和想象力结合起来，创造出伟大的艺术作品。唯一重要的规则是剧本的效果，换句话说，它能让读者全情投入。事实上，这是好莱坞唯一没有例外的规则。规则、原则和公式跟做什么有关，技能和技巧跟如何有效地做这件事有关。没有页码相关规定，只有基本的讲故事的方法。把它们放在你的工具箱里，然后按需使用。

这本书的目的是补充而非取代其他编剧书。因为它建立在基础编剧书之上。所以，如果你是一名彻彻底底的初学者，对编剧这项技能一无所知，那么你首先需要阅读的是基础编剧书籍，以打下坚实的基础，然后再阅读这本书进行完善性训练。

编剧请注意

在我们继续本书的论述之前，我想提出一些注意事项：如果你喜欢电影的"魔力"，那还是把本书放回书架吧。这本书提供的先进技巧，将破解你在屏幕上看到的神秘性。因为经常在故事中看到这些技巧如何起作用，所以你读的时候会发现这些技巧都很熟悉。但请注意：你再也不会以同样的方式来看电影或读剧本。就像你很喜欢魔术，后来知道了它们的秘密"障眼法"。幻象破灭，你将再也不能在同样的把戏上感受到同样的魔力。在这本书中，你将会看到伟大作品的秘密。如果你不希望"幻象"破灭，就别继续读下去了。

这本书建立在基本的剧本创作知识上，是一本关于剧本写作高级技巧的书籍，可以作为任何一本写出畅销剧本指南的补充。这里介绍的技巧不会自动把你变成一个出色的编剧，你还需要把它们应用到你最初的创意中，并不断地写作以磨炼自己的写作技巧。它们肯定会帮助你成为一个更好的作家。

好了，现在你知道，在写剧本的时候，在纸上唤起读者的情感应该是你的主要关注点。剧本写作不仅仅是写台词、描述和对话，它意味着你要接受你的观众就是你的读者，并激发读者的情感反应。"情感"意味着"干扰"（disturbance），这个词由拉丁语中的"打扰或不安"（to disturb or agitate）衍生而来。你确实在试图扰乱读者的日常生活，在某种意义上，你试图打动他们，扰乱他们的心灵和思想。这是读者的需求，也是好莱坞所从事的生意。从这点出发，我希望你开始琢磨："我从事的是情感传递业务，我的工作是唤起读者的情感。"把这句话用粗体大字写下来，贴在你的告示板上，提醒自己作为一名编剧的职责。

　　但在"干扰"读者之前，我们应该先了解他们。他们是谁？他们为什么具有这么强的影响力？更重要的是，他们在一个优秀的剧本中寻找什么？让我们来会会读者……

第二章

读者：你唯一的
观众

读者有权得到娱乐、启发、消遣，或三者兼而有之。如果他中途退出，觉得自己在浪费时间，那就是你的过错了。

——拉里·尼文[1]

　　当一个剧本躺在一堆剧本里时，它只是 110 页被无头钉固定住的纸上的文字。只有当读者真正阅读和体验它时，它才会在读者的头脑中活跃起来。这听起来似乎是显而易见的事情，但如果当下被否决的剧本能给我们什么提示，那就是有抱负的编剧没有以读者的角度来看待自己的作品。作为作者，我们永远不能忘记自己在为读者写作。欧内斯特·海明威曾说过："当你第一次开始写作时，你从来没有失败过。你觉得写作很棒，你认为写作很容易，你很享受写作。但是你考虑的是你自己，而不是读者。他不太喜欢它。后来，当你学会为读者而写作时，写作就不再那么容易。"当你想到一切

1　译者注：拉里·尼文（1938.4—），美国著名科幻小说家，原名劳伦斯·范·科特·尼文，曾经五次获得世界科幻小说大奖雨果奖，代表作品有短篇《中子星》《善变的月亮》《黑洞人》《太阳系的边疆》，以及长篇小说《环形世界》等。

都必须通过读者的眼睛和潜在的情感体验来审视时，写作就变得更难了。

　　如果能深入了解那些好莱坞的读者是谁，以及他们在什么情况下阅读，新手将受益匪浅。所以，让我们和一群读者见见面，请他们谈谈自己。

我们，你的第一批观众

　　记住，我们是你唯一的观众，而不是电影观众。正如你之前所读到的，这是我们和文字之间的事。你没有豪华的电影摄影师、编辑或电影作曲家团队。你是唯一一个负责我们娱乐的"手艺人"。不考虑读者，伟大的故事就无法发展下去。那些说他们不考虑读者的人分为两大阵营：一类是凭直觉写作的作者，他们知道什么行得通，什么行不通，就像海明威说的，因为他们有"一个内置的狗血探测器"；而另一类是不知道"手艺"这个词是什么意思的人，对自己的缺点一无所知。他们会不停地写那些让第一个读者就拒绝的东西。剧本和作者本人都毫无精进。

　　大多数成功的编剧都有一种强烈的感觉，当他们写作时，他们在和别人交流。他们心中有一个读者正不断地回应他们的话。这位内在的读者在情感上发挥作用，使作者能直觉上感受故事的经历。所有写作都是双向的，它是作者和读者之间的互动，在这种互动中，一位高明的作家会了解读者对什么有戏剧性的反应，并调整自己的素材，使读者阅读全程都被吸引。简而言之，最好的编剧对读者抱有深深的敬意。

我们，看门人

虽然我们位于好莱坞产业链的最底层，只干一份入门级工作，但我们是第一个决定你的剧本命运的人。我们是看门人，是站在你和决策者之间的那个人，无论这个决策者是代理也好，制片人也罢，又或者是演员、导演。在这一亩三分地上，我们有很强的影响力。如果我们说这是我们读过的最精彩的剧本，老板就会在午餐时间读。但如果我们不喜欢某本剧本，那它就没戏了，连老板的面也见不上。由于许多老板同处一个剧本动向委员会，我们会和别的公司共享信息，那你的剧本在好莱坞将彻底没戏。

我们很聪明，且紧跟时代

我们比你想象得更聪明，在分析剧本时，我们知道自己在讨论什么。这是我们必须干的。只有我们率先证明自己的能力，高管们才会聘请我们工作。我们看过很多电影和电视节目，读过成千上万的剧本，对流行文化耳熟能详。当你认为自己想到了一些原创的新东西时，我们能鉴别出它是否属于陈词滥调。

我们有男有女，年纪有老有少，有些才二十出头，还在加州大学洛杉矶分校或南加州大学电影学院学习。我们中的大多数人至少获得了学士学位，许多人还拥有研究生学历，专业大多为英语、电影或传播学等。我们最大的共同点就是热爱电影和好莱坞产业，所以我们总是在寻找优秀的剧本。

我们薪水不高，工作超负荷，情绪颓丧

这是一份令人垂涎的底层工作，所以通常我们的薪水都很低，

如果我们是实习生的话，有时候甚至连一点钱都拿不到。我们工作量过大，因此通常有点疲惫。此外，我们是一群领薪水写作的失意作家。这样，你就可以理解我们阅读剧本时的怨恨。我们必须每周读完大约十本的剧本，并为每本剧本编写审读意见，同时还得尝试编写自己的剧本。因此，我们对次品毫无耐心。

我们站在你这边

虽然我们很容易因为糟糕的作品而失去兴趣，但我们仍然站在你这边。我们不是你的敌人，而是你的支持者。为什么？因为作为读者，我们最大的乐趣就是发现下一个票房冠军，"最特别的那个"。我们想把这颗珍贵的宝石献给老板，与它一起通过各层高管审核，见证它在制作的地狱中幸存下来，最终获得巨大的商业成功。这会让我们感到自豪，觉得自己发掘了"真金"。每次我们拿起一本剧本，我们都希望这是一本让我们读过就想推荐它的剧本，并因为推荐它而脸上有光。

我们的权责

基本上，我们的工作就是阅读和评判剧本。我们处理一堆剧本并提交自己的分析报告。我们要么整天都坐在安静的办公室里，要么像大多数人一样坐在家里的躺椅上、书桌前，要么白天或晚上都躺在床上。这并不是一个愉悦的过程。

由于收到的资料数量太多，对于抽不出时间和精力阅读每本剧本的高管来说，我们可以帮他们节约大量宝贵的时间。这就是我们出现的原因——发掘有潜力的剧本。诚然，这是一件很主观的事情，一个读者可能会对另一个读者不屑一顾的剧本赞不绝口。但我们对剧本写作有全面的了解，能对精心写作的剧本提出有见地的意见，公司才会因为这些能力付钱给我们。高管们会听取我们的意见。他们信赖我们的判断。

对于那些没听过这些的人来说，剧本分析报告就像剧本的书评。在这里，我们会对概念、故事情节、人物塑造、结构和对话等元素进行评分。我们会讨论所看故事的基本优点和缺点，然后给它一个最终的判断——不予通过、考虑或推荐。"不予通过"的意思是这个作品不合标准，没法提交。我们读过的大多数剧本都属于这一类。"考虑"意味着尽管有一些缺陷，但它仍是一本很好的剧本，如果经过一些修改，有希望引起高管的兴趣。"推荐"则意味着这是一部高管应该阅读和考虑的顶级剧本。从优秀的概念到引人入胜的故事情节，再到迷人的角色，每个元素都是实实在在地棒。对于推荐的剧本，我们可是押上了自己的信誉，因此我们不会掉以轻心。这就是为什么我们读过的所有剧本中，只有1%的剧本能获得令人眼馋的"推荐"。

我们寻找什么内容取决于我们为谁阅读：对于一个工作室或制作公司，我们寻找具有可靠故事情节、能变成热门电影的剧本；对于文学机构，我们寻找可靠的作品；对于人才经纪公司，我们为特定的明星或导演评估剧本。

我们为什么会拒绝剧本？

每周文学机构和制作公司都会收到几百本剧本，但绝大多数剧本都会被拒绝。大多数情况下，写作人得不到任何答复，如果幸运地能得到回复，大多数情况下收到的也只是"与我们的要求不相符"。大多数剧本有什么问题呢？我们可以列出一长串的主要因素，比如主题创新性不足、故事沉闷、角色单一、结构糟糕、描述过多或对话平淡。在接下来的章节中，我们会详细说明这些内容。

如果你还没有想明白，我们只能告诉你我们拒绝一本剧本的唯一原因。对，除了一些显得你很业余的错误，如糟糕的呈现效果（打印错误、咖啡污渍、缺页或多余的空白页），格式错误，还有充满陈词滥调的可怕写作手法，这些都证明你缺乏经验。当拼写问题一堆时，我们阅读时极易被打断，我们更有可能拒绝你的剧本。当你读到一本很棒的剧本或书时，你会不由自主地沉浸其中，忘记文字的存在。当你忘记时间、全神贯注，当你忘记自己正在阅读一页纸上的文字时，你就和剧本融为一体。

所以当我们的注意力分散或质疑某事时，我们就会从故事中抽身而出。当我们的大脑出现批判性评论，如"这永远不会发生""这不可能是真的"，或者最常见的"上帝，这太可怕了"，那种沉迷其中的阅读幻觉就此被打破，我们在开始阅读之前对你的信任感就此消失。你的剧本宣告失败。

我们期待的阅读体验

> 第一段就得扼住读者的喉咙，第二段把拇指插入他的气管，然后把他紧摁在墙上，直到标志词出现。
>
> ——保罗·奥尼尔

我们希望和素材发生联结，并沉浸其中，获得情感体验。我们希望你的剧本能把我们带入它的世界，把我们从旁观者变成参与者。

我们希望被这一页吸引、感动，从而对剧本产生兴趣。单词"情感"来源于拉丁语，意思是"打扰或不安"。所以，我们希望你们能"扰乱"我们往日平静的生活、心灵和思想。

当文字吸引我们时，我们会注意到这本剧本，并马上就能判断这页内容是生动还是呆板，我们是否喜欢阅读，它能否让我们迫切地不断翻页？你想用令人兴奋的前述、引人入胜的角色、节奏紧凑让人着迷的故事，以及令人满意的情感解决方案吸引我们。其实，关键是要建立预期、诱发好奇心和设立令人痴迷的状态。在接下来的章节中，你将学习如何做到这一点。

能做到这一点的作者是文字能手。在阅读过这么多的剧本后，我们对熟练掌握写作这门手艺的人有了一种感觉。在第一页里，我们就能知道自己被技巧很好的人掌控着。在《编剧自我修养——好莱坞顶级作家的成功秘诀》一书中，斯科特·罗森伯格（代表作品《极速60秒》《空中监狱》《失恋排行榜》）写道："从读第一页开始，你就能从作者的自信和志在必得中，分辨出这个人是否能够写好作品。这能让你立刻放松下来，自言自语道：'好吧，你可以写了，现在给我讲个故事。'如果一开始就出现四英寸大的文本块，或者格式不正确，我马上就知道这是一名业余爱好者。"

这就是个教训吧？我们可以在第一页就判断出手中的作品是否出自专业人士。因此，每一页都必须精心制作。我们希望，每一页都能让我们有紧张、焦虑、开心、期待、悲伤或恐惧的感觉，并在读完时将这些发自内心的感受转化为一种令人满意的体验。如果你想成为一名成功的编剧，这是你必须达到甚至超越的行业标准。你们中的大多数人在学习电影的格式的过程中太投入，以至于忘记了尽管剧本只是电影的蓝图，但它仍然应该是一份娱乐的蓝图。记住，在拍摄每一帧电影之前，你的剧本会被阅读上百遍，所以你最好让它引人入胜。过去，其他人常说，你要在三十页之内抓住读者。现在，只有十页。但事实上，第一页，下一页，再下一页，都必须吸引我们的注意力，并充满激情地告诉我们你想表达的东西。无论如何，你的文章要么能激发我们继续读下去，要么让我们怀疑自己是不是在浪费时间。一切都取决于你和你的手艺。你的剧本需要通过单页测试——我们可以在任意页面打开它，并立即被页面上的字句吸引吗？每一页都应该有趣到读者拿起后就无法放下。

　　作者必须找到并运用能打动读者的戏剧写作技巧，没有什么比这点更重要。让我们看看这些技巧，就从任何故事的基本吸引力开始吧——它的概念……

第三章

概念：独特的
吸引力

从你确立剧本概念的那一刻开始，电影的成败已定。执行力只占 50%；从根本上附着于概念的内容决定了这部电影成功与否。

——乔治·卢卡斯[1]

无论你写一部"高概念"、大预算的动作剧本，还是一部以人物为主导的情感剧，甚至一部音乐剧式西部片，如果你有这种意愿的话，至关重要的事情就是让项目能够吸引制片人和文化公司的注意。我总是对"商业主义"和"艺术性"，或电影公司和独立电影这种两极分化感到惊讶。自大众娱乐诞生以来，这一争论一直存在。底线是娱乐观众，这是最重要的。除非你只是为了自娱自乐而写作，否则你得让数百万人都为你的故事而感动。只有你写的内容是观众想看而且制片人想拍的剧本，你才会成为一名成功的编剧。这并不意味着你必须成为票房的奴隶，你只是必须把自己独特的灵魂塞入已经在世界各地都被证明能成功的普世主题中。

---

1 译者注：乔治·卢卡斯（George Lucas）（1944.5—），美国著名导演、编剧、制片人，代表作品有《星球大战》系列、《夺宝奇兵》系列等。

基本要素：编剧须知

我一直不明白，为什么作者从不花时间提升概念的吸引力。难道他们不明白概念在十之八九的情况下都是决定读者是否阅读的决定性因素吗？毫无疑问，我听到的每一篇由小角色驱动的独立故事都枯燥乏味。我还可以用同样的话来形容那些以"这是一个'高概念'"开头的作者。大多数写作新手都败在概念，这点可能让你感到震惊。这是我在阅读剧本时发现的最常见的问题。概念是剧本的核心。其他一切都围绕它展开。你可以塑造一个了不起的英雄，写尖锐的对话，编织一个令人产生共鸣的话题，但如果你从一个不受市场欢迎的概念开始，那你通常只能以一本不受市场欢迎的剧本告终。

虽然没人知道什么电影能赚钱，但过去100年的事实证明，商业电影可能会失败，而小成本独立电影也可能成为票房热门。虽然有些人可能不同意，但我可以信心满满地说，抛开伟大的故事和口碑推荐，大多数小成本电影都具有独特的吸引力，而且在营销上做得很出色。无论你的剧本属于什么类型或领域，如何使你的概念吸引读者，才是本章的重点。

对于那些声称概念吸引力完全属于主观印象的人（你部分正确），我强烈建议你继续读下去。我们有足够的观众反馈和一个世纪的数据，这能挖掘出一些有助于吸引观众的有趣因素。

大多数书籍和研讨会都建议有抱负的作者们创造一个"高概念"（我很快会详述这点），因为这是唯一一种会吸引好莱坞的想法。他们的想法是，如果你花了6个月的时间创作你的第一部剧本，它最好有一个独特的钩子，否则你就是在浪费时间。这个想法有些道理。然而，他们似乎忽略了一点，不管一个想法的类型或主题是什么，它总有自己的办法吸引人。我将在"技巧"部分重点介绍这些方法。

在好莱坞，创意是王道

毫无疑问，大多数剧本写作专业的学生都知道杰弗瑞·卡森伯格[1]在迪士尼（Disney）任职期间写给高管们的内部备忘录。许多跟剧本创作有关的书籍和研讨会都引用过这句话，因为它宣扬的是："在令人眼花缭乱的电影制作世界里，我们绝不能忘记这个基本概念：创意为王。"如果一部电影开始就有一个伟大的原创想法，即使执行方面不太好，那它也很有可能获得成功。然而，如果一部电影的创意有缺陷，即使由顶尖制作人制作，并在营销上做到极致，它也肯定会失败。几年以前，《洛杉矶时报》（*Los Angeles Times*）也引用了卡森伯格当时的话："好莱坞是艺术与商业的结合——商业更为重要。欧洲电影则艺术为重。"

概念营销

正如我在第一章中所说，好莱坞电影制作是一个销售包装好的情感的行业。概念就是包装的封面，它正是将产品卖给观众的关键卖点。发行商和放映方都知道，一个好创意能把观众吸引到一个黑暗的房间里。在那里，他们将一动不动地坐上两个小时，体验一系列的情感。如果电影的创意没有吸引力，他们就没法体验到这些情感。事实是，在读者阅读完整本剧本之前，没有人知道你的剧本可

1　译者注：杰弗瑞·卡森伯格（Jeffrey Katzenberg）（1950.12—），美国商人和电影制片人，1984 至 1994 年间担任华特·迪士尼工作室的主席，2012 年获得第85 届奥斯卡人道主义奖。

能有最精彩的对话、最恢宏的场景、最迷人的角色。而吸引读者阅读的则是它充满吸引力的创意。

当然，也有明显的例外，但即使是艺术类、高质量、以角色为主导的剧本，制片人也都明白，在竞争激烈的市场上，他们的生死存亡完全取决于概念的吸引力。他们需要一个好创意打动制片公司的高层，或者完成独立筹资。这不是"出卖"，只是有抱负的作者需要承认的行业现实。一个伟大的创意能够赋予故事思想和灵魂。但一个伟大的创意并不一定意味着迎合低俗，创造一个空洞的、没有灵魂只有特效的夏季狂欢。

技巧：激发你的创意

一个有创意有吸引力的剧本总能诱使人阅读。拥有好创意的剧本意味着它在市场上潜力十足，这是引人阅读的初始原因，接着读者才会发现你还有精彩的对话、迷人的人物和引人入胜的故事。作为一名成功的编剧，你不应该有任何保留，你得创造一个想法，让每个听到它的人都感到兴奋不已。你希望自己的创意被注意到、有吸引力，换句话说，能吸引人。因此，关键问题是，"是什么使得一个创意对读者吸引力十足"？

理想概念的情感反馈

回答这个问题的一个方法是在情感层面探索概念。问问自己，当你读到或听到一个电影的想法时，你希望获得什么感受。就我个人而言，我想要的是带着一丝熟悉却又有自身独特冲突的兴奋感和入迷感。我会对令人信服的情景、引人入胜的情节感到好奇，并预测冲突的结果。一个创意最起码得让每个听到它的人感到兴奋、跃跃欲试、激动不已。你要的是神采飞扬的面孔，而不是呆滞的双眼。你肯定不希望他们觉得："那又怎么样？"或者"不就是另一个警察追踪连环杀手的剧本！"

怎样使一个想法吸引力十足？

一个有趣的想法，只有两个简单的要求——不一定伟大，要做到这点更复杂——就已经足够吸引制片人认真地阅读：一个好的想法应该具有独一无二的熟悉性，并保证存在冲突。

一个好想法必须兼具独一无二性与熟悉性

你可能听制片人说过这句话，但是他们说的这句看似矛盾的话到底是什么意思呢？他们怎么能说他们想要的东西既不同又相同呢？"又独一无二又熟悉"不是一种矛盾修饰法吗？不完全是。他们的意思是，他们想要一些独一无二的东西，但又有一些观众能感同身受的熟悉事件和情感。让我们详细探究一下每个单词：

独特性＝原创、新鲜、引人注目

这是显而易见的。一个独特而新鲜的概念总能吸引人。其中的一些元素非常有创意，很吸引人，让制片人对潜在的票房垂涎三尺。视觉的原创性——独特的声音或观点，打破常规的素材——很重要。成功的编剧总在问自己："我怎样才能让这个故事独特、突破想象、令人兴奋，让读者从头到尾都为之着迷？怎样才能避免那些出现过无数次的事情，真正写出一个引人注目的有力的故事呢？"多年前，当《惯犯》上映时，它不仅仅是一个普通的犯罪片，它给人惊异的新鲜感，然而又带点让人舒适的熟悉感，其反转性的结局是罪犯受到致命一击，这让高管们注意到剧本。《第六感》和《七宗罪》具有同样的效果。

你可以把一个独特的想法称为钩子或者是噱头，或是反转。这是一个概念能产生吸引力的核心。例如，《侏罗纪公园》的噱头是"恐龙在现代主题公园中复活"；"律师被诅咒在24小时内不说实话"是《大话王》的噱头。噱头是电影公司将电影销售出去的法宝，它是观众们在办公室饮水机旁谈论的内容。

没有人会否认独特性的吸引力。对独特性的追求已经内化在我们的 DNA 中。这是我们对新信息的需求。无论是一个从未被探索过的新场景，还是出现一个迷人的独特角色，这些新奇的概念都可以满足我们对新信息的需求。比如《阿波罗13号》中的宇航员、《壮志凌云》里的战斗机飞行员给我们的感觉，以及阿甘这个角色呈现出的迷人性和独特性。大多数优秀的电影都会带我们进入一个令人兴奋的世界，让我们体验别人的生活，让我们忘我地待上两个小时。找到你自己的独特概念，才能提升作品的情感吸引力。

为了说明噱头或钩子这一内容，这里将列举三部带有引人入胜的概念的成功电影作为案例，我在每个概念中都用粗体标出它独特的钩子：

1. 一位少年被错误地送到过去的时空，他必须**确保自己的母亲和父亲能相遇并相爱，否则他就不会在未来诞生**。（《回到未来》）

2. 一群前灵媒调查员开始在纽约市开展**商业驱鬼生意**。（《捉鬼敢死队》）

3. 一位富翁的妻子被绑架，绑架者恐吓他说，如果他不马上交赎金，就把他妻子杀死。这位富翁却**对此很开心**，并敦促他们继续行动！（《无情的人》）

　　当你思考自己的想法时，看看你是否也能这样做：突出其独特的钩子。如果没有实现这点，这个练习将强迫你把制造噱头或钩子的观念植入你的概念中。如果你没法在描述中突出独特的情况，你的剧本也很难吸引到读者。

熟悉 = 人类情感

　　一个独特的钩子就是一个概念中引人入胜的元素，但它也应该属于普遍情绪框架内有趣的部分。换句话说，只要一样东西能够以我们能感知到的情感为基础来衡量和评估，你都可以写。华特·迪士尼[1]和皮克斯（Pixar）建立了一个动画帝国，创作了许多动物和其他非人类角色的故事，这些故事具有人们熟悉的丰富情感。我们一起来看看大获成功的动画电影，例如《海底总动员》，片中的主角是一条鱼和其他海洋生物。因为我们没有在海底生活过，也没有体验过鱼的经历，这部影片让我们体验了独特的信息。在正常情况下，我们不会理解鱼的生活和它面对的冲突。但如果这条鱼经历一些我们熟悉的事情，比如失去妻子、寻找独子，或者不得不躲避饥饿的鲨鱼，换句话说，它会经历一系列让我们能感同身受的特定人类情感。

　　虽然鱼的情感都由海洋世界里的独特事件引起，但它们所经历的确实是我们同样可以感受并估量的，因而可以理解。总之，不管你写的是谁，写的是什么，只要你笔下的角色经历的情感能够让我们理解并感同身受，就形成了高管们所说的普遍吸引力。

　　为了说明一个概念中的情感熟悉度，这里再举三部成功的电影

1　译者注：华特·迪士尼（Walt Disney）（1901—1966），美国人，著名动画大师、企业家、导演、制片人、编剧、配音演员、卡通设计者、举世闻名的迪士尼公司创始人。

作为案例。只是这一次，并不是它们自身的独特性使电影产生吸引力，而是角色的情感之旅吸引人。我已经强调过主要情感的重要性。看看你的概念是否可以达到同样的效果。

1. 一位电台脱口秀主持人的言论引发了一名精神病患者的谋杀行为，之后，这位主持人试图**挽回**自己的声誉。（《渔王》）

2. 一个邋遢的簿记员不情愿地**爱上了**自己未婚夫的哥哥，她必须选择激情而不是迷信。（《月色撩人》）

3. 一位工薪阶层的单亲妈妈**智胜**天价律师，赢得了一场庞大的集体诉讼。（《永不妥协》）

关于"高概念"的解读

谈到一个想法的独特性，就不能不提到"高概念"这个词。好莱坞的每个人都在谈论它，追逐它，并为此付出高昂的代价。基本上来说，对于那些仍然不确定"概念"的方方面面的人来说，这仅仅意味着概念是剧本最有吸引力的地方。这就是星级。它如此令人兴奋、充满魅力，让观众在首映日就迫不及待地想看到这部电影。为了让大家能更全面地理解这点，下面列举一下我从好莱坞高管那里听到的一些定义：这很容易理解。你都能听懂。当你听到一句话就能理解一个想法时，你会马上产生共鸣，并且一听到这个想法就会兴奋不已。你马上就能看到一部电影，它很有煽动性，又是大制作。它自成一脉，没有星级评价，也能站住脚。它为一个已经成功的创意提供原创性转折，对一个既定流派进行全新诠释。

如果有人听到你的想法接着问道："这部电影讲的是什么？"这就说明你没有一个高水准的概念。如果我提出"一个女人和她的丈夫离婚"这个创意，就很容易理解，但是你们当中有多少人愿意排队花10美元看这部电影呢？然而，如果我把《生死时速》这部电影描述为"在营运高峰时段刚刚开始的时候，一辆有炸弹的城市公交车只要时速低于50英里就会爆炸"。那么，每个人都能准确地理解它的意思，知道这部电影讲什么内容。它激发了观众的兴趣。这里面的关键词耐人寻味、充满挑衅、独特又迷人、令人兴奋。这不是那些你每天都能看到的东西。这就是"高概念"。

有抱负的作者会被建议为自己的第一部剧本选择一个"高概念"，直到他们在这个行业站稳脚跟。原因就在于概念越是高水准，读者对剧本就会越宽容。一个低水准的概念需要完美的写作手法，而这种手法需要初学者花几年时间才能掌握。此外，一个"高概念"会使高管更容易向他的上级和营销部门推销这部剧本。想想看，一部剧本要经过多少关卡才能卖出去，更不用说拍成电影了。这个想法越清晰、越令人兴奋，你的剧本就越可能被读到。

创意必须保证有冲突

因为我们喜欢有冲突的故事，所以一个创意，无论它是否很独特，只要其逻辑线中提供了清晰又引人注目的冲突，就立刻变得吸引力十足。冲突越明显，吸引力越大。谁和谁因为什么而打起来？我们为什么要关心这些呢？利害关系是什么？大多数剧本被拒绝都是因为利害关系这点讲得不够。如果你写一篇关于一个腐败的第三世界国家的女性反叛者带领她的人民走向独立的故事，而你的一个朋友写了一篇关于叛乱者和她那只奄奄一息的猫的亲密关系的故事，你愿意花钱看哪一部电影呢？第一个创意有内在叙事驱动力和冲突，第二个则没有。第一个创意有冲突的存在，驱动读者迫切地想继续了解如何化解冲突，因此它比第二个创意更有吸引力。

别写你了解的内容

想创造出一些令人兴奋的东西的最好方法就是写出能让你自己

兴奋的东西。永远不要怀疑自己的直觉。一般的建议是写下你所了解的东西，但我更建议你写那些让你有感觉的东西，那些让你感到好奇、着迷的东西，因为最终你真正了解的只有你的情绪。毕竟，感受是每个人的相同语言。情感，等同于伟大的作品，它超越了流派、年龄、经济阶层和政治界限。

威廉·福克纳[1]曾经说过："如果你要写作，那就写人性。这是唯一不会过时的东西。"你不应该担心潮流，也绝对不应该写你刚刚在电影院看到的东西，因为当你开始写的时候，你已经落后了两年时光。你所能做的就是做你想做、并希望别人能回应的事情。在我的《编剧自我修养——好莱坞顶级作家的成功秘诀》一书中，阿齐瓦·高斯曼说："诀窍在于，你要把想象中的材料和主题及具体细节联系起来。写你感兴趣的东西，因为如果你自己都对剧本写作的吸睛点没有兴趣的话，读者也不会在阅读时被吸引并兴奋起来。试着从你的创意中找到一些能与自己的生活对话的内容，一些你认为真实、可靠，在你想要讲述的故事中引人入胜的东西。人们太关注'高概念'的创意了。写出那些让你兴奋的东西。如果写得好，它将比那些自认为知道什么会畅销的作家写的东西卖得更多。"

那么，什么会让你感到兴奋呢？你对什么充满激情？你痴迷于什么？你最喜欢、最讨厌或最害怕什么？什么东西让你心痒难耐？你看重什么？哪些事件或发现对你的生活产生了巨大的影响？这些私人问题的答案属于你，而且只属于你自己。因为你是独一无二的，所以答案也应该是独一无二的，这将激发你写出精彩的故事。

1　译者注：威廉·福克纳（William Faulkner）（1897—1962），美国文学史上最具影响力的作家之一，意识流在美国的代表人物，代表作品是《喧哗与骚动》。

提升创意吸引力的 12 种方法

有些人可能会想："如果你碰巧能提出一个令人兴奋的'高概念'，那当然很好，但其他人怎么办呢？"谈到角色驱动型剧本，你会面临一个有趣的悖论。

制片人说他们想要很棒的角色，演员们也会选择角色刻画得很好的剧本。但如果没有高度市场化的概念，好莱坞通常都不会看剧本。因为他们通过一分钟的电影预告片、单页广告、海报、互联网横幅广告将影片卖出去。所以解决办法就是让你的"低概念"足够吸引人。

就像我之前所说的那样，你想写什么并不重要，只要你能围绕它展开一个好故事。虽然我不能告诉你该写些什么，但我可以与你分享各种技巧，这些技巧能提升你的软概念及人物驱动故事的市场价值。显然，单凭他们自己无法保证剧本销量，但如果你写了一个很棒的故事，却在创作上因为'低概念'而难以引起人们的兴趣，我建议将以下技巧应用到你的创意中，看看它们是否能带来不同。

1. 在你的故事中找到独特的吸引力

如果最初的概念中钩子不明显，那么尝试在你的故事中寻找它。问问自己，什么让你的故事独特而迷人？什么是以往从未见过的？故事中最有趣的部分是什么？无论答案是什么——你肯定有一些不寻常或引人注目的东西，看看是否能把它们放入剧情梗概里。也许，故事是在一个独特的背景下展开，比如《壮志雄心》《泰坦尼克号》或《广播新闻》那样。也许，你的故事中有一个与众不同的角色，就像《阿甘正传》或《惊魂记》。也许，故事里有一个有趣的转折。即使最独特的情节发生在第三幕，而且这是整个故事中唯一吸引人的情节，也要把它包含进概念。

2. 你的角色遇到过最糟糕的事情是什么?

另一个技巧是问问自己，你的角色发生过什么最糟糕的事情？斯坦利·埃尔金[1]曾经说过："我永远不会写一个没有被逼到绝境的人。"如果你还在展开自己的想法，选择一个单元或一项活动，问问自己，一个角色可能会遇到的最糟糕的事情是什么。对律师来说，它是讲真话（《大话王》）；对一名消防队员来说，它将面临回燃（《回火》）；对一个出轨的人来说，它是与一个无法被忽视的精神病患者的一夜风流（《致命诱惑》）。如果你的角色经历过地狱又回来，那么在你的概念中要提及这点。

3. 角色对比（古怪的一对）

大多数有好搭档的动作片和浪漫喜剧都用过这个设置。它只是塑造了两个截然相反的角色，他们被迫一起工作、生活、旅行，甚至相爱。例子有很多：《当哈利遇到莎莉》《非洲女王号》《安妮·霍尔》《单身公寓》《致命武器》《末路狂花》。两个主要角色之间的对比碰撞出有趣的火花，由此产生吸引力。

4. 环境与性格的对比（格格不入）

这与上面的技巧相似，只是在这里，你要将角色与大部分故事发生的环境进行对比。这是目前最流行的产生"高概念"故事的技巧。看看历史上最卖座的电影，你会发现很多电影靠这点获得成功，《绿野仙踪》《侏罗纪公园》《黑客帝国》，还有一些像《热情似火》《飞越疯人院》《比佛利山超级警探》《城市乡巴佬》《美人鱼》《鳄鱼邓迪》《小迷糊当大兵》……你明白了吧？

1　译者注：斯坦利·埃尔金（Stanley Elkin）（1930—1995），美国作家。他的小说不根据情节安排结构，而是从人物的独白和对话中获得线索。

5. 加入第二个创意

想象一下，你虚构了一个关于一位 FBI 实习生追踪连环杀手的震撼的故事。这没什么不寻常的。但再加上另一个被监禁的充满危险的精神病患者成为她的导师，帮助她实现目标，你就有了《沉默的羔羊》。再来看另一个警察追踪连环杀手的故事，并加入一个元素，杀手所杀的受害者犯了七宗罪，因而警察和杀手代表着其中两种罪，你就有了《七宗罪》（对不起剧透了——但如果你还没看过的话，你还是猜不到剧情的结尾）。作为一个有趣的训练，你可以浏览一下视频指南，并将一个电影的创意与另一个结合起来。这就是描述一个概念时避免用陈词滥调来简短表达"甲遇见乙"的由来，就像描述《窈窕奶爸》是《窈窕淑男》遇见《克莱默夫妇》一样。

6. 改变传统的故事元素

例如，从任何已经讲过的创意开始，改变它的类型。《西区故事》基本上就是音乐剧版的《罗密欧与朱丽叶》；《九霄云外》是科幻版的《正午》；希区柯克的惊悚片《火车怪客》变成了喜剧《谋害老妈》。

当然，类型并不是你唯一能玩的元素。你还可以改变主角的性别（男变女，女变男），或者改变设定，就像《广播新闻》一样，它基本上是电视新闻界的《彗星美人》。你可以改变时代、主角的年龄、性别取向，甚至可以将叙事的视角从主角变成配角。例如，《君臣人子小命呜呼》就是以两个小人物的角度来叙述《哈姆雷特》这个故事。底线是如果你更改了故事的任何元素，它就能自动更改整个概念，让你的想象力驰骋起来。

7. 反转可预测的情节

绑架者绑架了富商的妻子，并恐吓富商，如果他不马上交出赎金就把他的妻子杀死。但富商很高兴，敦促绑架者继续他们的行动。当然，这是《无情的人》的创意。在这里，作者颠覆了常规的情节——丈夫在绝望中报警的可预测性，创作了一部独特而令人兴奋的喜剧。立即抛弃第一个出现在脑海中的想法，接受任何奇思妙想，并看看相反的情况是否可行。

8. 创造吸引人的激发性事件

通常你会在激发性的事件中找到钩子，这是故事里制造主要冲突的关键点，它永远地改变了主人公的世界，并迫使他解决问题。通常，大多数作者在开始写作时都会问这样一个问题："如果……会怎样？"如果角色发生了什么奇怪的事情怎么办呢？如果一个男人遇到了他的梦中情人，结果发现她是条美人鱼呢？（《美人鱼》）；如果总统在空军一号里被绑架怎么办？（《空军一号》）；或者，如果一位利齿能牙的律师不得不在 24 小时内都讲真话，情况又会怎样呢？（《大话王》）

激发性事件是问题产生的原因，也是必须立即采取行动的原因，在所有的故事里它都至关重要。思考激发性事件不仅是解决故事问题的一种方式，如果它足够有趣，它还将使你的概念更有吸引力。

9. 把它发挥到极致——来自地狱的（XXX）

让事情变得有趣的一个好方法就是使它成为最好的、最重要的、最大的、最坏的、最精髓的、最终极的东西。想想非比寻常的巨大鲨鱼（《大白鲨》）、间谍（《007》）或超级英雄（尽管存在争议，但它们都被拍成了优秀的电影《超人》《蝙蝠侠》和《蜘蛛侠》）。想想最糟糕的事情，被称为"来自地狱的 ×××"：来自地狱的狗（《狂犬惊魂》）、来自地狱的室友（《双面女郎》）、来自地狱的保姆（《推动摇篮的手》）或来自地狱的丈夫（《与敌共眠》）。通过放大一个场景，把它发挥到极致，你就能创造出一个有趣的想法。

10. 强调或增加时间限制

还有个给情节增加悬念的常用技巧是加入时间限制或任何类型的最后期限。这被称为"滴答时钟"或"时间锁"，它在故事中已经被使用得很老套，如必须在倒计时归零之前拆除炸弹。显然，时间限制不一定是一个滴答作响的时钟。有创意的作家总是在开发新型的、有趣的、鲜明的时间压力，如飞机燃料耗尽（《虎胆龙胆2》）；如果城市公共汽车时速低于50英里，炸弹就会爆炸（《生死时速》）；警察必须在连环杀手杀死下一个受害者之前阻止他（《七宗罪》）；一个无辜的人必须在再次被抓捕之前证明自己的清白（《亡命天涯》）。任何时候，你给一个事件加一个最后期限，都能增加剧情给人带来的兴奋感，因为它加剧了冲突——现在，时间是一个附加的因素。"除非他被证明无罪，否则他将被处决"和"除非他被证明无罪，否则他将在今晚10点前被处决"有明显区别。

11. 强调（幕后的）背景、斗争场所、世界

尽管挖掘一个没有被写过的场景变得越来越困难，但深入了解一个独特斗争场所幕后的背景总是很有吸引力。如果你的故事有一个有趣的背景，那你在概念中强调它将使它变得更有吸引力。要说明这点有个很好的例子，一个原始的故事，女性为了在男人主宰的世界获得平等对待而斗争。作者可以选择将这个故事设置在企业界，这样故事就变得很平常。但把它放入一个独特的世界，如《海豹突击队》《魔鬼女大兵》那样，编剧就把一个普通的概念变得吸引力十足。

12. 把概念变成有看头的困境

如果你的故事中出现一个复杂或难以对付的困境，那你可以在

创意中突出它，以增加吸引力。如我们期待着探索一个角色在两个同等选择之间展开情感拉锯战——一个"苏菲的抉择"，这个困境以一部电影命名。电影讲述的是，"二战"期间，一位母亲必须在她的两个孩子中选择拯救哪个杀死哪个。几年前，一部名为《白色鳄鱼》的独立小成本电影探讨了这样的困境：在人质事件中，一个女人必须冷血地杀死一个无辜的男人才能成为幸存者。你的角色要做的决定越困难，你就能让读者思考得越多，从而迫使他继续阅读剧本，直到了解结局。

打造一个吸引人的标题

增加故事吸引力的另一个方法是打造一个能激起读者兴趣的标题，这其实是大多数新手会忽略的一个重要方法。制作人从标题中获得对剧本的第一印象，读者看到的第一行字也是标题，它塑造了读者的感知。如果你的剧本有一个独特的标题，它能得到关注。毕竟，标题的主要作用是激发读者的好奇心，吸引他们继续阅读你的故事。它展示了剧本的身份标识。明智地运用这点吧！

一个好的标题可以传达出剧本的**类型**，比如《碟中谍》（动作惊悚片）、《爱情故事》（言情片）、《星球大战》（科幻片）、《惊魂记》（恐怖片）。

标题可以传达出剧本的**独特主题**，促使读者产生疑惑并由此激发出他对影片的兴趣："为什么这个主题如此重要，以至于整部电影都讲述它？"《辛德勒名单》《超能敢死队》《黑衣人》《桃色交易》《马耳他之鹰》《罗斯玛丽的婴儿》等影片的片名都符合这一标准。

如果你在标题就点出**明星所扮演的角色**，让演员以为这部影片就是为这个角色而创作，那么你也可以得到额外的关注。这种类别的影片有《彗星美人》《窈窕淑男》《阿甘正传》《洛奇》《阿拉伯的劳伦斯》和《雌雄大盗》。

如何通过标题传达**主要冲突**或主人公的问题呢？想想希区柯克大多数电影的片名吧——《勒索》《贵妇失踪记》《擒凶记》《捉贼记》《迷魂记》，等等。其他类型电影还有《亲爱的，我把孩子们缩小了》《叛舰喋血记》《不可饶恕》《危险关系》《小鬼当家》和《无因的反叛》。请注意：你是如何仅凭片名就立即知道这部电影的内容的。

你可以通过标题传达**主人公的主要目标**，比如《拯救大兵瑞恩》《海底总动员》《回到未来》《猫鼠游戏》以及《猎杀红色十月》。

我最喜欢的一种类型的片名，尤其是惊悚影片的片名，是耐人寻味、**发人深省**的片名，比如《沉默的羔羊》《秃鹰七十二小时》《满洲候选人》《猎人之夜》《黄牛惨案》，甚至《死亡诗社》。当你思索这个独特的标题表达什么意思时，你就会去看电影寻找答案。

另一种流行的技巧是善用**文化标识、流行短语、歌曲**或熟悉的**俚语**，如《电子情书》《好人寥寥》《热情似火》《你逃我也逃》《偷天陷阱》《无罪的罪人》《重访蓝丝绒》《体热》。

如果你的故事发生在**异国情调或独特的背景下**，在片名中就强调这点能在多个层面与观众产生共鸣。想想《泰坦尼克号》《日落大道》《卡萨布兰卡》《唐人街》《万尼亚在42街口》《空军一号》《蒂凡尼的早餐》和《一个美国人在巴黎》。

你可以通过一个能唤起观众**情绪或情感**的片名来吸引读者，比如《周六夜狂热》《穷街陋巷》《胜利之歌》《浮生若梦》《冷血》《炎热的夜晚》，以及《爱情故事》，等等。

同样，你也可以把标题作为一个**隐喻**，特别是如果影片具有一些诗歌或文学的性质，如《愤怒的葡萄》《愤怒的公牛》《杀死一只知更鸟》《从这里到永恒》《落水狗》《乱世佳人》《天堂陌客》《日光下的葡萄干》。

正如你将在后面的章节"角色""故事"和"场景"看到的那样，**对比**总是有趣且非常吸引人。将片名中的两个词进行对比，你可能让它变得更有趣，比如《回到未来》《哭泣的游戏》《圣诞坏公公》《天老地荒不了情》《小姐与流浪汉》和《一夜狂欢》。

最后，你还可以用常见的短语来**玩文字游戏**，比如《回到未来》《谁害怕弗吉尼亚·伍尔夫？》《脏脸天使》《天生杀人狂》和《魔鬼女大兵》。

注意，《回到未来》被多次提及。这是因为一个片名不一定只传达一重意思。它可以是上述两种或更多技巧的组合，融合的技巧越多越好。以《午夜牛郎》这个片名为例：它是一个隐喻，也会唤起一种情绪，并激发读者的一些疑问"这意味着什么？"以及"这家伙是谁？"——我们想知道答案。这个片名突出了明星所扮演的角色，聚焦于一个独特的主题。

采用流行的类型

在写剧本前，选择故事的类型可能是你需要做的最重要的决定。事实上，这非常重要，最近的剧本创作研讨会和相关书籍讲述的趋势就是要完全专注于一个特定的类型，尤其专注于最受欢迎的那些类型，比如喜剧和惊悚片。类型这个词源于法语，是"种类"的意思，电影类型是公认的电影叙事分类体系。我们根据这个体系对娱乐进行分类和选择，就像我们按地理位置对餐馆进行分类一样——法国菜、意大利菜、墨西哥菜或泰国菜。这也是音像店不按字母顺序而按类型排列片名的原因，这样更易于查找。每种类型都告诉潜在的观众，他们可以从电影中获取的情感体验。

　　选择你的剧本类型很重要，原因是每种类型本质上都是"预先包装好"了可识别的情感。你的剧本类型会预先告诉读者，他们将读到什么内容。所以，如果你写喜剧，读者会期待很多欢笑。如果你给剧本贴上"惊悚"的标签，读者就会自动期待从紧张、扣人心弦、令人震惊、曲折和惊奇的情节中感受到内心的刺激。你的剧本如何传达出这些情感，读者就将如何评判你的作品。如果你的文字没有带来这些事先预告的刺激，如果他们的感觉没有得到满足，读者将会失望。结果，你的剧本只能被拒绝。

　　因为商业电影已经被贴上类型标签，它们在熟悉的情况下，用熟悉的人物，讲述熟悉的故事，唤起观众熟悉的情感，所以它们通常被认为公式化。但类型并不一定意味着公式化。

　　公式化是用同样的陈词滥调来唤起特定的情感。类型则是对读者承诺相应的情感体验。你如何唤起它取决于你个人的天赋和技巧。因此，你应该研究每种类型中最好和最差的例子，以理解观众对每种类型的情感预期。然后，当你构思故事时，你应该弄清楚自己想让读者感受到什么情感。你希望他们大笑，还是哭泣，抑或心跳加速？关键在于能以特定类型的熟悉期望创建一些独特的东西。这就是为什么我建议初学者写他们喜欢并经常观看的电影类型的原因。如果你写的是自己付费观看的电影类型，那你就已经对这种类型的电影有了基本概念。接下来，挑战就在于如何超越这种类型。

　　避免陈词滥调的一个有效办法就是将多种类型结合起来。作为一个需要创意的行业，混合型电影已经在好莱坞流行多年。例如，《人鬼情未了》是一部爱情故事片、超自然惊悚片、悬疑片和喜剧片；

《比佛利山超级警探》是一部动作喜剧片；《异形》是一部科幻恐怖片。但要注意的是，剧本的结尾不能没有重点。决定哪一种类型在作品中占主导地位，对你的故事基调至关重要。许多电影都因为基调不明确而失败，问题就在于它们让观众感到困惑。选择最主要的类型，例如动作、喜剧或惊悚，制造出故事的主要"味道"，而其他类型将成为故事里各种各样的"调料"，这会使你的剧本独一无二。

起初，我打算更深入地讨论电影类型及其给观众的情感期望，因为情感是这本书的重点，但我发现有人已经先行一步。罗宾·鲁辛（Robin Russin）教授和威廉·密苏里·唐斯（William Missouri Downs）教授在他们的优秀著作《剧本：写电影》（Screenplay: Writing the Picture）中详细讨论了剧本的各种类型，并根据观众的情感期望对其进行了详细分类。如勇气这个情感需求对应动作、冒险、史诗和英雄科幻类，恐惧和厌恶的情感对应恐怖和黑暗科幻类，好奇的情感对应侦探、惊悚类，欢笑的情感对应喜剧、浪漫喜剧、闹剧，爱和对爱情的渴望这类情感对应浪漫、情节类和柏拉图式的爱情剧。如果你想了解更多的电影类型，我推荐你读读他们的书。

落实于书面：具体创作中的概念

当谈到好的概念与一般概念的区别时，要旨是大多数好莱坞制片人、经纪人和读者听到这个创意时都知道它是好主意，尽管威廉·高德曼[1]经常说，"无人知晓"。当他们看到它、读到它、哂

1　译者注：威廉·高德曼（William Goldman）（1931—2018），美籍犹太人，好莱坞著名编剧，一生写作 16 本小说、3 本回忆录、23 个电影剧本、2 部舞台剧。代表作品有《神偷盗宝》《复制娇妻》《总统班底》《虎豹小霸王》等。

摸它或摸到它时，他们就知道这是一本好剧本。当他们眼睛呆滞，脑子里想着"那又怎么样"时，他们也凭经验知道没有好的概念。

正如你目前已经读过的内容所述，任何创意只要符合两点，都会引起制片人的关注，一是具有独特的熟悉性，二是预计能带来冲突，并符合让内容有吸引力的12种方法中的一种或多种。任何有抱负的剧作者都最好多多阅读了解行业信息，比如《每日综艺》（*Daily variety*）和《好莱坞记者报》（*Hollywood Reporter*），以跟上销售理念。不要通过你当地的电影院今天放什么电影来了解什么影片卖座。你今天看到的电影在两到五年之前就已经完成销售，这取决于它的开发期。请阅读上述杂志报纸了解当下畅销类型。你还可以登录"Done Deal"网站（www.scriptsales.com），了解目前热卖的内容。

当然，一个出色的概念本身并不足以将剧本推销出去。许多有抱负的作者把所有的心血都押宝在"高概念"上，而没有费心去揣摩优秀故事的基本构成要素。他们知道，某些制片人也这么告诉他们，一个出色的概念能够完成自我推销，在一定程度上，他们确实正确。新手编剧可能将"高概念"的剧本卖出去，但这类剧本往往又需要一位经验丰富的专业编剧再进行改变，正如斯蒂芬·E.德·索萨（《虎胆龙威》《48小时》的编剧）在《编剧自我修养——好莱坞顶级作家的成功秘诀》里所说："如果一个工作室完全因为概念而买一本剧本，他们十有八九会炒掉你，再请一位更专业的编剧重新编写剧本。他们不想把时间浪费在一个完全没经验的编剧身上，他们得等上12周才能知道他们已经知道的事情，那就是他们无论如何都得摆脱你。我常常被雇佣来重写一个新手写的剧本，次数多到我自己也数不清。他们雇用我是因为他们知道，我能在12周内写出一本令人满意的剧本。"

　　换句话说，最好花点额外的时间去掌握相关技巧，写出一本各个方面都不错的优秀剧本。让我们来看看编剧技巧的另一个重要元素——主题……

第四章

主题：普世意义

艺术是一架显微镜，艺术家用它来对准自己灵魂
的秘密，继而向人们揭示这些人所共有的秘密。

——列夫·尼古拉耶维奇·托尔斯泰

为了理解剧本主题的重要性，你应该理解讲故事在我们生活中
的力量。生活常常是令人沮丧、不合逻辑、一团混乱的，为此我们
在故事中寻觅意义和结构，寻求答案和普世价值，因为我们想知道
如何生活——如何对待彼此，如何去爱，如何克服障碍。我们在故
事中寻找普世价值，还因为它们能从情感而不是理性分析方面去解
释世界。因此，我们可以说，故事是生活的隐喻，是我们生活的蓝
图，特别是故事的主题，它是作者希望传达给观众的关于人类经历
的具体真相。故事的主题是信息、道德、意义，它是故事除了挣钱
还能存在的原因。也因此，主题使你的故事具有普适性，在情感上
具有重要意义。通常，优秀剧本和平庸剧本的区别就在于其主题的
深度。一部没有深刻主题的剧本可能很有娱乐性，但它永远不会被
视作有了不起的意义。没有主题，故事就没有意义。这种肤浅的娱
乐只能让观众感到空虚。

基本要素：编剧须知

为什么说主题很重要

　　如果你问问自己为什么你的故事很重要，或者你想通过自己的故事和角色传达什么，你就会奔向主题。在《编剧自我修养——好莱坞顶级作家的成功秘诀》中，杰拉尔德·迪佩戈（编剧，代表作《不一样的本能》《天使之眼》《灵异拼图》）说："有时候，你可以打造一些能称之为'纯粹娱乐'的东西，而主题并不很重要。但如果你想要做的不仅仅是娱乐，如果除了娱乐你还想充实、启发或讲一些关于世界和人类状况的事情，那么你必须想清楚你想说些什么，以便巧妙地把它编织到故事里。"作家多萝西·布莱恩特（Dorothy Bryant）就这点如是说："我们是别人内心深处那些无法言说的戏剧的声音。"当你思考生活是什么——学习、探索、体验、成长、帮助和爱他人，你会意识到这些都是故事的主题。

　　主题在剧本中如此重要还有一个原因，主题是故事建立的基础。主题是剧本的核心、灵魂和要点。这意味着大多数场景、角色、对话和景象都应该是我们主题的理想反映。你的故事只是一个创造环境以展示主题的工具。这就是许多作家在写剧本之前就开始巩固主题的原因———一旦他们清楚自己想说什么，他们就知道什么应该存在于故事中，什么不应该。

　　尽管人们普遍认为，在写了几份草稿之后，主题就会变得清晰。但事实是，在重写过程中，提前确知主题可以节省大量时间。正如帕迪·查耶夫斯基（编剧，代表作《电视台风云》《君子好逑》《灵魂大搜索》）曾经说过："对一名作家来说，最好的事情就是从一开始就把主题考虑得清晰明了。"不过，如果你不知道自己的主题是什么，也不用惊慌。有很多作家在写了好几份草稿后才发现自己想说的是什么。主题在任何故事中都是最复杂的方面。在写故事之前找到它当然最为理想，但其他时候你可能不得不在写剧本的过程中发现主题。一旦你意识到主题是什么，你就会重写剧本，通过角色、对话和符号来阐释它。关键是要当心，不要让主题太过明显以至于让观众感到你在说教。正如达里尔·F.扎努克[1]曾经说过的："如果我只想说点什么，我会打电话给西联电报公司！"主题不是布道，也不应该布道。

说服和娱乐，而非说教

说教在剧本写作中不受欢迎，因为它是在"讲述"。大多数作家都知道他们应该"展现，而不是讲述"。通过行为展现你的主题，让读者感受到主题而不是告诉他。要做到这一点，你需要把你对人类最深刻和最美好的生活方式的理解以戏剧化的方式展示出来。但又不能太粗暴，如果你让角色尖叫："嘿，这是我想传达的内容！"它更像是给一杯冰茶加糖。加入普通的糖，它会沉到底部，除了底部太甜，茶仍是苦的。但是试着配上低脂代糖，茶就会变得很甜。甜蜜是你传达的信息，它必须被完全溶解，才能消融在故事这杯饮料里。

主题应该在故事的背后，是你的故事的潜台词。例如，《E.T.外

---

1 译者注：达里尔·F.扎努克（Darryl Zanuck）（1902—1979），美国人，著名编剧、导演、制片人，曾获得美国金球奖、意大利大卫奖。代表作有《虎！虎！虎！》《彗星美人》《君子协定》《晴空血战史》等。

星人》不仅仅是一个男孩帮助一位被困的外星人回家的故事，它还是一个关于信仰和友谊的故事。《终结者》不仅仅是一位试图逃离杀人机器人的女人的故事，这还是一个关于科技铸成大错的警示故事。《末路狂花》不仅仅是两个逃亡女人的故事，它还是一个关于自由的故事。故事只是表面，故事的背后还有主题。故事把观众带入剧场，主题使故事值得观看。这是在灯光熄灭很久后仍留存在观众脑海中的东西，是他们回家时仍然记得的东西。比利·怀尔德（Billy Wilder）曾经说过："你要努力让它发挥点什么作用。我不认为自己写的东西会改变世界，但如果你能让观众在看完电影后谈论上15分钟，那么你就发挥了一些作用了。如果你能让人们在办公室继续交流，或在与人共进晚餐的时候也聊到这部电影，这就是一部电影成功的源泉。"

同样重要的是，你的主题要保持无形并贯穿始终，通过故事与读者产生共鸣。你很快会发现，做到这点最好的方法就是使用情感。当我们投入感情而不是被说教时，我们领悟得最好。优秀的电影在传授生活真谛的同时也在情感上感动我们。主题越有意义，情感越深刻。柏拉图曾经提出，应该驱逐所有讲故事的人，因为他们对社会是一种威胁。他们并不能以开放、理性的哲学家方式对待思想问题。相反，他们把自己的想法隐藏在艺术的诱人情感里。无论写小说、情景喜剧、漫画书，还是剧本，我们都是艺术家。亚里士多德认为，所有艺术都有两个目的：愉悦和教育。作为编剧，我们以故事为乐，以主题为教。

技巧：以巧妙的手法揭示主题

小说是我们用以讲述真相的谎言。

——阿尔贝·加缪[1]

普世主题

因为主题反映了人类生活和生存环境，它通常与普遍的情感和困惑有关，如爱情、家庭、复仇、荣誉或正义战胜邪恶——全世界都经历过的东西。将那些从讲故事开始就获得成功的主题进行分类，可能对新写手有帮助，因为这些主题在几代人之间都引起过情感上的共鸣。我把这些普世主题分为三类："分离—重聚""人性危机"和"人际关系"。

1."分离—重聚"主题

在成功的电影中这类主题很常见。它们与我们人性中最原始的依恋需求产生共鸣，这包括我们对亲密关系、亲近关系和对父母的依赖，还包括对安全、温暖和接纳的需求。大多数关于分手的爱情故事都属于这一类。这类主题包括：

· 失败者的胜利（《洛奇》《功夫梦》）

· 疏离与孤独（《公民凯恩》《出租车司机》）

· 回家（《绿野仙踪》《下班后》《冷山》）

· 错误的身份（《西北偏北》《雾水总统》）

1　译者注：阿尔贝·加缪（Albert Camus）（1913—1960），法国人，作家、哲学家，"荒诞哲学"的代表人物。主要作品有《局外人》《鼠疫》等。

- 死亡（《普通人》《老黄狗》《未了阴阳情》）
- 精神疾病/疯狂（《美丽心灵》《闪亮的风采》《心魔劫》）
- 拒绝与反抗（《飞越疯人院》《勇敢的心》）
- 救赎（《火线狙击》《大审判》《不可饶恕》）
- 成长（《伴我同行》《乖仔也疯狂》《早餐俱乐部》）
- 中年危机（《意外的旅客》《大寒》《推销员之死》）

2. "人性危机"主题

有些故事通过与人性阴暗面进行对比，启发我们了解正确的生活方式，它危及人性，故因此得名。这类电影也包括美好善良被邪恶诱惑的故事，但大多数情况下，善良和正义最终会占据上风。在胶片电影时代，一个蛇蝎美人蛊惑主角做坏事就是一个很好的例子。这个类别的其他主题包括：

- 偏见（《浓情巧克力》《费城故事》《紫色》）
- 现代社会的非人性化（《摩登时代》）
- 战争是地狱（《野战排》《西线无战事》）
- 无辜者被冤枉（《西北偏北》《亡命天涯》）
- 阴谋（《秃鹰七十二小时》《满洲候选人》）
- 绝望中的希望（《肖申克的救赎》）
- 善与恶（《星球大战》《夺宝奇兵》）
- 复仇（《虎胆追凶》《恐惧角》）
- 野心的堕落（《莫扎特传》《公民凯恩》《疤面煞星》）
- 恶习的阴暗面（《七宗罪》《华尔街之狼》《愤怒的公牛》）
- 痴迷（《美国丽人》《致命诱惑》）

3. "人际关系"主题

爱是人与人之间最强大的纽带，渴望爱，我们所有人都可以认同。因此，大多数故事片都去探索这类强大的主题就不足为奇了。这类主题即使没有作为故事主线，也会作为浪漫的次要情节。对这一复杂主题的各种探索仍层出不穷，但最常见的有：

- 获得爱情（《桃色公寓》《当哈利遇到莎莉》《美女与野兽》）
- 失去爱（《安妮·霍尔》《爱情故事》《卡萨布兰卡》）
- 无私的爱（《城市之光》《阿甘正传》）
- 悲剧性的自私爱情（《英国病人》《乱世佳人》《奥赛罗》）
- 激情（《钢琴课》）
- 危险的诱惑（《体热》《本能》，以及大多数胶片电影）
- 友谊（《午夜牛郎》《致命武器》《末路狂花》《E.T. 外星人》）
- 父母之爱（《克莱默夫妇》《锦绣童年》《罗伦佐的油》）
- 动物之爱（《黑神驹》《人鱼童话》《老黄狗》）

找准你的视角

常规建议是写下你所知道的，但写下你的感觉其实更有效，因为归根结底你真正了解的东西只有你自己的情绪。毕竟，每个人的情感都是相通的语言嘛。情感，造就伟大的作品，超越流派、年龄、经济阶层和政治界限。情感具有普遍性。威廉·福克纳曾经说过："如果你要写作，那就写人性。这是唯一不会过时的东西。"

审视自己的内心

大多数与我交流过的专业作家都建议，在写作之前，你要对自己的主题充满激情。要找到自己的激情所在，一个方法就是深入探究自己的内心。作为作者，我们都有自己所相信的正义、自由、暴力、战争、爱情等。你对什么充满激情？什么吸引着你？什么使你着迷？什么使你沉迷？你最喜欢、最恨、最害怕的什么？你信仰什么？你看重什么？不要选择人人都写过的那些显而易见的东西。挑战自己。审视自己的内心深处，挖掘出你的想法里最重要的那些东西。如果你在找主题方面遇到困难，问问自己："如果我能改变人们对某件事的看法，那会是什么？"

"情感上的愤怒"

一位作家曾经告诉我："主题始于情感的愤怒。"问问你自己，世界上有什么不公平？你的生活中有什么不公平？什么让你如蚁噬骨难以忍耐？什么使你热血沸腾？无论什么让你感到愤怒，它都可以成为你故事中一个强有力的潜在主题。

创建价值观清单

价值观是你生命中最重要的东西——爱、正义、关怀、真理，等等。你可以通过挖掘各种资源——哲学书籍、心理学文章，或者同义词典来列出一个清单。

搭建"智慧资料库"

特里·鲁西奥（编剧，代表作《怪物史莱克》《加勒比海盗》）建议，你可以为自己的资料库收集各种语录、警句，来自不同国家的谚语、格言、诗集、戏剧和谚语。阅读它们，让你的思绪漫游其间。

通过九个技巧来展现主题，而非说教

1. 把主题设为疑问，而非前提

揭示主题最简单的方法是将它以问题的形式提出来，而非像阅读拉霍什·埃格里（Lajos Egri）的经典著作《戏剧写作的艺术》（*The Art of Dramatic Writing*）后的大多数人所做的那样，以陈述或前提的形式表达出来。例如，在《罗密欧与朱丽叶》中，与其直接陈述"伟大的爱情甚至能战胜死亡"，不如问"伟大的爱情能战胜什么？"或"爱能超越死亡吗？"然后让故事自然而然地得出结论，从而让主题变得没那么可预测。问一个问题，让你的故事通过情感体验为我们提供答案。

2. 将主题埋藏于情感，并推演出相关想法

据说，情感使人团结，想法使人分裂。这就是建议作者让读者感受主题，而不是让他提前思考的原因。只在理智上表达想法的是一篇文章。但当情感将想法包裹起来，这个故事会变得更强大，更令人难忘。伟大的故事手法是以创造性的、情绪化的方式展示你想表达的事实。永远不要用理智来解释，要用情感来表现。一种有用的技巧是选择一种情绪并用相应的方法表达它。例如，如果你选择愤怒这种情绪，你可能会用不公正或虐待的想法来发展这种情绪。或者你选择好奇这种情绪，就会把它与失去纯真或成熟结合起来。在这种结合之外，人物和场景应该具体化。电影《唐人街》就是运用这种技巧的一个很好案例，罗伯特·唐尼（Robert Towne）认为这部电影的主题其实是一种情感——一种知道将发生什么，但并不真正知道会发生什么的感觉。相关的想法包括神秘、欺骗、腐败和秘密——所有这一切都巧妙地编织在这部经典的剧本中。在黑暗里，侦探杰克·吉茨不仅试图解开谜团，还以为自己知道到底发生了什么事情，而其他角色也是如此。当然，艾斯科巴中尉毫无头绪，但伊芙琳带着她隐藏的秘密，并没有意识到她父亲的调水计划。就连幕后主谋诺亚·克罗斯也不知道伊芙琳打算带着女儿逃离洛杉矶。

3. 使主题与主人公的内心需求和改变历程相关联

为了解决故事中的问题，你的主人公必须做出怎样的情感决定？这就是你的主题所在。因为故事试图传递出关于人类生存状况

的真相，而故事又跟人有关，所以用主人公内心的变化来表现主题是一种常见的技巧。如果主题是救赎，那英雄最终会不会实现它，取决于你在讲什么故事。如果要表达人类精神的胜利，显然主人公的内心旅程将从失败走向胜利。使用这种技巧的一个优秀的例子就是浪漫喜剧《土拨鼠之日》，这部电影讲述了一个自私、傲慢、愤世嫉俗的电视天气预报员被诅咒（或祝福）重新体验某一天，直到他学会如何正确地生活才终止。他自始至终都在受苦，但后来他获得了勇气，转变成为一个真实的、追求自我实现的人。在讲述这个故事的过程中，电影触及了一个基本的道理：当我们超越了对生与死的怨恨、接受自己的处境，我们就能变得真实并富有同情心。但作者将这一信息置于背景中，重点聚焦英雄的成长过程。主人公经历了困惑和绝望，最终走向宽容和对生命的深切同情。通过将主人公的心路历程放在首位，影片传达的信息在情感上而不是理智上与观众产生共鸣。

4. 通过主角传递积极的一面，通过反派传递消极的一面

另一种巧妙揭示主题的有用技巧是塑造对立者，以说明主人公经历中所揭示的任何积极主题的阴暗面确实存在。换句话说，在主题上将英雄和反派形成对比。通过主人公的旅程展现主题积极的一面，通过反派展示主题中消极的一面。经典之作《飞越疯人院》就最大程度应用了这种技巧，主人公麦克默菲代表自由，而护士长拉契特代表对人类这种精神的压制。两个角色发生冲突的场景，也用到了这个技巧。在喝咖啡还是饮料时，两个角色互相比较，"你和我非常像"是一种场景下的典型对话。就像在《夺宝奇兵》中，贝洛克一边喝酒一边对琼斯说："你和我非常像。考古学是我们的宗教。然而我们都从纯粹的信仰中走上了旁门左道。我们的方法并没有你

假装的那么不同。我是你的影子。只要轻轻一推，让你离开光明，你就会变得像我一样。"

当贝洛克打开方舟时，电影达到高潮，主题更加明确。琼斯告诉玛丽恩："玛丽恩，把眼睛闭上。不管发生什么事情，都不要看。"痴迷的贝洛克坚信耀眼的光芒非常美丽。而火焰已经吞噬了这个恶棍，其他的纳粹分子因为玩弄神力也受到致命的惩罚。只有印第安纳·琼斯和玛丽恩在这场灾难中幸存下来，因为他们对可怕力量保持敬畏并表现得非常谦逊。

5. 通过次要情节传达主题

通常，次要情节代表了主人公的性格轨迹，反映出他内心的变化历程。但是，如果你有另一个次要情节，更适合表达你的主题，那这也是一个揭示主题的好方法。例如，《窈窕淑男》是一部评价美国社会性别角色的书，讲述了一个男人发现做女人让他成了一个更好的男人。男主角迈克乔装成多萝西后，发现女人每天都在遭受男人的羞辱。除了普遍性主题之外，这部浪漫喜剧与其他所有浪漫喜剧的不同之处在于，它还有很多次要情节，总共五个，每个情节都由一个不同的角色以及他们对待女性的不同方式所表达。我们看到的次要情节有：迈克如何对待他的女朋友桑迪；他和茱莉的关系，他最浪漫的兴趣；关于另一个男性沙文主义者导演；朱莉丧偶的父亲想娶多萝西；最后一个次要情节展示的是男主角试图勾引多萝西。每个次要情节代表了整个主题的一个侧面。

6. 让每个角色都揭示主题的一个侧面

《窈窕淑男》也是运用这种技巧的一个很好案例，因为它的每个次要情节都由一个角色来体现。但是，如果你的故事没有次要情节，或者次要情节不适合表达你的主题，你也可以使用这个技巧。在这里，故事中的每个配角可以展示你的主题的不同方面。人物越多，角度越多，主题越深刻。这一点在关于权力的电影《教父》中得到了体现：尽管现代毒品交易已经发生变化，维托·柯里昂仍然想要保住权力。开始，迈克并不想和权力有任何关系，但后来他或被迫或被诱惑接受了权力，而桑尼却没法控制权力。

7. 像呈现你的真相一样有力呈现相反论点

有时候，新手对他们自己想传达的主旨过于热情，以至于他们会错误地呈现出片面的、有偏见的论点，这往往把自己的故事变成一场说教。要想纠正它，让你的观点脱颖而出，你可以像表达你的观点那样，以强有力的、充满激情的方式提出相反的论点。这使得故事更加公正。要做到这一点，你得创造一些场景来说明你的主题中的积极面、消极面和不同的观点，所有这些都要以同样引人注目的方式提出。斯派克·李（Spike Lee）在《为所应为》中就做到了这点。这部电影审视了种族主义的所有复杂性，避免了简单的答案，从而传达出不同观点。任何时候，只要你能传达一个双方都正确的主题，你的电影就会充满戏剧性，就像《克莱默夫妇》一样。虽然观众们站在父亲一边，因为他是主角，并花费最多的时间和儿子在一起，但他们也认同母亲。两者都有同样令人信服的情节支撑。

8. 把主题编织进对话

通过对话暗示主题是一种常见手法。但是，正如概述中讨论过的，不建议作者过于直接地陈述主题。但是，如果主题在某个情境自然出现，那它就可以被陈述出来，更重要的是，如果通过潜台词而非明确对话暗示出主题，那它确实也可以被陈述出来。这点在《卡萨布兰卡》中表现得非常完美，里克在影片里的各个环节都在重复这句话："我不为任何人冒险。"通过这段对话，电影强化了孤立主义与利他主义这个主题。另一部在通过对话表现主题方面做得很棒的电影是《日落大道》，其自欺、自恋、贪慕名利、贪婪和精神空虚的主题可以用乔·吉利斯和诺玛·德斯蒙德之间的一段经典对话来概括："你就是诺玛·德斯蒙德。你以前拍过电影。你以前很出名。""我确实很出名。那些电影和我比起来都默默无闻了。"只要你写的对话新鲜又"恰到好处"（关于这一点在第十章有更多论述），你就可以通过对话来陈述自己的主题。

9. 以图像、主旋律和色彩的形式传达主题

由于电影是一种视觉媒介，编剧们喜欢使用象征主义——物体、图像和色彩来巧妙地揭示他们的主题。如果通过对话直接表达主题显得过于明显，那可以尝试通过图像来表达主题，就像劳伦斯·卡斯丹在《体热》中通过描写火和热来唤起失控的激情那样。在开场片段中，观众通常都会看到象征主题的图像。想想《公民凯恩》中的玻璃球，《热情似火》中的"伪装"载酒灵车，《沉默的羔羊》中的障碍赛，《土拨鼠之日》里移动的云朵，《愤怒的公牛》里的挥拳。为了强化主题，你可以在整个剧本中重复相关的图像，这是一种被称为"主旋律"的技巧，它是一个音乐术语，意思是"伴随着一个人或一个场景而反复出现的旋律短语"。因此，在剧本中，主旋律是一个反复出现的形象，它不仅与主题有关，而且与人、情景或想法有关。使用主旋律技巧的很好例子是《唐人街》，它涉及一个调水计划。整个电影里，水就是一个象征，让人通过视觉（海浪湍流、海洋、鱼池），情节（人物溺水、腐败的坏人控制供水）和对话（"他脑子进水了"）来感受。同样有趣的是，在亚洲，水可以代表女性生育能力、爱或一种障碍，这些也都是这部伟大电影的关键对象。它展示了政治（调水计划）和个人（乱伦）这两条故事线是多么相似。

另一个你可以使用的工具是色彩。例如，红色往往象征着激情、兴奋、欲望；蓝色代表宁静、信任和沮丧；而黑色则与死亡、权力和神秘有关；白色被认为象征着生命、天真和单纯。例如，《美国丽人》中经常出现红色，这并非偶然，它揭示了城市郊区在精心打理的外表之下，存在着被压抑的欲望和令人痛苦的不安全感。

落实于书面：具体创作中的主题

在本节中，我们来看看一部电影如何成功地揭示主题。我之所以选择《沉默的羔羊》，就是因为它的主题很丰富，不只涉及一个主题，而是至少包含了三个主题，这些主题都巧妙地交织在一部标准的悬疑惊悚片中。首先，如片名所暗示，这部电影跟三点有关：如何让"尖叫的羔羊"安静下来，如何让我们每个人内心的恶魔平静下来，如何克服我们过去的心灵创伤。克拉丽斯相信汉尼拔·莱克特能帮她抓住野牛比尔，这一点从外部故事情节、关于她过世的父亲的闪回镜头以及她个人的交换场景就可以看出，在跟她有关的场景里，她让莱克特探索她的过去，以她的灵魂为食。莱克特与她的对话则强化了这一主题，他说："你有时还是会醒来，不是吗？在黑暗中醒来，听到小羊的尖叫……你认为如果你救了可怜的凯瑟琳，你就能让它们停下来，不是吗？""你以为如果凯瑟琳还活着，你就再也不会在黑暗中醒来听那可怕的小羊叫声。"

这个故事还跟转变有关，就像水牛比尔收集死去的飞蛾和他想成为一个女人的愿望所象征的那样。为了摆脱自我厌恶的性格，他想从受害者的皮肤中制造出一个新身体以改变自己的外表。在男性主导的 FBI 中，克拉丽斯努力超越自己的性别，证明自身价值，这也是一种转变。莱克特挣扎着逃离奇尔顿医生的折磨，成为一个自由的人，这也暗示了他的转变。

　　最后，影片探讨了男性对女性施加的微妙性压力。注意一下有多少个场景的细节暗示了这个问题。从开场开始，克拉丽斯被拉出障碍赛去见克劳福德。有这么一个镜头，她站在电梯里，与一群比她高一英尺的壮汉相比，她显得十分矮小。她的蓝灰色运动衫与男人们的红衬衫形成了鲜明的对比，使她更加显眼。这种对比并非偶然。事实上，这种视觉景象反复出现过：在其中一名受害者所在的城镇，一群男性警官盯着克拉丽斯看，她被他们包围时，这种对比再次出现。在男性主导的竞技场里，"玻璃墙"强化了她的孤独，这面墙是莱克特的牢房，是他在孟菲斯的笼子，是高潮迭起的场景里的黑暗地牢。其他细节还包括她在接受 FBI 训练时的场景，比如她拿着沙袋，顶住男同事的击打，或者和室友慢跑时，一群男人转身反向慢跑从后面盯着女同事的屁股看。电影中，克拉丽斯还必须忍受几乎所有男性的淫荡目光、傲慢的姿态和骚扰行为——起初奇尔顿博士试图去接她，但当她解释说自己有工作要做时，他变得很生气，坚持说她被派来色诱莱克特；莱克特想知道克劳福德是否对她有性幻想；克拉丽斯走出监狱时，米格斯把精液扔向她，在她第一次来时，米格斯就已经把她物化了；在她研究死蛾的时候，一个书呆子词源学家想约她出去。最后，再看看高潮部分，克拉丽斯在一片漆黑中，水牛比尔透过淡绿色的夜视镜看着她，几乎在抚摸她的头发和脸。从传统来看，绿色不仅象征着复兴和生育能力，还象征着嫉妒和羡慕（绿眼睛的怪物），这种颜色在这里很合适，因为水牛比尔嫉妒他想杀死的女性。最后，克拉丽斯在没有任何男性帮忙的情况下杀死了他。这个紧张的场景以一个带蝴蝶图案的旋转着的纸风车的特写结束，紧接着就是 FBI 的毕业场景，这两个场景都象征着转变。电影的结尾是一个被改造的莱克特（从囚禁到自由）改变马屁精奇尔顿博士（从活人变成死人）。

这个 FBI 实习生寻找连环杀手的故事，并不一定要包括所有这些细节。但它们确实为这个有影响力的故事增加了深度，并引起普遍的共鸣，使它从一部普通的惊悚片一跃成为奥斯卡经典获奖影片。

因此，当你有了一个独特的概念和一个有意义的主题，想通过故事表达出来。你需要创建自己的角色，以便读者能够识别他们并和他们产生联结。让我们来看看角色……

第五章

角色：引人入胜的共情

关键是你必须让他们关心某个人。

——弗兰克·卡普拉[1]

毫无疑问，人物是故事叙述中最重要的元素。没有人物，就没有故事。我们关心的不是发生了什么事情，而是事情发生在什么人身上。我们去看电影，是为了看到角色解决问题和满足需求。是角色让我们欢笑让我们哭泣，而不是情节。然而，许多作者痴迷于情节和结构，以至于常常忘记故事里的角色。这些角色是谁，他们经历了什么，他们如何改变。是这些人物给剧本带来生命，无论剧本属于什么类型或主题。角色就是一切，因为一旦你不再关心角色，你就不再心心念念参与故事。

从营销的角度来看，塑造优秀的角色也至关重要。他们为你的项目加分，从而大大增加剧本被亮绿灯进入拍摄的可能。优秀的角色也会增加剧本被卖出的概率，因为电影公司想要为明星寻找好角色。

1　译者注：弗兰克·卡普拉（Frank Capra）（1897—），意大利著名导演，被称为"好莱坞最伟大的意大利人"。卡普拉一生共拍摄 53 部电影，6 次获得奥斯卡最佳导演奖提名，3 次荣获奥斯卡最佳导演奖。

基本要素：编剧须知

塑造角色可以用一个我们称之为"弗兰肯斯坦方法"的主要模型，它依靠角色表格中的各种问题，用答案一起拼出角色。使用这种方法时，你可以坐下来，拿出一张表，填写人物的外貌特征、社会学和心理学特征。这个角色多大了，有多高？他的职业是什么？他喜欢什么，讨厌什么？名字，确定；出生地，确定；爱好，确定。

虽然这种方法没有什么问题，但它通常不能很好地——反映到书面上。当然，这对从头开始创造角色并充分了解他们以便开发场景可能会有帮助。但这并不一定会让我们关心角色，和角色产生共鸣，而那才是吸引读者注意力让他们从头到尾认真阅读的关键因素。

与角色发生情感联结是作家应该关注的。我们将在本章的技巧部分探讨，如何在不使用人物草图的情况下实现这一点。但首先，我将提供一个从零开始构建角色的更简单的方法。很明显，我们在纸上向读者透露一个将与其发生情感联结的角色之前，我们需要构建好这个角色。"弗兰肯斯坦方法"很有用，但耗时太长。大多数专业编剧写作时都有截稿日期的要求，因而他们只能专注于角色的本质，这点只要回答五个简单的问题就可以塑造出一个坚实的角色。

塑造角色的五个关键问题

回答好这五个问题，你就有了种子，它可以孕育一个伟大的故事。让我们深入探讨一下各个问题：

1. 我的主角是谁？（类型、个性特点、价值观、缺点）

第一步是弄清楚你的主角是谁。如果你不知道自己在写谁的故事，就想想故事中哪个角色的生活比较困难，哪个角色的感受或者境遇最糟糕，哪个角色将被迫从这个故事中学到最多并最终有希望改变命运，或者读者从哪个角色的角度经历这个故事。

四种类型的主人公及其相应的情感

一旦你确定了自己的主角，想一下他会是以下四种人物类型中的哪一种——英雄、普通人、失败者，还是迷失的灵魂。每一种人物都会自动地对应一种情绪共鸣，所以要谨慎选择人物类型。

英雄优越于读者，令读者景仰。虽然他们并不完美，但他们对自己的技能充满信心，会毫不犹豫地采取行动。他们不会摇摆不定，不会对自我产生怀疑。我们对他们产生的不是认同，只会幻想成为他们。他们让我们明白，自己可以成为什么样的人。这样的案例包括《超人》《蜘蛛侠》（他们的另一半自我只是普通人）、《夺宝奇兵》《007》《大侦探福尔摩斯》。

普通人就是读者所处的状态，这可以引发同情，因为我们在他们的身上看到自己，因而认同他们个人、他们的欲望和他们的需要。这些人物克服自身的怀疑、局限、障碍，努力超越自我。阿尔弗雷德·希区柯克所创造的主人公就以此为套路，他们都是生活在特殊环境里的普通人。其他的例子包括《虎胆龙威》里的约翰·麦卡伦，《体热》中的拉辛，《热情似火》里的乔和杰瑞，《E.T.外星人》中的埃利奥特。如果你把自己的主角塑造成一名普通人，那你一定要让他具有独特性和复杂性。

失败者不如读者，他们不太可能是英雄，环境对他们不利，他们被敌对势力打败，并受到压制。因此，随着故事的发展，我们会倾向于保护、帮助或安慰这类角色。失败者是一类有吸引力的主角，因为他让我们感受到三种情感——对他们缺乏自尊或缺乏获得成功所需的资源而感到同情，这些资源包括他们自身任何身体、情感、社会或精神上的障碍；对他们克服障碍并掌控自己生活的决心而感到钦佩；对他们能否成功以及他们成功的概率感到怀疑——这个人能成功吗？如果能，他如何实现这点？这类例子包括《洛奇》《阿甘正传》《功夫梦》《抚养亚利桑纳》《象人》《我的左脚》中的主人公和《终结者》中的莎拉·康纳。

迷失的灵魂，也被称为"反英雄"，是一个与读者相反的角色——这类角色走错了方向，走到了错误的道路上。他有道德缺陷，代表了人性中的阴暗面。因为我们会被这种阴暗面所吸引，所以这类角色也能激发起我们阅读的兴趣。也许我们还会因为他们敢于作恶、挑战现有道德体系而产生一丝愧疚的钦佩。这就是演员们经常承认他们喜欢扮演有缺陷的角色，尤其是反派角色的原因。他们不讨人喜欢，所以为了与他们建立起至关重要的联结，读者必须理解他们，并欣赏他们身上的某些特质——他们的智慧、他们的动机、他们的别无选择，甚至是一种罕见的积极价值，比如对家庭的忠诚（《教父》），对另一个人的关心（《午夜牛郎》），或激情（《莫扎特传》）。关于迷失的灵魂这类角色的例子还有《雌雄大盗》《愤怒的公牛》《公民凯恩》和《出租车司机》。

个性特征

　　一旦你确定了主角的类型，就到了赋予他一些特质的时刻。赋予多少特征由你决定，但肯定不能只有一个。对一个单一维度的人有感觉，这不太可能。真实的人有很多层次——情感、心理和智慧。只有一两个特征的角色和简笔画差不多。大多数主角都有许多特质，他最好积极、中立和消极三种特质兼具。一个完全好或彻底坏的角色，既不可信也不有趣。

价值观念

业余剧本的一个常见问题是，所有角色的声音和行为都一样。个性是解决这个问题的关键点。你要赋予每个角色不同的观点、信仰、态度和价值观，而这些都将通过他们的行为和对话表现出来。例如，在《华尔街》这部电影中，戈登·盖柯对金钱的态度是"贪婪是个好东西"，这是他行动的动力，也是故事发展的动力。

缺陷

尽管大多数书籍和研讨会都会建议你将主角塑造得讨人喜欢，但这并不意味着他一定要完美无缺。人无完人。所以读者不会相信、当然也不认同完美的角色。想想你对亲戚、爱人或朋友的感觉。当然，他们很棒，你喜欢他们所有的优点。但他们肯定不完美。有时候他们让你抓狂，但你仍然爱他们。如果你能爱一个有缺点的亲戚，读者肯定也会爱一个不够完美的角色。缺点，包括消极的性格、恐惧、不够客观、怨恨、有心灵创伤或其他情感问题，这些缺点会给人物添姿增彩，使人物层次更加丰富，让角色更加人性化。这些也会增加情节的紧张感和吸引力，使读者想知道在有缺点的情况下，角色如何走向成功。这些挣扎会给故事带来一些最引人注目的情感高潮。

2. 他想要什么？（欲望、目标）

欲望是驱动剧本的力量。它是故事的主线，任何阻碍这种欲望的因素都会导致冲突，而冲突反过来又会产生情感。所有的故事都跟某个人想要或者需要某样东西有关。没有目标，就没有故事。雷·布雷德伯里（《华氏451度》作者）建议道："首先，挖掘出你心目中的英雄的愿望，然后跟着他走！""一个什么都不想要的角色是无趣的。他漫无目的地四处闲逛，无聊的读者将别无选择，只能把剧本扔进垃圾桶。"

目标对角色来说可以是任何最为重要的东西——解决冲突、做决定、迎接挑战、解开谜团或克服障碍。但是，电影是一种视觉媒介，所以目标应该有形且具体——我们可以看到目标被完成，或者有足够紧急的事情驱动角色经历那些复杂的情节。如果你看不到主角的目标，或者主角有太多的目标以至于读者不确定哪个最重要，这些都会削弱剧本的吸引力。

3. 他为什么想要？（需求、动机）

读者不仅希望了解角色想要什么，还想知道为什么。所有的行为都有动机。动机是主宰我们行动的精神力量，是每一种行为的原因。当读者理解了为什么一个角色在此刻或者最终会按照某种方式行事时，都会有更满意的体验。

动机起源于对角色有意义的事情。它可以基于角色的态度、信仰、情感或需求的任何事情，如一个英雄拯救他所爱的人（《虎胆龙威》），与体制作斗争（《丝克伍事件》），或努力救赎自我（《大审判》或《不可饶恕》）。重要的是，动机必须引人注目，并值得同情。换句话说，如果一个角色因为贪婪而抢劫银行，我们不会同情这个角色。但是，如果他为了支付自己爱人的手术费用而抢劫银行，就像《热天午后》里发生的那样，即使我们不赞同他的行为，也会认同角色，并理解他的处境。

显然，我们在这里研究的是性格心理学，这就是为什么对一个有追求的作者来说，必要条件之一就是成为一名热衷于研究人类行为的学生。如果你正在寻找一条理解需求和动机的捷径，可以学习马斯洛的层次需求理论。根据心理学家亚伯拉罕·马斯洛（Abraham Maslow）的观点，层次需求理论是驱动我们前进的动力、是我们需要的东西，忽视它们会导致我们不快乐。层次需求理论包括生存和安全（大多数跟拯救世界有关的惊悚片和夏季热卖大片都基于此动机）、爱情（浪漫喜剧和爱情故事基于此动机）、归属感、接纳和自尊（成年或弱势群体的故事的基础），以及了解和理解的需求（神秘事件类电影都基于此动机）等。

重要的是，要明白除了少数特例，欲望并不总是等同于需求。有时候我们认为我们需要的东西并不是我们真正需要的东西。例如，一个角色可能认为他需要复仇。但在现实中，他需要的可能是疗伤，摆脱过去的痛苦。在《沉默的羔羊》这部电影中，克拉丽斯的愿望是把那个女人从野牛比尔手中拯救出来，但她的需求是让她过去的那些羔羊都安静下来。

事实上，当需求与目标发生冲突时，故事会变得更加有趣，就像一个角色在自己的感觉和自己的追求之间左右为难时那样。例如，在《热情似火》这部电影中，秀咖想嫁个有钱人的目标阻碍了她对爱情的需求。在《尽善尽美》这部电影中，梅尔文对爱情的需求与他想独处的愿望形成了反差。这些目标和需求之间的冲突制造了很多引人入胜的时刻，在这些时刻，角色必须在自己的目标和需求之间做出艰难的选择，但这往往又会造就主角的个人成长。传统上，当角色选择目标而不是需求时，我们将看到一个不幸的结局，就像所有的悲剧那样。当角色选择需求而不是目标时，就能带来一个幸福的结局。

4. 如果他失败了怎么办？（风险高、赌注大）

读者理解角色的欲望和动机后，现在就需要了解角色面临的风险了。赌注是你的角色可能得到或失去的东西。如果他失败了，会发生什么事情？如果他成功了，又会发生什么事情？赌注也被称为

"可怕的选择"，意思是，如果英雄未能实现他的目标，将会面临可怕的后果。这些都是负面影响。这就会引出一系列相关的问题：你的角色有多想实现这个目标？他准备通过哪些行动来实现目标？他愿意冒什么风险去得到他想要的东西？你的角色应该有足够的激情来达成他的目标。如果他没有竭尽全力克服故事中的障碍，你怎么能指望读者会关心呢？编剧杰拉尔德·迪佩戈在《编剧自我修养——好莱坞顶级作家的成功秘诀》中说："每当有人让我读剧本，或者我在创作自己的剧本时，我总是问自己'这里有什么风险？'，如果你忽视了这一点，你最终会失去观众。你不仅需要知道什么是危险，而且得让危险越来越紧急。在故事发展过程中，事情变得越来越糟。如果在你的故事里，每个角色都过得很开心，没有任何冲突，你怎么能指望观众身临其境呢？"

故事中的危险可以具有全球性，这意味着这些问题能影响某个地区甚至全世界；危险也可以个性化，因为它们影响了主角的命运。例如，在《夺宝奇兵》中，全世界都面临纳粹占领的危险，但对印第安纳·琼斯来说，他个人面临的危险是他的生命和爱人玛丽安。事实上，当涉及关系时，危险产生的影响力会更能激发人的兴趣。想想有多少部伟大的电影在高潮时直接或间接地决定着另一个角色的命运，如《卡萨布兰卡》《西北偏北》及《唐人街》。

如果一个角色与结果无关，读者就不会关心你的主角是否能解决问题。读者只会理智地阅读，而不是在情感上参与故事。角色的危险越是情感化，读者就越关心这个角色，也就越想让角色实现自己的目标。如果一个角色不解决问题的时候什么都不会失去，那你的故事肯定也不是一个好故事。这就是为什么斯坦利·埃尔金说：

"我永远不会写一个没有被逼到绝境的人。"

　　这就引发出一个跟角色行为有关的重要观点。主角的行为必须具有主动性，而非被动性。读者往往不喜欢只对事件作出被动反应的角色。想想一部业余版的《亡命天涯》，面对杰拉德，金布尔医生的反应只是试图逃脱抓捕，而不是试图通过找到那个独臂人来证明自己的清白。这样只能创作一个简单的追逐电影，没办法做到引人注目。读者更喜欢积极主动的角色推动事件发展，而不是被动对其他角色或事件作出反应。看看《沉默的羔羊》里的汉尼拔·莱克特吧，尽管影片的大部分时间他都待在牢房里，但他行动异常活跃：他探查、操纵并激发克拉丽斯直面她的过去，同时帮助她找到野牛比尔。你的角色不一定要一直活跃，但他应该解决故事里的问题，像罗杰·桑希尔在《西北偏北》里那样，他起初因为被误认为间谍而被动作出反应，但随后他主动亲自调查这一神秘事件，并在最后拯救了伊芙，从而掌控全局。

　　5. 他是如何转变的？（角色轨迹）

　　这个问题的最后一部分是人物的转变，从头到尾他的情感是如何变化的。当然，这并非一项必不可少的要求（侦探和间谍惊悚小说中的角色，就很少出现情感改变），但还是建议你的主要角色能经历某种转变，这种转变通常是为了实现内心的满足，或者克服那些不利于实现目标的、自暴自弃的缺点。这种变化可以发生在身体上、行为上、精神上，或者情感上。传统上，这种变化包括治愈心灵创伤，意识到一些错误的想法或行为伤害了别人，开发了自己的潜能，或者学习到重要的人生经验从而使角色的人生好转。这些改变中遇到的挣扎可以为你的剧本增添力量、意义和鼓舞人心的情感体验，这就是在开发会议上高管总在讨论角色发展轨迹的原因——角色是如何贯穿整个故事的，角色的发展轨迹如何？发展轨迹太缓和太狭窄？发展轨迹太夸张？发展轨迹太不易察觉？发展轨迹发展太快、太令人难以置信，还是应该更渐进、更现实一点？

　　为什么我们会痴迷于角色的改变或成长？改变比不变更有趣，一成不变太枯燥。改变能创造故事的多样性，激发读者的好奇心和期待，让读者想知道这个角色是否会改变，如果会发生改变，角色如何改变？因为改变充满困难和压力，它增加了冲突。改变还能告诉我们一些重要到足以改变角色的事件，以增加故事在阅读和观看方面的重要性和意义。最后，大多数人都有缺点，我们想要改善自己，但又不知道如何改善，而小说中的人物改变他们自己的行为和过程，为我们提供了榜样，让我们了解到一个人如何成长。他们的故事给予我们希望，我们也可以改变。

技巧：与角色建立联结

　　如果你回答完以上五个问题后再创造一个主要角色，你的剧本将得到巨大的飞跃和提升。但它还不能自动生成让读者关心的立体化角色。许多初学者塑造角色的脚步就停留在这里，因为大多数跟角色有关的书籍就到此为止。当我们考虑这个问题时，一个角色还仅仅是停留在页面上的文字，一个名字、一段描述、一些动作或几句对话。要想让他跃然纸上与读者交流，仍是一项挑战。要从读者那里得到任何情感上的反馈，还需要在页面上将角色的特点、缺点、欲望、动机、利害关系和成长轨迹一一描述出来。要想获得预期的情感反馈——读者对主角产生同理心，对主角的对手产生敌意——读者必须与角色建立联结。在本节中，我们将探讨这两个基本要点——作者如何在页面上展示角色，以及读者如何在情感上与角色建立联结。

揭示角色性格与变化

揭示角色性格是剧本创作艺术的精髓所在。当被问到想寻找什么类型的剧本时，大多数演员、经纪人和制片人给出的答案都是"跃然纸上的角色"。

角色展现（展现，而非讲述）

如何以一种令人兴奋的方式展现人物，是我们在写作时面临的最大挑战之一。这就是为什么写作，尤其是剧本写作的终极准则是"展现，而非讲述"。通过上述五个问题来定义角色会有帮助，但如果读者没能通过动作和对话看到这五个答案的戏剧化展现，那么这五个问题的答案就没有任何意义。

作为一名作者，你的工作就是创造事件，让读者通过角色的行为和对话来体验情感，而不是告诉读者他正在感受什么。你创建的一系列事件，它们展示了角色的思维过程，而不是让角色告诉你，他在想什么。这就是口头对话（更多内容见第十章）。例如，在《出租车司机》中，编剧保罗·施雷德（Paul Schrader）没有告诉我们特拉维斯·比克尔是一个与社会格格不入的精神病角色，而是在镜中向我们展示了"你在跟我说话"的场景。

那么，诀窍就是展示出你对故事中重要角色的了解。许多专业编剧都使用"两栏策略"。他们在一张纸上画出两栏。其中一栏的标题是"我对角色的了解"，在这一栏中列出角色的所有主要特征；而第二栏的标题是"我将如何在一个场景中展示它"，在这一栏中，他们将这些特征戏剧化。当编剧们想出一个独特的原创角色时，关键的创作过程就在这两栏里。比如，在第一栏里他们可能会写上"节俭"，在第二栏里会写上"他清洗纸盘，把用过的餐巾纸再叠起来"。这样，他的行为就能展现出他的节俭。动作是作家表现性格最常见的方式，但并非唯一的方式。

用文字展现人物的六种方式

（1）描述和命名

新手往往会忽略这两个简单的工具，他们更喜欢随着年龄和外貌描写来透露姓名，例如"约翰·史密斯，30岁，很有魅力"。但这段描述过于中性，有点乏味，听起来更老套，无法在读者脑海中唤起一个独特的形象。读者想要了解角色的内心世界，而"很有魅力"这样的描述并不能说明角色的性格。只要稍加努力，作者们就能写得更好。看看艾伦·鲍尔（Alan Ball）在《美国丽人》中是如何描述角色的："这是瑞奇·菲茨。他18岁，眼神却显得很老成。在他禅意般的宁静下，潜藏着某种受伤的东西……似乎有点危险。"这几句话非常简短，但有更多含义。通过这几句话，我们就能清楚地看到瑞奇的外表、性格和内心的矛盾。

名字也同样不能掉以轻心。它们比大多数人想象的更有感召力。假设你被安排参加一次相亲活动。如果你是男人，你更期待和谁约会呢？是希瑟还是格特鲁德？如果你是女人，你愿意和赫伯特还是理查德共度良宵？这都是一些粗笨的例子，但你肯定已经明白这个道理了。谨慎地选择角色名称。除了电话簿，还有很多的宝宝取名书籍和网站会专门介绍名字及其含义。我们将在第九章探讨角色的描述。

（2）对比

另一种揭示性格的有效方法是对比，这意味着通过比较两件事来显示差异。例如，在一幅画中，如果你想展示蓝色，你可以将它与橙色或其他对比色并列。同样，表达一个人感受的方法是让他周围的人有相反的感受。如果你想揭示一个角色的悲伤或孤独，那就可以让他周围的人都充满快乐、善于交际，读者通过对比就能看出不同。对比这个工具非常强大，因此你会在本书中经常看到我们提起它。因为对比通常意味着某事的对立面，它是另一种形式的冲突，对比总能让角色跃然而出，使其清晰可见。当某物有对比物时，你就能看得更清楚。你会了解它。这就是为什么大多数戏剧都会涉及不同的价值观，如善与恶、公德与私利或财富与贫穷。对比可以使两者的观点更加清晰，不过这是主题对比。在这里，我们谈论的是揭示性格。你可以通过三种方式来对比性格：内心对照；和其他角色对比；和所处环境的对比。

内心对照——在这里，你可以揭示人物的内心冲突——对照其性格、缺点、欲望、需求和情感，这些都会产生冲突，从而提升读者的兴趣。威廉·福克纳曾经说过："唯一值得写的主题就是人类内心与自身冲突产生的问题。"在《卡萨布兰卡》中，里克决定参与其中还是置身事外的对照，揭示了里克的内心挣扎。

和其他角色对比——在有搭档或者"古怪的一对"的电影里，这是最受欢迎的一种设置，如《48小时》《致命武器》《尖峰时刻》，甚至还有《天生冤家》《末路狂花》和《非洲女王号》等经典影片。将一个人物与另一个人物进行对比，可以区分并展现出他们的个性。当将其他因素进行对比时，如不同的抱负、动机、背景、目标、态度和价值观，也可以为故事增添趣味。当两个截然不同的角色被迫进入一段关系时，你能创造出一个更具吸引力的故事，就像《致命武器》《48小时》《天生冤家》那样。

和所处环境对比——正如你在"概念"一章里所看到的，"格格不入"这种设置——将一个角色与他所处的环境进行对比，是创建一个引人关注的故事的有效方法，因为这种设置将产生冲突。这也有助于揭示性格。试想一下，如果一个懦夫处于危险的战场上，一个胆小的女人置身联谊会，或者一个没有学识的男人处于门萨聚会中，这个人物的方方面面都会暴露出来。《雨人》中的雷蒙德·巴比特，他性格中的大多数特点都是在离开精神病院后经历外部世界时才显露出来。对比是展示性格的一种很好的技巧。

（3）其他角色

只有一个角色的电影极为罕见，因此你的主角必须与其他角色互动，或者如果他碰巧是一个隐士，至少其他角色知道他。你可以通过两种方式来展现一个角色——他们如何谈论他，或者他如何通过看似随意其实有意义的关系影响他们。

别人如何谈论他（流言蜚语）——一个完美的例子是《沉默的羔羊》的开场，在克拉丽斯见到汉尼拔·莱克特之前，克劳福德就警告克拉丽斯，从而确定了谁是汉尼拔·莱克特。之后，奇尔顿博士继续讲解必不可少的安全程序，进一步将莱克特塑造成一名危险的精神病患者。在我们见到莱克特之前，这一切塑造工作已经熟练地完成。同样，在《卡萨布兰卡》中，在我们见到拉兹洛和他的神秘女士之前，雷诺已经讨论过他们。雷诺还透露了里克的一些背景资料，他说："亲爱的里克，我怀疑在你在愤世嫉俗的外表下，本质上是一个多愁善感的人……哦，如果你想笑，那就笑吧，但我碰巧对你的过去很熟悉。我就指出两样。1935年，你们向埃塞俄比亚走私枪支。1936年，你们站在西班牙保皇派一边。"如果这番话是从里克的嘴巴里说出来，那一定让人觉得很尴尬。通过其他角色来透露这些信息，无疑更合适。这种技巧也可以用来提升读者对一个仍未出现的角色的兴趣。对于大家都在讨论或受其影响的角色，我们见到得越少，就会对他越着迷，当我们最终见到他时，就会给予他更多的关注。这点在塑造反派和衬托主角的次要角色身上表现得尤为突出，他们的缺席，以及最终他们会与观众见面的期待，会给观众带来紧张感，从而对观众产生影响。想想电视节目《欢乐一家亲》中奈尔斯·克兰的前妻玛丽丝，她经常被人提起，并在电话中与角色们互动，得到角色们回应，但从未与大家见过面。

他如何影响别人（人际关系）——通过主角影响其他角色的方式，也可以间接传递出一些关于主角的有用信息。例如，在《尽善尽美》的第一个镜头里，老太太在走廊上看到梅尔文时从快乐转变为厌恶，瞬间塑造了梅尔文的形象。再注意一下，在《教父》中，我们对唐·维托·柯里昂的了解有多少来自周围人物对他的态度——他们的紧张、恐惧、尊敬和尊重说明了一切。实际上，揭示角色最迷人的地方正在于探索他与他人的关系。以下是斯科特·罗森伯格（Scott Rosenberg）在《编剧的自我修养——好莱坞顶级作家的成功秘诀》中所说："我必须投入角色中。对我来说，史上最伟大的动作片就是《虎胆龙威》，这不是因为里面的炸裂效果，而是因为每次他们都会把镜头切换到邦妮·贝迪莉亚的脸上，她知道是她疯狂的丈夫在竭尽全力救她。正是这两个角色之间的联系让我关注这部电影。另一部你会关心这种关系的电影就是《48小时》。和其他的人在一起，谁在乎呢？我讨厌像《独立日》《哥斯拉》和《活火熔城》这样的电影。我不在乎你用的技术。如果我没关注到角色，我就什么都不会关注了，不再说了。"关系在剧本中至关重要。在生活中，你的角色与他人有什么关系？他的妻子、朋友、亲戚、孩子，甚至敌人？每个角色都是一个揭示主角的机会。

（4）对话

第四种展现角色的方式当然是通过对话——这可能是最有效的方式，但新手编剧往往不会充分利用该方式，这并不奇怪。精彩的对话是最难掌握的剧本元素。避免一些常见的问题，比如生硬、说明性和直白的对话就已经很难了，这还不用说担心角色的定位。对话是最有效的间接揭示性格的方法，因为它能表现而不是通过描述或八卦来讲述人物。例如，通过一些对话，你可以透露一个角色的背景信息、教育程度、所从事的职业、性格、为人处世的态度、情绪和情感。但更重要的是，对话可以让你用独特的声音来个性化一个角色。最好的例子之一就是《洛奇》，通过他的对话，你能清晰地定义这个人。他的工人阶级背景、没有受过正规教育的经历、从事的职业，都可以根据他如何缩短语句（"你丫什么意思？"）以及如何结束语句（"你丫明白我的意思了吗？"）透露出来。选择你最喜欢的角色，在对话中找机会让他们个性鲜明起来。我们将在第十章深入探讨对话。

（5）行动、反应和决定

正如可以通过角色说什么或不说什么来展现他们，也可以通过角色对事件的行为和反应来展现他们——他们做什么或不做什么，他们感觉到什么或没感觉到什么，他们揭露什么或隐藏了什么。对待相同的情况，两个不同的角色会有不同的反应。想象一下，你发现有人想要你死。如果你是《热情似火》中的乔或杰瑞，你感到很害怕，于是决定假扮成女人，躲进一支女子乐队。如果你是《教父》里的迈克尔·柯里昂，你会计划先杀死敌人从而将问题扼杀在萌芽状态。如果你是《西北偏北》的罗杰·桑希尔，你会感到困惑，并决定破除这个错误的身份。正如罗伯特·麦基所言："一个人在压力下的反应，会深刻地体现出他的性格。"让你的角色置身于感情的重重冲突中，看看他如何反应，这是展现性格最有效的方法之一。用这种方式来展现角色，而不是讲述角色是什么人，以及更重要的一点——角色的感受是什么。在一次采访中，演员本·金斯利曾经说过，一个角色最吸引他的地方在于角色的必然性——"每个人都有自己的极限。当角色被逼到极限时，不可避免地会以某种方式行事。只有把人逼到极限，当他们无路可走时，你才会真正认识这个人。这就是戏剧的魅力所在。"因此，当一个角色被逼到极限、生命受到威胁、工作岌岌可危，甚至在只有一条毛巾蔽体的情况下被锁在门外时，他会如何行事，了解这些很重要。这条也适用于坏人。剥夺他们最想要的东西，将他们逼到极限，从而加剧他们的愤怒，并利用他们的愤怒，将他们推向崩溃的边缘。

我们都听过，**行动**胜于言语，行动能体现人物的性格和内心状态。例如，一个愤怒的角色会扔出椅子或打碎镜子，而一个充满爱心的角色会温柔地抱着他心爱的人。在《唐人街》这部影片中，杰克·吉茨为科莉倒廉价酒时，我们可以看出他的势利，他把更贵的酒留给更有钱的客户。这些瞬间的微小动作都由角色下意识做出，由角色的动机、态度和情感所驱动。因为阐明了人物性格，所以它们才是展现角色本质的最有效方式之一。不是描述或者对话，而是动作。

你也可以通过一个角色在压力面前什么都不做来展现他的性格。例如，在经典的史诗级西部大片《西部往事》中，我们知道口琴手想要杀死反派弗兰克，但并没有告诉他原因，只在弗兰克即将死去时透露自己的动机。在他们俩相处的前几个场景中，虽然他有很多机会杀死弗兰克，但都能自我控制地通过对话多告诉我们一些关于他的信息。他知道自己想要什么，也知道自己想要怎样去做，这一点我们从他在整部电影中的不作为中就能看出来，这让弗兰克很沮丧。

通过角色在困境中所做的决定来揭示角色，也是一种很有效的方法。你设置一个情境，一个岔路口，让他们在两个同样吸引人的选择中不得不选择一个，或者在两个邪恶的选择中选出较小的——两个互相冲突、可以改变生活的目标。在《黑客帝国》中，特工史密斯来逮捕尼奥，尼奥很害怕，不相信墨菲斯的建议，没有跳楼。后来，他遇到了墨菲斯，墨菲斯再一次给了他选择，蓝色或红色药丸——忘记一切或去冒险追求真相。当尼奥服用红色药丸时，他的选择更多地揭示了他的性格和正在萌发的勇气。

还可以通过一个角色对秘密所做的决定来定义一个人物，他们要么试图向别人隐藏秘密，要么有勇气向别人揭发秘密。最有力的例子之一就是《唐人街》中的伊芙琳，她在整部电影中的每一个选择和反应都受到黑暗秘密的影响。

（6）行为癖好、标志和道具

就像角色的某些瞬间一样，在举止、代号和道具这些方面添加一些细节可以揭示角色的很多信息。这些方面包括行为举止、怪癖或习惯，比如唐·柯里昂在《教父》的第一场戏里抚摸他的猫，杰克·沃尔什在《午夜狂奔》里不停地看表，还有克雷默闯入宋飞的公寓；另外还包括爱好和兴趣，比如山姆·马龙在《干杯酒吧》中的风流韵事，尼奥在《黑客帝国》中的电脑黑客行为，汉尼拔·莱克特在《沉默的羔羊》中的食人行为；另外还包括道具，比如科伦坡的雨衣、科雅克的棒棒糖、印第安纳·琼斯的鞭子、格劳乔·马克思的雪茄。这些物品不仅对这些人物有意义，还使他们在故事中与众不同。行为举止还可能透露出角色的情感，比如在《粉红豹》系列中，每当德莱弗斯探长想起他的死对头克鲁索探长眼睛就会抽搐，或《收播新闻》中简·克雷格的哭泣。象征物在揭示人物性格方面也很有力量，比如颜色（西部片中，老套的黑白帽子代表英雄和恶棍，但在《星球大战》中使用得也很好——卢克用的是白色，达斯·维德用的是黑色）、照片、奖杯和文凭，这些都能让读者进一步了解你的角色。

有关角色特性

你创造了你的角色，并设法在书面上有效地展现出他们的独特性，但是吸引读者注意力让他们阅读的关键因素在于读者是否喜欢、关心、认同或同情你的主要角色。情感中立不是读者的一个好选择，尤其是涉及你的主角和他的对手时。但这也是大多数关于角色成长的建议经常结束的地方——在写作的过程中，有时甚至是展现的阶段，这使得有抱负的作者会通过反复尝试来学习如何让读者关心自己的主要角色。在下面的部分中，你将学到如何做到这一点。

吸引读者的注意力

当读者描述他们对剧本的情感反应时，他们经常会说："我真的很认同那个角色，"或者"剧本很糟糕，我一个角色都不认同。"当他们说自己一个角色都不认同时，这意味着他们不关心角色身上发生了什么事情。如果读者不关心角色，不关心角色做了什么事情，不关心角色经历了什么，不关心情节进展，你又怎么能指望从头到尾吸引读者的注意力呢？如果你不关心某件事，你会关注它吗？如果读者认同一个角色，他不仅会从情感上与角色产生共鸣，还会双目紧紧盯着书面，不由自主地不停翻页，直到最后。角色的旅程变成了他的旅程，他对角色的热情会促使他不断向前翻阅故事，因而形成对故事本身的兴趣。

与角色建立关联的三种方式

为了方便读者更清楚地理解自己可使用的剧本创作技巧，我将读者与角色发生关联的方法分为三种，括号中是相应的情感反应。它们是：

· 认同（理解和共情）

· 好奇（兴趣）

· 神秘感（好奇心、期待和紧张）

（1）认同（理解和共情）

为了塑造角色，你要回答的五个关键问题，还记得吗？角色所有的性格特征、态度、缺点、欲望、动机和欲望都是读者能够辨认和理解的元素，这些能够让读者对角色产生认同。我们的天性是喜欢与自己相像的东西，害怕或不信任与自己不像的东西。因此，我们会认同一个和我们有共同价值观、看法和态度的人。当我们看到自己的希望和奋斗，看到自己已经拥有或希望拥有的品质时，我们就会以己度人，从而间接体验角色的情感。读者和角色之间马上就会形成共生关系，这种关系被称为共情。

共情是指对角色感同身受，分享和理解他们的处境、感受和动机。我们为角色的问题所困扰，我们希望角色成功，我们陪伴角色一起经历世事直到他们成功为止。这就是为什么读者甚至可以同情一个有缺陷的角色，尽管他做了坏事，但他有明确的动机去做这个事情。读者下意识地会想："我能理解这个角色。如果我处在这种情况下，我也会这么做。"

　　许多作者混淆了共情和同情，前者是认同一个角色的必要条件，后者则意味着喜欢和支持一个角色。正如我们已经看到的电影史上的一些伟大角色，在创造有缺点的角色时，很明显同情并不是必要条件。我们没必要喜欢一个角色，关心他的目标，但我们必须对角色非常着迷，并和纸面上的他们产生联系。想想《尽善尽美》中的梅尔文·尤德尔、《不可饶恕》中的威廉姆·芒尼，以及《沉默的羔羊》中的汉尼拔·莱克特，他们都是不讨喜、有缺陷，但又让人非常着迷的角色。当我们认同一个角色的行为、欲望和情感时，这一点就会继续强化，我们就会与这个角色产生联系。看看那些成功的动画电影，比如《海底总动员》《玩具总动员》《狮子王》《小鹿斑比》，还有以动物为主角的电影（《神犬莱西》《小猪宝贝》）。我们认同这些角色，就是因为我们对他们身上跟我们相同的特质、希望、态度、行动和动机产生了认同。

　　当我们认同角色的情感时，我们也会与他们产生深刻的联结。例如，当我们看到某人痛苦时，我们会为他感到难过。当他快乐时，我们也会感到快乐。尽管人和人之间存在差异，但情感是普遍存在的，它会将人们联结在一起。因此，建立联结的关键是创造事件和经历，让我们对角色产生熟悉的情感。不要告诉我们角色的感受。通过戏剧化的表演，让我们亲身体验他们的经历。简而言之，我们通过文字看到一个角色，我们认可角色的经历和他所表达的情感，因为理解这些情感产生的原因，并对角色感同身受。这个过程把我们和角色联系起来。

（2）好奇（兴趣）

　　我们的天性就是被与众不同的东西所吸引，任何能勾起我们好奇心并使角色引人入胜的东西都可以有效保持读者的兴趣。在文字上，有以下几种方法可以实现这一点。

独特性——因为我们会被与众不同的——不寻常的、独特的东西所吸引，所以经常问问自己："我怎样才能让这个角色与众不同，不像我们在电影和印刷品中所见过的任何人？"这不仅仅是一种独特个性的组合。同时，也要关注**价值观**，这是角色在生命中很看重的东西，如自由、安全、家庭、冒险等；**态度**，是角色对周围世界的看法和观点；**主导性激情**，它可以是一种问题，一种冲动，或者是驱使你的角色的奉献精神，就像《热浪》中拉辛的激情，或者《勇敢的心》中华莱士对自由的奉献；还有很多**细节**，那些让一个人变得独特并让人物栩栩如生的小细节，比如《公寓》里巴克斯特用网球拍过滤意大利面，或者《当哈利遇到莎莉》里哈利在阅读一本神秘小说的第一页之前先读最后一页。通过不断地给角色添加新鲜的触感，你能保持读者的好奇心、惊喜和兴趣。

悖论——塑造复杂而迷人的角色的另一种技巧就是在角色自己身上创造悖论。要做到这一点，你可以赋予角色具有相互矛盾冲突的特征，同一个身体上有多重面孔，最好相互对立。乔·埃泽特哈斯（Joe Eszterhas，编剧，代表作品有《本能》《血网边缘》《魔音盒》）说："我喜欢看到角色的灰色面。我喜欢角色在正常的外表下，还有很多层面。我喜欢复杂性。我喜欢用多种不同的性格给观众带来惊喜。我喜欢角色性格中的意想不到之处和矛盾。"因此，可以想打破原有印象，使同一角色中的不同元素产生对比，比如一个喜欢鸟类的邪恶角色，或者一个充斥着腐朽论调的慈善机构，这些我们都知道，你的工作就是超越它们，创造更多独特的对比。不要把自己局限于性格或价值观。你可以把需求和欲望进行对比，就像在《尽善尽美》中，梅尔文需要爱但又讨厌其他人；或者将欲望进行对比，比如《公寓》里，巴克斯特必须在他从公司里升职的雄心壮志和对弗兰的爱之间做出选择。一个角色内在对比越多，矛盾越多，怀疑和优柔寡断越多，这个角色就会越迷人。角色之间的冲突还会增加剧本的情感张力，并进一步让读者参与到故事中来。

缺点和问题——你已经明白为什么你的主角不可以完美，因为缺点会增加角色的可信度和读者的兴趣。事实上，缺点能够产生冲突，一个角色的缺点总是比他的优点更有趣。把一个熟练的水手放在一艘摇摇晃晃的船上，就不会有冲突，不会有兴奋感，不会让读者产生情绪。让角色怕水，就像《大白鲨》里的布罗迪警长，我们就会产生兴趣。

在《夺宝奇兵》中，勇敢的冒险家印第安纳·琼斯害怕蛇。你能赋予角色的最引人注目的缺点之一就是恐惧，尤其是情感方面的恐惧，比如害怕承诺、害怕成功、害怕自己不够好或者没有人爱自己。这些恐惧通常与角色的转变有关，接着我们就跟随角色的发展历程，陪着他们改变或失败。罗伯特·唐尼（编剧，代表作品有《唐人街》《特殊任务》）说过："一个作家在拷问角色时，最需要问的重要问题是，角色真正害怕的是什么？"这可能是进入角色的最佳方法。故事就要这么讲……要有一个真实的角色。《唐人街》里的杰克·吉茨害怕成为傻瓜……他对此有点反应过度："我不会让任何人给我打上这个标签。"这成为一个自我实现的预言，预言最终成真。他最终达到了一个自己从未想到的高度。他很恐惧当傻瓜，所以努力改变。他没有受周围的任何人摆布。因此，角色的缺陷，尤其是情感上的恐惧，会阻碍角色的发展，让他难以实现自己的目标，这也是让角色变得迷人的另一种方法。

当你的主角不讨人喜欢时——正如我前面提到的，在作家创造一个不讨人喜欢的角色或颠覆传统角色时特别有用——罪犯是主角，警察是反派，比如《热天午后》或《城市英雄》，这种方法会很有用。在这种类型的故事中，主角是读者心目中与英雄相反的人物。他可能不是这个圈子里最善良的人，但他一定是剧本里最有趣的人。当你面对犯罪英雄时，你需要在"罪犯"和"英雄"之间取得平衡。想想《出租车司机》中的特拉维斯·比克尔、奥利弗·斯通（Oliver Stone）的《疤面煞星》中的托尼·蒙大拿、《沉默的羔羊》中的汉尼拔·莱克特，以及《黑道家族》中的托尼·索普拉诺，都不是你希望成为好朋友的那种讨喜角色，但他们魅力十足，吸引着我们不由自主地想在安全的距离之外观察他们，看看他们接下来会做什么事情或说什么话。我们之所以能接受这些反英雄为主角，原因就在于他们的缺点和邪恶等特征与积极的、人道主义的吸引力之间取得了微妙平衡。例如，我们之所以"关心"汉尼拔·莱克特，除了对他着迷之外，还因为当他受到奇尔顿医生的折磨时，他让我们觉得他是个受害者，这让我们为他感到难过。虽然他是个喜欢吃人肉的精神病患者，但他确实受到了不公正的虐待。他还表现出"积极的"人文素质，如乐于助人、高智商、迷人、机智、聪明和博学。因此，解决"不讨人喜欢"的英雄的方法就是创造出在读者看来品行高的英雄，以及比英雄更邪恶、更令人反感的恶棍——品行高可以包括力量、才智、勇敢、能力、慷慨、忠诚等美德。这些都是让我们对一个人产生钦佩之情的品质。当我们认为这些角色品行高，在这个故事的道德体系里，我们就会认为他们的行为道德正确。这就是为什么汉尼拔·莱克特犯了罪，我们仍然喜欢他。赋予一个恶棍深具诱惑力和吸引力的品质，你就能自动通过这种美德与罪恶之间的平衡创造出人物的复杂性和魅力。

背景故事和幽灵——最后，另一个能吸引读者、增加剧本神韵和情感内涵的元素就是角色的过去，也就是所谓的背景故事，当然这不应该是陈词滥调。这是故事开始的地方，背景故事可以包括角色来自哪里，他如何长大，以及他的过去对现在的性格如何产生影响。例如，在《卡萨布兰卡》中，里克·布莱恩的背景是他在埃塞俄比亚当过军火走私贩，在西班牙内战期间是一名保皇党。这影响了他在"二战"时期作为卡萨布兰卡咖啡馆一名老板的思想、价值观和性格。

现在，那些思维跳跃和好奇的人想知道我为什么还没有提到里克和伊尔莎在巴黎那段注定要失败的恋情，因为那个事情其实是一个被称为"幽灵"的创伤性事件。这是背景故事的一部分，但它对角色现在的生活有着更明显的影响。"幽灵"是他过去经历的一种特殊创伤，在当下的故事中仍然困扰着这个角色，它常常影响这个角色的内在需求和心理轨迹。以里克为例，伊尔莎在巴黎背叛他（从里克的角度来看），对他是一个深深的情感创伤，导致里克在日常生活中时常痛苦并有孤独感。"幽灵"事件导致的最常见情况或带来的创伤有被抛弃、背叛，或者一场悲剧性的事件，导致角色永久受伤或毁容，再比如角色觉得自己导致了他人的死亡（《绝岭雄风》和《迷魂记》）也可能是爱人的死亡，而产生负罪感。基本上，"幽灵"是任何会造成失落感或心理情感创伤的事件。在《普通人》中，康拉德的"幽灵"事件是在一次划船意外事故中失去哥哥，他对自己幸免于难感到内疚。在《公民凯恩》中，"幽灵"事件是年轻的凯恩被家人抛弃，失去了亲情，他感到被遗弃。背景故事和"幽灵"事件的区别在于，前者塑造角色的性格，而后者仍然是一个开放性的伤口，萦绕在你的故事中困扰着角色，影响着角色的内心需求。如果写得有趣的话，这两种方式都能给你的角色增添情感的复杂性和魅力。

（3）神秘感（好奇心、期待和紧张）

另一个使读者和你的角色发生联结的有效方法是神秘感。尼古拉斯·卡赞（编剧，代表作《豪门孽债》《夺命感应》）曾经说过："一个伟大的人物之所以伟大，就在于他的神秘。"他的意思是指情感意义上的神秘，比如："这个角色接下来会做什么？"这并不是像侦探小说那样的类型小说。神秘感总是通过引发读者的好奇心和期待来吸引读者的注意力，这是讲故事时主要的两种情感。从人物角度来看，我把神秘感分为三个部分：神秘的过去——人物神秘的过去、能力和秘密；神秘的现在——为什么这个角色会有特殊的反应或行为？以及神秘的未来——未来这个角色会有什么反应，会透露这个角色的哪些东西，他什么时候还会给读者带来惊喜？

神秘的过去（能力和秘密）——角色神秘的过去和他的背景故事或"幽灵"事件之间的区别，在前面的部分已经讨论过。当然，实际上要揭露出多少来给读者知道，作为故事的创作者，由你来选择披露什么，隐藏什么，从而制造出神秘感，让读者产生强烈的兴趣，想了解更多。《卡萨布兰卡》里的里克·布莱恩被塑造得如此出色的一个原因就在于，对于他过去所遭遇的苦难，我们只得到了一点暗示，直到影片闪回出巴黎往事，我们才全面了解这段经历。他一直在回避其他角色的问题，比如乌加特和雷诺提出的关于过去的问题，因此我们对他的过去很感兴趣，这使得其他角色以及观众去思索这些问题的答案，进而让我们为之着迷。揭示人物的能力，并逐渐揭示这些能力的神秘起源，像缓释药丸逐步起效那样逐步给出线索，这也会增加角色的趣味。比如《特工狂花》中的萨曼莎和《谍影重重》中的杰森·伯恩，这些角色和读者都被他们的神秘能力所吸引，不记得其作为特工的过去。角色的秘密也是增加神秘感和魅力的好方法，尤其是当这些秘密太尴尬、太伤自尊或太危险而不能透露时，以及当角色愿意做任何事情来保护它们时。想想《唐人街》里伊芙琳·穆莱的黑暗秘密吧。

神秘的现在——这点针对角色行为和角色对当前情况作出的反应如何创造好奇心。例如，一个角色可能做出不寻常的事情，可能对某件事反应过度，或者回避某个话题，这会让读者产生好奇，他为什么这么做或者他究竟隐藏了什么。同样，其他角色可能会对这个角色做出神秘的反应，让读者好奇究竟有什么跟这个角色有关的事情是他们知道而读者不知道的。

神秘的未来——想知道一个角色在未来的情况下会如何行事和反应，了解这个角色的性格和态度会给读者带来额外的好奇心，以及期待和不确定性。这种不可预测性让读者和角色保持联结，想知道接下来这个角色何时会以何种方式给读者带来惊喜。惊喜可以是任何东西——对话、行为或反应，只要它们不可预测就行，但这些东西需要与角色的态度和欲望保持一致。人物越复杂迷人，就越有机会给读者带来惊喜。做出这点的一个方法是给角色提供一个进退两难的境地。亚里士多德在《诗学》中指出，抓住观众的戏剧往往会让角色陷入一种强大的困境，危机产生，迫使角色做出决定，进而行动和解决问题。换句话说，读者会在情感上与一个处于进退两难境地的角色之间建立联结，这个角色必须拥有强大的理由来做某件事，但不做这件事也出于同样强大的理由。双方都对，或者都错。你给角色制造一个岔路口，迫使他必须选择一条路，例如必须在爱和责任间选择，在婚姻和事业之间选择，或者在野心和牺牲之间选择，这就创造了好奇和期望，以及不确定性，读者坐立不安地等待这个角色做出艰难的选择。在《苏菲的选择》中，苏菲不得不在她的两个孩子中选择救哪一个，杀哪一个，这是一个如此强大的困境，以至于很多作家把不可能抉择的困境称为"苏菲的抉择"。

角色快速吸引人和引发共情的技巧

你将在下一章看到，读剧本是一种情感舞蹈，但涉及角色时，这是一种沿着共情线（我关心、我喜欢）和敌意线（我不在乎、我不喜欢）的舞蹈。它发生得很快。我们是一群吹毛求疵、固执己见的人，当角色一出现在屏幕上，我们就开始对这个角色形成自己的看法。角色的一言一行都很重要。这就是为什么你得尽快获得共情的原因。如果读者不关心你的角色，他就不会关心这些角色在剧本里发生了什么事情，他也不会再关心这个故事。

编剧们可以使用许多策略以瞬间提高读者对主要人物的认同。因为策略太多，我把它们分为三类：

·我们关心受害者——我们为之感到遗憾的角色。

·我们关注具有人性美德的角色。

·我们喜欢品质有可取之处的角色。

我们关心受害者——我们为之感到遗憾的角色

作为人类，我们忍不住会对受害者感到同情和怜悯。因此，一个角色受到伤害会让读者立即产生同理心，并通过识别情境及其情感后果而产生认同感。一个作家可以创造出许多事件来伤害一个角色，以下列出的是最有效的事件。像往常一样，你要做的就是跳脱以往的陈词滥调，以新颖而原创的方式呈现这些事件。

（1）不应有的虐待、不公和蔑视

让别人看到你的主角遭遇了不公平的虐待。这种虐待包括被不公平地戏弄（《城市之光》《小飞象》）、羞辱、嘲笑，遭遇尴尬（《美国丽人》里莱斯特的妻子和女儿都取笑他）、冷落，失去晋升机会（《迷失的美国人》《上班女郎》），以及遭受各种类型的偏见，如种族主义歧视和性别歧视等社会不公现象（《炎热的夜晚》里的狄博思、《费城故事》里的贝克特、《美丽人生》里的圭多）。被诬告导致的不公正会产生深远影响（《西北偏北》《亡命天涯》《肖申克的救赎》）。如果再让角色遭受点野蛮的残暴行为，你就能让观众对主角的同情和对施虐者的厌恶加倍。想象一个角色被强奸（《暴劫梨花》）或被毒打（《尽善尽美》里的西蒙）。当一个毫无防备的角色遭受虐待、剥削或苦难时（《象人》里的约翰·麦里克、《紫色》里的西莉亚、《雾都孤儿》里的奥利弗和其他孤儿），这种情绪将更加强烈。

（2）不应有的不幸（悲惨的境遇、倒霉的运气）

不幸是坏运气的另一种说法。当这种本不该发生的不幸出现，它就能在观众里引起共情，例如一个角色经历了非常悲伤的事情，如爱人死亡（《不可饶恕》里芒尼的妻子），失去对角色来说很重要的人或东西（《生活多美好》里丢了 8000 美元，《海底总动员》里失去儿子），或者某个人运气差到极点（《午夜牛郎》里的巴克和里佐，《光猪六壮士》里的大部分人和《颠倒乾坤》里的比利·雷·瓦伦丁），或是经历一场意外（《永不妥协》），又或者仅仅是运气不好（《倒霉蛋》里的伯尼·鲁兹）。

（3）身体、心理、健康或经济上的缺陷

天生畸形（《象人》里的约翰·麦里克、《巴黎圣母院》里的卡西莫多），身体残疾（《我的左脚》里的克里斯蒂·布朗、《剪刀手爱德华》里的爱德华），或者智力有问题（《富贵逼人来》里的畅斯、《雨人》里的雷蒙德·巴比特、《阿甘正传》里的阿甘）；为处境所困的人（《后窗》里的杰弗里斯被困并由此被迫成为偷窥者，《迷魂记》

中斯科蒂·弗格森因为恐高症而受困，《君子好逑》中的马蒂皮·莱蒂和《幽灵世界》中的西摩受困于丑陋和羞愧，《爱上罗姗》中的贝茨因为大鼻子而受困，《生于七月四日》中的罗恩科·维奇因为轮椅而受困）；任何上瘾或可怕的疾病形成的困境，如酗酒、严重抑郁症、癌症或阿尔茨海默病（《大审判》中弗兰克·加尔文酗酒，《母女情深》中爱玛身患癌症）；极度贫困或遭遇经济困难的情况，如深陷饥饿，连买面包果腹的钱都没有。所有这些都有可能归为一类——"弱者"，这已经被证明是一个会广泛引起大家同情的有效方式。想想《角斗士》里的洛基、艾琳·布罗科维奇，甚至是马克西姆斯，为了最终能得到自己想要的东西，他们与占压倒性优势的对手展开斗争。

（4）困扰于过去的经历、创伤、压抑的痛苦

之前，我们探讨了使用背景故事和"幽灵"事件来制造观众对角色的迷恋。当"幽灵"事件在角色身上制造了痛苦的创伤，它就会让观众产生同情心。你看，《普通人》中康拉德为弟弟的溺水而感到内疚，《莫扎特传》中萨列里为杀死莫扎特而感到内疚，《卡萨布兰卡》中里克·布莱恩为与伊尔莎的不幸恋情而感到痛苦。

（5）任意时刻的软弱和脆弱

当你描述一个人物正处在脆弱时刻，就比如他拥有的所有希望都破灭，到了人生的最低点，他处于最脆弱的时候，你向观众展示了他的痛苦，观众也就建立起对他的同理心。这包括角色展示他的痛苦、悲伤、自我怀疑、不安全感和恐惧，就像伍迪·艾伦的大多数电影和《夺宝奇兵》中的印第安纳·琼斯对蛇的恐惧一样。

（6）背叛和欺骗

另一个被证实有用、能让我们为一个有价值的角色感到遗憾

（当它发生在一个恶棍身上时，会产生相反的效果）的方法就是，让一个角色欺骗或背叛主角。想想《大审判》中的弗兰克·加尔文，他的爱人实际上是他的对立派的间谍，还有《西北偏北》中的伊芙。

（7）真话无人相信

当我们知道一个角色正在讲真话而他却不被相信时，就会产生一种戏剧性的讽刺意味。这也会让我们感受到角色的挫败感。例如《E.T. 外星人》中的艾略特、《人鬼情未了》中的莫莉、《西北偏北》中的罗杰·桑希尔、《比佛利山超级警探》中的阿克塞尔·弗利。

（8）抛弃

被所爱的人抛弃或遗弃是另一种让观众产生怜悯的主要手段。想想《雾都孤儿》中，奥利弗被未婚妈妈遗弃在孤儿院的门口；《克莱默夫妇》的开场中，特德·克莱默和他的儿子被妻子/母亲遗弃；《小鬼当家》中凯文的父母去度假，而他则被遗忘在家。

（9）排斥和拒绝

想要在一个团体或家庭中找到归属感及渴望爱是人世间非常普遍的需求，因此被排斥或拒绝也是一种创造瞬时吸引力的有效方式。这包括单相思，比如《天才瑞普利》中汤姆·瑞普利向迪基·格林利夫示爱，但被拒绝；或者《阿甘正传》中阿甘被珍妮拒绝。此外，任何非自愿的被抛弃者、孤独者或不适应主流社会的人，只要使用一些其他技巧，他们就能引起观众的兴趣，因为他们本身已经被排除在正常群体之外——《富贵逼人来》里畅斯的和《剪刀手爱德华》中的爱德华。

（10）孤独/忽视

当一个角色感到孤独或被另一个人忽视时，我们会为这个忧郁的角色鼓劲。例如，当《公民凯恩》中的凯恩孤独地死在的豪宅里，

《尽善尽美》中的梅尔文·尤达尔因为身体状况和粗暴的性格而倍感孤独。这种技巧经常被用在青少年角色身上，比如在《无因的反叛》中，詹姆斯·迪恩、娜塔莉·伍德和萨尔·米涅奥所饰演的饱受折磨的青少年，为了得到父母的关注而陷入困境。

（11）犯错并后悔

是人就会犯错。这就是为什么当你的英雄犯了大家都可能犯的错误时，我们并不会讨厌他。相反，我们还会同情他。这能让我们对主人公产生一定的认同感——他是人，他和我们一样会犯错误。当一个角色为自己所犯的错误后悔时，我们会和他产生更多的联结。在《海底总动员》中，马林觉得自己要为失去儿子负责，因为他过度保护了他。在《蜘蛛侠》中，彼得·帕克忽略了一个持枪抢劫犯，后来这个人杀害了他的叔叔。我们不仅没有因为他判断失误而讨厌他，反而为他感到遗憾，因为他为自己的错误感到悔恨，并且他失去了一位亲爱的家人。他感到内疚，并想要以超级英雄的身份与罪犯作斗争，试图通过这种方式来赎罪。

（12）受伤

每当一个角色受伤并需要医疗护理时，不管是医生还是恋人照顾他，我们都能感同身受。动作冒险电影和惊悚片中的大多数角色都是这种类型的例子。想想印第安纳·琼斯、詹姆斯·邦德和《虎胆龙威》中的约翰·麦克莱恩，还有终极"高概念"——《死亡漩涡》中弗兰克·毕格罗发现自己中毒，只能再活几个小时。我们为他感到最难过的事莫过于此。

（13）危险

观众喜欢看到他们所关心的角色处于危险之中。麻烦越大，我们就越爱看。当一个角色冒着失去珍贵东西的风险时，我们都会担心这个角色能否幸福，在这里珍贵的东西可以是他的生命、爱人或他人的尊重。任何威胁都可以成为一种有效的手段——被抓获、暴露、受伤或死亡威胁。想想《春天不是读书天》《谍海军魂》和《夺宝奇兵》中持续不断出现的危险。《窈窕淑男》就是一个有趣的例子，在剧中迈克并没有核心对手，最主要的冲突是他能否保持他的欺骗性——每次他伪装起来，就处于持续不断的危险之中。这让读者一直沉浸在故事中。

我们关注具有人性美德的角色

人性美德是构成我们人性的品质，它是以积极的方式影响他人的个体力量。美德是一种存在之道和对待他人的方式。它们包括爱、礼貌、公正、慷慨、同情和宽容。当我们在别人身上看到这些品质时，会情不自禁地去关心他们。因此，赋予你的角色美德，是另一种有效联结读者的方法。人文美德包括：

（1）帮助他人，尤其是那些不幸的人

这是另一种原始的共情手段，因为伸出援手是一种被普遍认可的行为。在困难时期，人们应该互相帮助。当他们这样做的时候，我们会喜欢他们。想想特蕾莎修女，或者电影史上最受欢迎的角色之一、《生活多美好》中的乔治·贝利，以及他无私的行为——他救了自己溺水的弟弟，但在这个过程中丧失了左耳的听力；他宁愿忍受殴打，也不愿让一个悲伤的药剂师错误地将毒药给一个生病的孩子；他放弃上大学，放弃计划已久的欧洲之旅，以维持"贝利建筑和贷款协会"，免得它的客户失望。难怪我们这么喜欢他。当你赋予一个角色服务性职业时，比如医生、心理学家、老师、护士、牧师、警察或消防员，帮助别人对他们而言就是一件自然而然的事情。任何一个角色，只要他关心的不是他自己，而是别人，就会产生吸引力。

（2）与孩子有关或孩子喜欢他

孩子代表着纯真，任何喜欢孩子、跟孩子有关系、可以和孩子一起玩、被孩子喜欢的角色，都会顺理成章地变得有吸引力。想想《欢乐满人间》中的玛丽·波平斯、《音乐之声》中的玛丽亚、《第六感》中的儿童心理学家马尔科姆·克劳博士，以及《甜心先生》中的甜心先生，他飞快地得到了多萝西的小男孩的喜欢。

（3）"拍拍狗"（喜欢动物或受动物喜欢）

与上述相似，喜欢动物或受动物喜欢的角色也很有吸引力。"拍拍狗"是一个编剧术语，指的是角色关爱动物，比如拍拍动物的头、爱抚动物或给动物喂食。这种情节一方面表明他们关爱动物，另一方面也展现了他们的利他主义和无私。例如在《致命武器》中拯救受虐待的狗的马丁·里格斯，《意外的游客》中的梅肯·利里，《一条叫旺达的鱼》中爱鱼的口吃者，都是如此。此外，当一个动物逐渐对一个角色产生好感时，不管这个角色多么令人反感，我们也会喜欢他，因为我们相信动物能够感知到他社交面具下的真实本性。一个完美的例子就是《尽善尽美》，在这部影片中，即使把梅尔文把狗狗扔进垃圾槽中，狗狗仍然对梅尔文很亲热。

（4）改变心意或宽恕于人

当一个角色原谅别人或者改变心意时，观众就会很高兴，比如这个角色接受了之前不喜欢的人，或者赞同了之前不赞同的人。在《洛奇》中，洛奇本应该打坏一个男人的拇指，因为这个男人拖欠了黑帮贷款，但他改变了主意，只是教训了他一顿。而在《世界末日》中，石油钻探商哈利·斯坦普对弗罗斯特与他女儿约会感到很愤怒，并试图杀死他，在影片的后半段，他在小行星上牺牲，并对他未来的女婿和女儿的这段感情给予了祝福。

（5）为他人冒险或为他人而死

愿意为他人，尤其是所爱的人牺牲自己，会在观众中产生很大的共鸣。在《美女与野兽》中，贝尔用她的生命拯救了父亲的生命；在《卡萨布兰卡》里，里克不惜一切代价帮助伊尔莎处理过境信件。

（6）为正义的事业而战或牺牲

同样的道理也适用于任何一个关心自身之外其他重要事情的角色。为正义而战往往是一种勇敢无私的行为。再想想哈利·斯坦普在《世界末日》中为人类所做的牺牲，里克为了抵抗纳粹牺牲了与伊尔莎在一起的幸福生活，华莱士在《勇敢的心》中为自由而战，特里·马洛伊在《码头风云》中奋起反抗。

（7）守伦理、品行高、可靠、忠诚、负责任

这些都是最吸引人的人性美德。任何具备这些品质的角色，尤其是在不涉及私利的情况下，观众都会以积极正面的角度看待他们。例如，在《窈窕奶爸》中，丹尼尔所在的公司拒绝发布禁烟公益广告，丹尼尔从道德立场对此进行抗议，随后辞职。其他例子还包括《生活多美好》中的乔治·贝利，《杀死一只知更鸟》中的阿提克斯·芬奇，以及《阿甘正传》的主人公。

（8）爱他人（家人／朋友／邻居）

任何一个深爱着某物或某人的角色都会很有吸引力，尤其当角色所爱的对象是他的家人和朋友时。事实上，这是作家们创造观众对"罪犯"或参与非法活动的"反英雄"产生共鸣的一种方式，比如黑帮老大维托·柯里昂和托尼·索普拉诺。毕竟，如果他们有一个爱他们的家族和朋友的话，他们不会那么坏。

（9）对他人而言很重要

显然，如果故事中的其他人都喜欢一个角色，这个角色就会很有吸引力。如果角色身边的人在工作或家庭中都崇拜他、钦佩他、尊重他的技能，或者如果他是某方面的专家，担任重要职位，这都使得他让人喜欢。再想想阿提克斯·芬奇、乔治·贝利和阿甘，你就会明白他们的魅力所在。

（10）私下里展现人性

当一个角色卸下防备在私底下展现人性时，当他认为没有人在看他时，我们会对他产生同情心。再加上由于脆弱而受到的虐待，比如嘲笑和羞辱，你会对英雄产生更多的同情，对侵犯他隐私的施虐者产生更强烈的敌意。

（11）任何关爱照护的行为

任何包含善意、关怀和慷慨的举动——盖上毯子、治愈伤者，尤其是小孩，或者给无家可归的人一美元，这都会让观众立刻与角色产生联结。

我们喜欢品质有可取之处的角色

虽然通过角色慷慨的行为可以使人文主义价值观直接影响他人，但以下品质更多涉及个人特点和行为，除了让角色更有吸引力并使大多数人喜欢之外，并不会影响太多的人。一个展现这些品质的角色将更能吸引读者。

权力、魅力、领导力——拥有凌驾于他人之上的权力（《教父》《公民凯恩》《巴顿将军》）；做该做的事（《第一滴血》《勇敢的心》）；不顾他人意见，表达自己的感受和意见（《比佛利山超级警探》《飞越疯人院》）。

迷人的职业——任何有魅力的职业——艺术家、广告经理、建筑师、作家、摄影师、冒险家、飞行员、赛车手、间谍、高级小偷、职业运动员、厨师等。

勇气（身体上或精神上）——我们钦佩有勇气解决问题的人。这并不意味着这个角色是个勇敢的人，而是他在最后勇敢地解决了自己的问题。在《尽善尽美》中梅尔文将狗扔进垃圾槽，而不处理它的屎尿——这不是我们会做的事情，但我们会暗暗佩服他采取行动的勇气，就像我们欣赏角色救赎自己的勇气（《大审判》《温柔的怜悯》《辛德勒的名单》)，与体制斗争的勇气（《诺玛·蕾》《鲸骑士》)，以及身体上的勇敢（《拯救大兵瑞恩》《太空先锋》)。

激情——从情感强度的层面上，激情使你的角色充满了对爱或对某些活动的深刻情感。这点很容易从《勇敢的心》《莎翁情史》中得到证明。提升角色的激情能让观众感受到隐藏在他们内心深处的相似情感。

技能 / 专长——让你的角色在他的工作中成为表现最出色的人，在某个特定领域成为首屈一指的专家（印第安纳·琼斯、詹姆斯·邦德）。

魅力十足——这点毫无疑问。漂亮的人总是很有吸引力。

智慧、机智、聪明——这些特质通常被赋予导师（《星球大战》中的欧比 - 万·克诺比、《指环王》中的甘多夫）和骗子（《土拨鼠之日》中的菲尔、《比佛利山超级警探》中的阿克塞尔·弗利）。读者喜欢那些能聪明地解决问题的角色，以及任何用自己的智慧摆脱麻烦、对抗世界的人。

幽默感和好玩——你可以拥有世界上最不讨人喜欢的角色，但如果他们很有意思，我们也可以和他们一起待上几个小时，就像《蝙蝠侠》中的小丑一样。其他有意思的角色还包括阿克塞尔·弗利、奥斯汀、亚瑟、《蒂凡尼的早餐》中的霍莉·戈莱特利，以及《开放的美国学府》中的杰夫·斯皮科利。

童真或热情——《富贵逼人来》里的畅斯、《阿甘正传》里的阿甘、《绿野仙踪》里的多萝西·盖尔。

身体素质和运动能力——舞者、战士或运动员。

坚持不懈（努力，积极地克服弱点）——读者会同情并支持那些为解决问题而做出英勇努力的角色，尤其是那些为成为更好的人而努力但遭遇失败的人（《洛奇》《阿甘正传》的主人公）。观众欣赏的是这种角色，他表现出了坚持不懈的精神，即使遇到困难、挫折，机会渺茫，也能坚持到底。他们尊重那些拒绝放弃的人。相比只会被动应付事情的角色，读者更喜欢主动采取行动解决问题的角色，尤其是当他们脆弱或面对障碍时仍然坚持。在《海底总动员》中，如果马林只是为失去儿子而感到难过，但没有采取任何行动，我们就不会再为他感到遗憾。

不合群、反叛或古怪——一个角色不效仿他人，蔑视权威，拥有自己独一无二的生活方式，不在意别人的看法而对自己很满意，这种角色很有吸引力，因为他是一个局外人，一个不属于任何群体的人，格格不入。想想《哈洛与慕德》《肮脏的哈里》《飞越疯人院》。

落实于书面：具体创作中的角色

在这里，我们来看看电影史上内涵最丰富、最复杂的角色之一，《尽善尽美》里的梅尔文·尤达尔，他就像一个童话中的人物，既邪恶又迷人，令人难以置信。一页一页读完剧本，我们一起来深入学习编剧马克·安德鲁斯（Mark Andrus）和詹姆斯·L.布鲁克斯（James L. Brooks）使用的所有技巧，这些技巧让我们关注着这个有缺陷的角色。他们出色地展示出他粗鲁、令人讨厌和厌世的态度——他的邻居们憎恨他，而他把邻居的狗维德尔扔进垃圾槽，并侮辱他身边的每一个人。他们还使用上面提过的角色可以拥有的几个吸引力来平衡梅尔文的负面特征。我来说说其中正面的技巧。

第一个出现在他和邻居西蒙发生冲突之后。他"砰"的一声关上门，并锁了五次，然后用接近沸腾的水、两个新拆开的肥皂洗手，最后把肥皂扔了。这没什么大不了，因为他有一整个药柜装满了这些东西。这些奇怪的线索提示我们，梅尔文患有强迫症（精神障碍）。

我们发现他是一个浪漫小说作家，从他在纽约的豪华公寓来看，他在这方面应该很成功——后来，我们得知他正在写自己的第62本书（《专业技能/专业知识和迷人的职业》）。当西蒙为了他的狗与梅尔文对峙时，梅尔文掌控了局面并彻底无视西蒙，坚持当自己在家工作时绝不可以被打扰（权力、勇气和聪明）。但当西蒙的艺术经纪人弗兰克威胁梅尔文时，他惊慌失措地说："不能碰，不能碰，不能碰。"（脆弱、软弱的时刻。）我们又同情有强迫症的他。

当我们看到梅尔文走在街上并避免在人行道上排队时，我们对他的健康状况有了更多了解。在他最喜欢的餐厅里，他坐在自己之前就座的同一张餐桌，点了同样的早餐，我们见到卡罗尔，她是纽约市唯一莫名就被梅尔文的怪癖所吸引，甚至似乎感觉到隐藏在他严厉批评背后的一丝礼貌的女服务员。当梅尔文问候卡罗尔生病的儿子时（他第二次出现在餐馆；第一次他提到她生病的儿子可能很快就要死了，卡罗尔纠正了他的错误），我们首次感受到梅尔文的人性。

西蒙被粗暴地袭击并抢劫后，弗兰克请梅尔文在西蒙住院期间为他照顾维德尔——在他对维德尔做了那些事情之后，这个情景就成了相当好的讽刺（对梅尔文来说，和狗在一起就是厄运），当他说出以下话语时他再次展现出吸引力："以前，没有人来过这里。"（脆弱、孤独。）有趣的是，维德尔对梅尔文的感情开始升温（动物喜欢的角色），而梅尔文的铁石心肠也开始软化，尽管他仍然通过一连串的粗鲁无礼行为与周围的人保持安全距离。在餐馆里，他一直留意着维德尔，并把培根留下一部分给维德尔（"拍拍狗"），这表现出他对维德尔的关心。

当卡罗尔没有出现在餐厅为他服务时，梅尔文感到常规生活出现混乱，他赶去她的公寓，告诉卡罗尔他饿了，并请求她能回去工作。为了加快她复工的进度，他主动为她的儿子安排医疗服务（帮助一个朋友，对别人很重要）。他还带了中国炖汤给康复中的西蒙（善良的行为）。

最后，梅尔文被逼开车送西蒙和卡罗尔去巴尔的摩，中途在一家旅馆停了下来，然后电影中最精彩的场景之一出现，卡罗尔强迫梅尔文称赞她，否则她就走开。他好不容易才对她说出："因为你，我想成为一个更好的人。"停了好一会儿，卡罗尔说："这也许是我一生中听到的最好的赞美。"（心意改变，为了与卡罗尔建立一段令人满意的关系而服药。）然后，他又无意中侮辱了她（因为犯了一个伤害他人的错误而感到内疚），直到他们回到纽约，她才和他说话。事实上，即使在梅尔文给她儿子提供了可观的经济帮助（拒绝）之后，她也不想再见到他。当梅尔文得知西蒙的公寓已被转租时，他提出让西蒙住在他的公寓（帮助一个朋友）。

梅尔文意识到，他的生活中不能没有卡罗尔。他说，她对他非常重要，他是世界上唯一一个真正欣赏她的人，他伸出手给她一个吻（脆弱和勇气），他终于再次赢得了她的心。

　　现在，你可以看到这些技巧如何增加了梅尔文的吸引力。有些读者可能会争辩说，仅仅是对梅尔文粗暴无礼的迷恋，就会让他们目不转睛地盯着这一页，对他会如何表现，或者他接下来会说些什么屏息以待。这是真的。即便他不是主角，我们不是通过他的眼睛来经历这个故事，但他是我们必须关注的英雄，而且他在一开始并没有那么有吸引力；是安德鲁斯和布鲁克斯使用的这些技巧让角色充满吸引力。

　　把一个角色塑造得没有吸引力很容易让读者反感。让读者对一个角色有足够的认同感和满满的关心，并追随他去冒险，直到剧本结束，这就是技巧的作用。你已经看到专业作家是如何做到这一点，现在是时候将这些技巧应用到自己的角色上了。当这些角色变得立体的时候，当你找到在页面上展示它们的方法并让读者与它们在情感上产生联结的时候，情节的点点滴滴就会浮现出来。然而，靠这些还不足以写出一个吸引读者的完整故事。为此，我们还需要探索所有伟大故事的基本情感……

第六章

故事：逐渐紧张的局势

作家没有眼泪，读者也不会有眼泪。作家不感到惊奇，读者自然也不会觉得惊奇。

——罗伯特·弗罗斯特[1]

如果你酝酿好自己的假设和主要人物，特别是当跟故事有关的人物目标、他的情感历程，以及故事关键点都准备就绪后，那么你应该已经有了一个故事的大致轮廓。所缺少的就是冲突——阻止角色达成目标的障碍。

初学者通常认为写个故事很容易，因为它就是按照顺序发生的一系列事件——人们做事，或者事情发生在人们身上。显然，故事并不止于此，对于有理想的作者来说，为避免无数次的重写，深刻地理解故事非常有用。

---

1 译者注：罗伯特·弗罗斯特（Robert Frost）（1874—1963），美国著名诗人，曾四次获得普利策奖，被称为"美国文学中的桂冠诗人"。代表作品包括《诗歌选集》《一棵作证的树》《山间》《新罕布什尔》《西去的溪流》《又一片牧场》《林间空地》和诗剧《理智的假面具》《慈悲的假面具》《未选择的路》。

基本要素：编剧须知

什么是戏剧性的故事？

那么，故事是什么呢？大多数的剧本创作指导书籍都会提供一个定义，大部分定义都很有帮助，当然这取决于它们的深度。例如，你知道故事的核心是一个有问题的角色，或者某个人身上发生了某件事情，以及某件必须做的事情。根据曾任加州大学洛杉矶分校教授的威廉·弗鲁格（William Froug）的说法，故事就是"一系列事件，它们拥有生动的、感人的、充满冲突的、引人注目的兴趣或结果"。作家詹姆斯·N.弗雷（James N. Frey）将一个戏剧性的故事定义为"对一系列重大事件的一种叙述，这些事件涉及很多有价值的人类角色，他们的挣扎和改变就是事件的结果"。剧本顾问迈克尔·豪格（Michael Hauge）将故事定义为"一个富有同情心的角色，他克服了一系列不断增加的困难、看似不可逾越的障碍，并实现了令人信服的愿望"。

当然，还有更多定义，但你已经明白什么是故事。他们说的都是同一件事，那就是故事最纯粹的形式——"一个人想要什么，却很难得到它"，这是我遇到过的最简要的定义，由哥伦比亚大学电影学院的副主任弗兰克·丹尼尔（Frank Daniel）提出。你应该用粗体字把它写下来，然后贴在自己的公告栏上，以便于你在写故事的过程中随时都能看到它："一个人想要什么，却很难得到它。"（或者其他对你来说更有效的定义。）

归根结底，如果你的故事不符合这些标准，就不能称之为戏剧故事。这关乎戏剧的来源——冲突，与困难的障碍展开斗争。每个故事都是关于一个角色试图解决某种困难。这就是为什么所有故事的焦点总是集中在冲突上。

　　由此可见，所有故事都有三个要素——冲突、斗争和解决。某个人物身上发生某件事情，导致了问题（冲突）产生；他们必须面对困难并采取行动来解决这个问题（斗争）；结果他们要么赢要么输（解决）。如果这听起来很熟悉，那是因为大多数故事都采用这个经典结构——开端（设置—冲突）、中间（复杂—斗争）和结束（解决）。我们将在下一章探讨结构，但现在，我想确认你是否已经充分掌握什么是故事。

故事 vs 情节

　　另一个让我感到非常困惑的地方是故事和情节的区别。许多作家认为这两者意思一样，但这可能会对他们使用写作技巧不利。许多有抱负的作者都在不断寻找魔法钥匙般的诀窍、公式和故事模板，他们关注着情节的构建，但不幸的是，这些并没有转化为伟大的故事，只是产生了太多可预测、千篇一律、公式化的故事情节。我并不是说情节不如故事重要，只是说你应该知道两者的区别，应该把重点放在故事上。丽莲·海尔曼[1]曾经说过：“故事是角色想要做的。情节是作者想让角色做的。”

　　故事是你的作品，你的艺术。情节是你以娱乐的方式讲述你的故事的手段，是你的技巧。故事让你的读者在经历一系列事件后对人性有更深层次的理解。情节是这些事件的发展历程，你选择它们来构建故事。一个优秀的例子就是经典电影《公民凯恩》。查尔

1　译者注：丽莲·海尔曼（Lillian Hellman）（1905—1984），美国人，著名左翼作家，电影剧作家。其代表作包括《小狐狸》《守望莱茵河》《阁楼上的玩具》。

斯·福斯特·凯恩的故事是他一生都试图得到爱，却无法回报爱。情节就是记者寻找"玫瑰花蕾"的意义，以及作者安排场景来揭示凯恩的故事。

情节回答了基本的问题——谁、做什么、在哪里、什么时间，以及如何做、为什么做，以表达出故事的深层意义。这只是把一系列戏剧性的情节在逻辑上联系起来——这个发生，是因为之前那个发生过，等等。

现在，策划你的故事的关键因素，换句话说就是安排事件，使其在读者身上产生预期效果。情节的设计是为了让你的故事在情感上满足读者，而不是为了创造故事。故事来源于概念、主题、假设和人物的发展。然后是你想如何通过情节来呈现这个故事。这就是本章将要探讨的内容——情节安排的技巧，意图是唤起主要的情感反应，如期待、紧张、好奇、惊讶等。正如欧文·布莱克[1]所说："情节不仅仅是事件的模式，它是对情绪的排序。"

技巧：从头到尾吸引读者

既然你已经知道自己的故事——角色想要什么，什么阻止他得到自己想要的东西，以及他如何改变，现在是时候去创造一个戏剧性的旅程，让读者通过 100 页到 110 页的文字来获得一个令人满意和满足的解决方案。在我看来，创作故事容易，如何在页面上以一种吸引读者、抓住读者、让读者沉迷的方式讲述这个故事，才是挑战所在——这才是技巧的全部。

1　译者注：欧文·布莱克（Irwin Blacker），编剧，主要作品《大淘金》。

那么我们该怎么做呢？如何自始至终保持一致的情感诉求呢？

关键是要有兴趣

核心是，读者投入的情感来源于兴趣或注意力。这就是一切的开始。兴趣能让读者从头到尾保持注意力。

什么是兴趣和注意力的对立面呢？无聊和冷漠——好莱坞作家最大的罪过、写作中唯一不可触犯的规则；但不幸的是，这是业余作品中最常见的缺陷。没有读者会推荐无聊的剧本，没有高管会为无聊的电影开绿灯（当然，除非某个大牌明星想拍这部电影），也没有观众支付 10 美元来忍受两个小时的无聊时光。畅销书作家埃尔默·伦纳德[1]曾经分享一则轶事，这则轶事跟他收到的一封粉丝来信有关。信中写道："我丈夫厌倦了我躺在床上看莱纳德的书的时间比陪他的时间还多，所以我告诉他，'引起我的关注。'"

这一切都是为了吸引读者的注意力，并通过情感上的投入持续保有读者的兴趣。好的作品之所以好，就在于让你有感觉。这就是为什么一部电影可能长达三个小时，而你甚至都没有注意到时间的原因。用剧作家威廉·吉布森[2]的话来说："编剧的首要任务就是防止读者把你的剧本扔进垃圾堆。"每当你坐下写作时，你都应该担心读者在任何一页的任何时刻会走开。

要想让读者从头到尾保持兴趣，唯一的方法就是让他体验他渴望的、关键性的、发自内心的情感。想想我们都喜欢在故事中体验

---

1 译者注：埃尔默·伦纳德（Elmore Leonard）(1925—2013)，美国畅销书作家、编剧，代表作品有《矮子当道》《战略高手》《决斗犹马镇》《一酷到底》等。

2 译者注：威廉·吉布森（William Ford Gibson）(1948—)，美国作家，科幻文学的创派宗师与代表人物，代表作品为《旧金山》三部曲。

的最令人向往的情感，不仅仅是看到问题被解决的喜悦，还包括那些在日常生活中不常被触发的情感的集中体验——娱乐、期待、好奇、同情、兴奋、迷恋、恐惧、希望、阴谋、紧张，等等。这些我们愿意花钱购买的情感，也是读者在精彩剧本中所寻找的东西。这些情感反应构成娱乐的核心。我们将在本章深入探讨这些内容，从最基本的感觉——兴趣开始。

兴趣 / 迷恋 / 洞察 / 敬畏

我之所以说兴趣是最基本的读者情感，是因为它涵盖了所有其他跟故事讲述有关的情感。当你读剧本或看电影时，场景中的某些东西会引发你的好奇心，从技巧角度看，你"感兴趣"了。当一个角色陈述他的目标时，你会期待成功或失败，你是"感兴趣"的。当你在惊悚片中被强烈的悬念所吸引时，你是"感兴趣"的。正如我之前所说，兴趣是无聊的对立面，而无聊在好莱坞是最令人讨厌的罪恶。这意味着，理想情况下，对每个页面的关键要求就是抓住并保持读者的兴趣。

很明显，一个故事是有趣还是无聊，是一个很主观的看法，但如果你回顾一下有史以来最成功、最广受赞誉的电影，你会发现在制片技巧、在世界各地观众的情感反应方面，它们均有相似之处。如果一部电影能够打动不同的观众——不同年龄、种族和地域的一代又一代的观众，那么这部电影肯定蕴藏一些技巧，这些技巧能够影响读者对剧本的情感反应。正如韦恩·布斯[1]在《小说修辞学》一书中所说："任何有影响力的文学作品——无论作者在写作时是否心

1　译者注：韦恩·布斯（Wayne C. Booth）（1921—2005），美国著名文学批评家，代表作有《小说修辞学》《反讽修辞学》《批评的理解：多元论的力量与局限》等。

有读者——实际上都是一个精心设计的系统，通过不同的兴趣线索掌控着读者的参与和脱离。"在剧本中，理论上你的开场要抓住读者的兴趣，第一幕的进展要继续保持读者的兴趣，困难和复杂的情节会提升读者的兴趣，高潮会迅速拉升读者的兴趣，而问题的解决满足了这种兴趣。

虽然我们将探讨能激发好奇心、期待感、紧张和惊讶的戏剧技巧，但这里有一些方法可以让读者在纸面上就能产生一些纯粹的兴趣，包括跟兴趣相关的感觉——迷恋、洞察和敬畏。

1. 前因后果

作为人类，我们是逻辑动物，推理能力很强。因为故事是我们生活的隐喻模式，所以对情节逻辑的渴望是我们与生俱来的本能，这些情节遵循一种清晰的因果关系，发展到高潮并最终解决问题。刺激和反馈是任何故事的基石，因为我们就按这样的方式理解自己的生活——通过理解事物如何对他人作出反馈，以及它们如何由其他人引起。我们有一种内在的情感需要去理解事物、世界和宇宙。我们知道万物有因，当我们知道具体原因时，我们就能理解结果。爱德华·摩根·福斯特[1]曾经举过这样一个例子："国王死了，王后也死了。"这只是一个事件的编年史。但如果你说"国王死了，然后王后又因悲伤而死"，这句话会更令人满意，因为你增加了一个理由。这个理由把这两件事联系起来，这使我们得到了情感上的满足和兴趣。因此，一个能让我们了解到一个事件如何引发下一个事件的清晰情节，将比一个由偶发和随机事件构成的情节更有吸引

1　译者注：爱德华·摩根·福斯特（E. M. Forster）（1879—1970），英国作家，代表作品有小说《看得见风景的房间》《霍华德庄园》等。

力。我并不是说要避免偶发的、不按逻辑规律出现的情节，也不是说一个场景接一个场景的情节就没法激发观众的兴趣。只是因为这种形式没法像有逻辑关系的情节主线那样紧紧抓住读者的兴趣——一个行为引发另一个行为，累加起来达到一个触动读者思想和情感的要点。

2. 角色

正如你在第五章中所读到的，一个独特的人物可以非常迷人，从而引发读者的兴趣。事实上，角色发展的所有基本要素——目标、动机、利害关系、特征、缺陷和关系——都至关重要，因为它们能在页面上激发出读者的兴趣。每当你揭示出角色的另外一面，都会引起读者的兴趣。如果你还没有这样做，请参阅之前的第五章了解更多细节。

3. 冲突

大多数书籍和研讨会都强调冲突在故事中的戏剧性效果，原因显而易见：没有冲突，就没有戏剧性情节；没有戏剧性情节，读者就不会有兴趣。冲突对于保持读者对故事和人物的兴趣至关重要。因为全世界都在讨论冲突，我尽量不重复别人说过的话。相反，我将集中讨论与读者兴趣相关的一些关键点。如果你对这些点很熟悉，就当在做基础复习。如果你不太熟悉，请密切关注，因为冲突是故事叙述里的精髓，是推动故事发展的燃料，是把读者注意力集中到纸面的黏合剂。

这并不意味着你必须在每一页里都制造冲突以吸引读者的兴趣，因为这只是吸引读者注意力的几种技巧之一。不过，你应该意识到这是最好的方法之一，你应该考虑经常使用这种方法。故事中冲突的作用给人们呈现出一个有趣的悖论：尽管我们中的大多数人都讨厌生活中的冲突，但实际上冲突能激发人们对戏剧故事的兴趣。在现实生活中，我们越讨厌经历某件事情，在纸面上，当虚构人物经历冲突时我们就越能产生兴趣。

　　那么，冲突到底是什么呢？"两条狗，一根骨头"，有人这样形容。冲突来自角色的意图（目标、需求、匮乏）所遇到的某种形式的阻力（障碍）。在冲突中，两股相互冲突的力量会引起关注并加剧紧张形势。目标与障碍这一原则本身创造了戏剧性并在最初引起读者的兴趣，但还有第三个因素促使冲突更戏剧化——不愿妥协。如果赌注很高，双方都不肯让步，就能产生强烈的戏剧性。想想相反的效果是多么无趣。想象一下，一个角色需要钱给他母亲做手术。他问他最好的朋友——一位百万富翁——借钱，但他的朋友拒绝了他。这个角色的反应是："哦，好的。没关系。"这对读者来说是一种妥协和失望。不想妥协的愿望会让这个借钱的角色继续坚持，威胁他的朋友，拔出枪，如果仍然没有达到目的就会伤害他，甚至在绝望中杀死他，随着每一幕演进，紧张的气氛将不断加剧。因此，我们可以把冲突看作三角——目标、障碍和不愿妥协。

　　作者还必须考虑冲突的结果。冲突的发展有三种可能的方式：角色赢了或输了，但紧张感随之消失；角色妥协了，正如你刚刚读到的，如果你想继续吸引读者的兴趣，这不是一个好的选择；冲突加剧。后者是把读者吸引住的原因，他们想知道最终结果如何。

　　要小心，不能重复同样的冲突。你必须有源源不断的新情况、新冲突和新曲折。你想让自己的剧本继续发展，就得由一个冲突引出另一个不重复的冲突，迫使角色采取新行动，克服更困难的挑战。

　　让你的冲突引人注目。如果障碍太简单，读者就不会太在意。如果比尔·盖茨损失100美元，这不会成为什么大麻烦。但是如果一个可怜的快递员弄丢自己的自行车，以至于失去工作，进而没法照顾家人，那就会让人为之紧张。冲突越大，你的角色就越不舒服、越困难，读者就越想知道他们是如何摆脱你为他们设置的窘境的。这就是兴趣。迈克尔·希弗[1]在《编剧自我修养——好莱坞顶级作家的成功秘诀》中说："好的戏剧需要全篇都有障碍，如果某个部分很平顺，作家就需要问一个问题，'对他们来说，这太简单，发生点什么能让它变得极其困难、痛苦、折磨人、很难应对？'如果你有一个从 A 点到 B 点的好故事，问问自己，什么样的障碍会让从 A 点到 B 点的旅程更令人兴奋并有兴趣观看。障碍越合情合理的困难，人物越专注于实现自己的目标，故事就越精彩。"

注意，冲突并不意味着争吵或打斗，比如"是……不，是……不，太……不是，这是红色……不，这是深红色！"很多新手错误地认为两个角色在一个场景中争吵就是冲突。但除非角色有情感上的问题，否则争论或分歧只是空洞的冲突。话说回来，争论就是角色面对想要或需要东西时的障碍。记住，冲突就是欲望与障碍的对抗。

4. 变化

生活就是变化，所有的故事都跟变化有关——外在的改变，内在的改变，现状的改变。每一个故事、每一个场景、每一个环节都跟变化有关——由发现引起的知识改变，由角色的决定引起行动的改变。一个角色从 A 点开始，正处于一种欲望未能实现的状态，到 B 点结束，获得满足和实现，或者如果这是一个悲剧，那就是被毁灭。无论如何，这段旅程意味着一种改变，意味着结局与开始不同，

1　译者注：迈克尔·希弗（Michael Schiffer），制作人，代表作品有《恋恋巴黎》《四片羽毛》等。

否则讲这个故事有什么意义呢？当一个故事、一个场景或一个环节发生任何改变时，都会引起人们的兴趣。

希区柯克曾经说过，一个观众只能为一段故事停留一个小时左右。在那之后，他就开始感到疲劳，所以需要给它注入动力、动作和刺激，这一切都是为了保持观众精神上的投入。快速地行动，快速地剪切，让人们跑来跑去都不是解决问题的办法。让观众投入的办法是从一种情况变化到另一种情况。这就是为什么编剧会被告知在故事中要逐步升级行动和利害关系的原因。如果90页的冲突和30页的冲突一样，那么中间60页里的冲突又有什么意义呢？这同样适用于内心冲突和人物发展，也就是故事结尾处人物的情感变化。

故事和我们生活中最有影响力的两类变化就是发现和决定，前者是知识的改变，后者是行动的改变。在故事中，这些时刻就是情节点。在一个场景中，它们是节拍。无论如何，这些发现和决定会在你的角色和读者身上产生情感。

5. 独创性和新鲜感

另一种引起读者兴趣的方式是写一些新鲜的原创的主题，这并不应该是一种耳目一新的方法。都说"日光之下并无新事"，所以新鲜感必须来自你的视野和你描写日常事务的独特方式。读者总是希望找到一些不同寻常的东西来激发他们的兴趣，无论是在结构、情节、人物、主题还是对话方面的创造性方式。大多数专业作家会关注概念的原创性，因为它驱动着整个故事，是吸引潜在买家的主要因素。这就是"高概念"一词的由来——概念越新鲜，吸引力越高。

6. 潜台词

虽然我们将在第十章里深入探讨潜台词，但你也可以在场景中就使用潜台词来唤起读者更多的兴趣。正如这个名字所指，潜台词就是文字背后的意思。尽管实际的文字跟其他事情有关，但潜台词才是它在这个场景里真正要表达的意思，当一个场景直接告诉读者它跟什么有关时，通常显得乏味且无法让人得到情感上的满足。通过潜台词，你可以暗示场景中的冲突，却又不真正地明示。读者喜欢潜台词的原因在于，潜台词能给他们挑战，吸引他们，并使他们在阅读体验中更能保持活跃。当读者的思维被吸引时，他会自动对页面内容产生兴趣。

7. 富有洞察力的阐述

另一种激发读者兴趣的方式是通过有趣的叙述让读者自行思考，既可以像《美国丽人》的开头那种富有洞察力的画外音，也可以像《星球大战》开头的滚动叙述，还可以像《卡萨布兰卡》开头的图像。当然，这种判断显然比较主观，关键是叙述必须新鲜、迷人、深刻、有趣。

8. 背景故事

背景故事有两种类型——人物和情境。在前一章中讨论人物时，由于人物背景故事和人物魅力息息相关，我们已经讨论过人物背景故事，因此你应该已经很熟悉人物背景故事这个类型。显然，如果你被一个角色的过往所吸引，你就会对这个角色在故事里的行为也发生兴趣。但是你也可以创建一个有趣的背景故事，它跟故事开始之前发生的事情有关。从故事的本质来看，故事开始于一个特定的时间点，在那个时间点之前发生的一切在技巧层面上都是背景故事。背景故事的另一种说法是故事的背景。例如，在《侏罗纪公园》的故事发生之前，约翰·哈蒙德成功克隆了恐龙。在《黑客帝国》的故事开始之前，大多数人类已经脱离现实，在不知情的情况下被用作能源。而在《沉默的羔羊》中，连环杀手野牛比尔在电影的故事开始前已经连续杀害了几名女性。另外，背景故事必须足够引人注目和独树一帜，以引起读者的兴趣。

好奇、怀疑、阴谋

好奇心是一种想要更多地了解某件事的情感状态，是回答问题和理解事物的智能需要。我们喜欢故事，因为我们渴望知道接下来会发生什么。如果没有好奇心，一个故事就会戛然而止。任何能够唤起这种基本情感的作家，都肯定能吸引读者。

问题的力量

因为好奇心来自我们回答问题的渴望，激发读者好奇心进而提升读者兴趣的最好方法就是在故事中设置故事。一个问题需要一个答案。因此，设置一个问题就会自动产生一种情感渴望，需要被解决。情节中的每一个转折点都会引起读者的好奇心，让他们好奇接下来会发生什么。写作者可以通过保留一些信息，不一次性把所有发生的事情都告诉读者，埋下伏笔，或者暗示结果来实现这点，所有这些都迫使读者扮演更积极的角色——填空，猜测，假设。当读者积极起来，他就能参与进去，并由此产生兴趣。

正如你之前所读，情节由一系列事件组成，但一个结构良好的情节能在读者脑海中引发一系列让人印象深刻的问题，读者会读到每一个事件的结尾，得到答案，满足自己的好奇心。你马上就会看到，故事中的每一幕都有自己的问题需要回答。在每一幕中，每个镜头都设置了一个子问题，每一个镜头中的每一个场景，每一个场景中的每一个节拍都如此。大体来说，你给读者创造了一系列不断向前延伸的问题，每一个问题他都想知道答案，随着这种需求的不断累加，每当他们在阅读过程中有所发现时，就能产生一种满足感。

　　虽然作者应该让设置和回答问题这件事贯穿整个剧本，但最理想的地方还是在开端。因为从你的第一个字开始，好奇心就自然产生了。以一幅引人注目的画面开场，比如《体热》开篇中的火，或《唐人街》开篇中模糊不清的照片，由此引发出最直接的问题："这是什么……我们在哪里……我们要去哪里……这意味着什么？""介绍一个角色，我们想知道这个人是谁，我们是否需要在意。"或者在一个场景的中间以对话形式开始，比如《血迷宫》的开头，你营造一种神秘氛围，因而读者想知道发生了什么事情。从第一页开始，你通过抛出一系列的问题来吸引读者阅读整个故事。不过，关键是不要一下子写太多问题，或者长时间不回复这些问题，因为这可能会适得其反，给读者带来困惑并引发读者的愤怒。在下一章中，我将讨论其他的开场技巧。

　　对于剧本的其余部分，你可以通过以下技巧激发读者的好奇心：

　　（1）设置一个中心问题

　　每个故事都有一个需要整个剧本来回答的激动人心的核心问题。事实上，引人入胜的是那些让读者跟完整个故事才能找到答案的问题。例如，在恩斯特·莱赫曼[1]的经典作品《西北偏北》中，广告公司高管罗杰·桑希尔被误认为是一名叫做乔治·卡普兰的间谍，他必须努力找出真正的卡普兰才能保住自己的性命。因此，最核心的问题是"桑希尔被误认为间谍后还能活下来吗？"直到最后一页，剧本才给出答案。

　　（2）每一幕设置一个问题

　　每一幕都回答一个不同的问题。在《西北偏北》中，第一幕提

1　译者注：恩斯特·莱赫曼（Ernest Lehman）（1915—2005），美国著名编剧、导演，代表作品有《西北偏北》《龙凤配》《音乐之声》等。

出这样一个问题："桑希尔会证明他不是卡普兰吗？"这一幕在联合国大楼处结束，他在这里被诬陷谋杀了外交官。这促使我们继续看第二幕，并引出一个问题："桑希尔能为自己正名吗？"第一幕的问题仍然没有答案，尽管我们注意到一个说明性场景，在这个场景里我们发现卡普兰是一个虚构的人物，旨在把人们的注意力从一个真正的卧底间谍身上引开。伊芙背叛桑希尔，当桑希尔在拍卖会上遇到她，为了再次避开坏人时自己被警方抓获，第二幕结束。这引导我们继续看第三幕，教授揭发出卡普兰的身份，以及伊芙才是真正的卧底间谍的真相。这回答了第二幕的问题，并为第三幕设置出一个问题——"桑希尔能救伊芙吗？"直到剧情发展到拉什莫尔山顶上的高潮，这个问题才有答案。

　　既然你的最终目标是不断吸引读者，那么在每一幕里提出一个核心问题就是一个好的开始，但这还不够。无聊可能渗透到任何一幕中，尤其是第二幕，这对作家来说一直是一个挑战。所以你必须考虑每一幕的顺序。

（3）每组镜头设置一个问题

　　我不会详细介绍整个剧本的每一个情节，但我将举例说明恩斯特·莱赫曼如何在第二幕中保持观众兴趣。第二幕开始于桑希尔因谋杀被警方追捕而逃亡。这些场景的第一组镜头就是火车的镜头，这引出一个问题："桑希尔能逃脱警察的追捕到达芝加哥吗？"第二组镜头是伊芙的背叛，这引出另一个问题："桑希尔将如何被杀？"飞机给农作物喷洒农药的场景回答了这个问题。第二幕的第三组镜头也是最后一组镜头是桑希尔在拍卖会上面对伊芙和范达姆时的报复，这一组镜头的问题是："他会了解伊芙事件的真相吗？"

　　每隔十页左右，对每组镜头提出一个不同的问题，不断提升读者的兴趣，但你还可以更深入地关注单个场景。

（4）为每个场景设置一个问题

让我们来看看组成火车镜头的各个场景。我概括下每个场景的问题。第一个场景是在火车站——桑希尔会上车吗？然后，在火车上，他必须躲开警察——他会逃脱他们的追捕吗？他遇到了伊芙，她帮他隐藏起来——伊芙会为他撒谎吗？过了一会儿，列车员让他坐在伊芙的那张桌子——为什么？很明显，伊芙和桑希尔互相吸引，而桑希尔很乐意陪伊芙玩这个暧昧游戏。当桑希尔在浴室时，伊芙递给搬运工一张纸条——纸条上写着什么？当纸条的内容暴露，上面写着："早上你想让我怎么对付他？"我们发现伊芙是范达姆的手下，这就引出下一个显而易见的问题——明天早上桑希尔会怎么样？这让我们进入下一个场景。

（5）在每一个场景的每一个节拍设置一个问题

你可以再深入一些，为场景中的每个节拍设置一个问题，由于页面所限，我就不再深入分析某个场景。你可以参考第八章，来了解更多关于场景和节拍的内容。现在，你知道一个场景就像一个由若干节拍组成的迷你故事，这是故事讲述中最小的单元。当一个角色的情绪或行为发生变化以在这个场景中得到他想要的东西时，这个节拍通常会改变。节拍之于场景就像场景之于镜头，因此为场景中的每个节拍设置一个问题将能在整个场景中自始至终地激发读者的好奇心。

通过隐瞒信息来建立神秘感

一个好故事通过作者提出的问题来层层递进，所以从技巧角度来讲，所有的故事都很神秘，不是侦探小说"谁干了这件事"意义上的神秘，而是不知道这些问题的最终答案是什么。把这些问题想象成吸引读者从头到尾阅读的钩子。故事进程就是从提问到回答，从怀疑到肯定。没有问题，就没有剧本；没有答案，就没有情感上的满足。

建立神秘感的一个方法是隐藏读者渴望知道的信息。例如，你可以设置一个动机不明的角色，如果故事中其他的一切内容都有趣，这会让我们从头到尾都对他的动机保持好奇。在赛尔乔·莱昂内[1] 的《西部往事》中，口琴男与弗兰克最后摊牌的动机一直保留到剧终。

通过强调非法活动和秘密来制造阴谋

另一种激发好奇心的方式就是角色的秘密，这就产生了阴谋，比如《唐人街》里伊芙琳的大秘密。任何时候，只要你制造了秘密——如秘密计划、秘密行动，信息掩盖，或者一次谋杀企图（《刺杀肯尼迪》里面包含这个），就能制造出阴谋，特别是如果这个计划不合法。我将在本章后面一节关于"惊奇"的部分深入讨论秘密。

期待、希望、担忧、恐惧

期待是一种盼望未来将要发生的事情的感觉，无论事情是积极的，比如赢得大奖，还是消极的，比如与强大的对手决战。一旦你安排好一段信息，期待就会推动读者了解故事的发展，让他想知道接下来会发生什么，从而迫使他不断往下翻看你的剧本去寻找答案。世界公认的悬念大师阿尔弗雷德·希区柯克曾经说过："一声巨响不会带来恐惧，只带来对它的期待。"没有期待，故事就会显得拖沓，无法抓住读者的兴趣。事实上，情节是一系列精心设计的事件，

1　译者注：赛尔乔·莱昂内（Sergio Leone）（1929—1989），意大利人，导演、编剧、制作人，代表作有《荒野大镖客》《黄昏双镖客》《黄金三镖客》《西部往事》等。

以好奇（会发生什么）、悬念（会不会发生）、紧张（什么时候会发生）、希望（期待它发生）或担心（不期待它发生）的形式来产生期待。当期待得到满足时，会根据结果产生另一种强烈的发自内心的情感：惊喜（意料之外的期待）、失望（没有得到希望的东西）或解脱（没有经历所害怕的事情）。这点很重要：预期总要实现，否则你就可能引起读者的不满。我相信你们中很多人都有过这样的经历：等待一个永不会打来的约定好的电话。所以如果你已经建立了预期，就确保它能实现。

在故事中，你可以运用以下几个技巧来创造故事前进的动力，也就是所谓的预期：

1. 确立性格特征

正如你在前一章所了解到的，建立角色特征是塑造主要角色的关键要素。一旦这些特征建立起来，读者就会期待角色的行为。例如，在《沉默的羔羊》中，汉尼拔·莱克特被塑造成一个凶残的食人连环杀手。这就引起我们的期待，如果莱克特逃跑，他将是一个危险的杀手。事实上，这种期待在逃跑情节中得到满足，他恶毒地袭击警卫，并在最后一幕中说他有一个"老朋友来吃饭"来暗示。

2. 设定角色目标

类似地，你可以为角色设定一个目标来创造预期。库尔特·冯内古特[1]曾经说过："要让角色一直想得到点什么，哪怕是一杯水。"这不仅仅针对你的主角和其对手。你故事里的每个角色在任何时候都应该渴望得到一些东西，因为欲望总能产生期待。这并不意味着

1　译者注：库尔特·冯内古特（Kurt Vonnegut）（1922—2007），美国人，黑色幽默文学的代表人物之一，代表作有《五号屠宰场》《猫的摇篮》等。

你得围绕这个欲望创造一个完整的从属情节，但你可以围绕它创造一个时刻。比如我们关心故事中的一个角色——我们姑且叫她苔丝吧。我们在一个场景中了解到，恶棍计划杀害她，因为她目睹过他犯下的另一桩罪行。一旦你确定了这个前提，我们就会为苔丝担心，并希望那个恶棍谋杀她的行为失败。我们在替她感到担心的同时也有盼望，因为我们期待着那个恶棍谋杀苔丝的一刻。推动故事前进的是对既定目标的预期，而不是对话或行动。想象一下，那个恶棍拜访了苔丝，但是我们不知道他的企图。他们的对话很时髦、新鲜、尖锐、风趣，在读者感到无聊之前这个场景已经结束。这样场景就会缺乏前进动力，因为这里没有对任何目标或意图的预期。现在，再假设一下，在这一幕之前我们已经知道他打算杀害苔丝。当他和苔丝见面时，他谈论起天气。无论对话多么乏味，场景都因为意图的确立而具有前进性。现在，你心中充满悬念（他会完成目标还是无法达到预期？）并紧张万分（他什么时候行动？）。通过强化好奇，你可以使场景更加有吸引力。与其让读者知道他打算杀了那个女人，不如让他知道她背叛了他？当他拜访她，他们在谈论天气时，我们很想知道他会对她做什么，怎么做。悬疑、紧张和好奇交织在一起，这在《西北偏北》中就很明确，飞机向农作物喷洒农药的场景过后，桑希尔紧接着就见到伊芙。

3. 交叉问题和解决方案／问题和答案

这种技巧的原理是，我们会一直关注这个问题，直到问题解决。例如，一旦角色完成他的目标，我们就会失去兴趣。因此，为了保持读者的兴趣，你不仅要将结果揭晓延迟，还要在整个故事中创造一大堆小问题和小目标。更重要的是，你得确保在一个问题没得到解决之前，就开始另一个问题。换句话说，试着将"问题—解决方案"的轨迹进行排序，这样整个故事中就不会出现让人乏味的空洞地带。只要还有一个未回答的问题，读者就能保持情感投入，不断继续翻页。

4. 谈论未来

任何时候，当一个角色提到一件未来的事，都会让我们产生期待，因为它会把我们引领到那件事上。例如，在《日落大道》的开场，乔·吉利斯的画外音告诉我们："在一座大厦的泳池发现一个年轻人的尸体漂浮着，他的背部中了两枪，腹部中了一枪。不是什么重要人物，真的。只是一名拍过几部 B 级片的电影编剧。这个可怜的家伙。他一直想要一个游泳池。嗯，最终，他给自己弄了一个游泳池，只是代价有点大……让我们回到六个月前，找出这一切开始的那一天。"这产生一个有趣的效应，因为从技巧上说，我们回到了过去，但又期待着电影中的未来，等待着吉利斯被杀。《美国丽人》的开场也采用过同样的手法，我们听到莱斯特的画外音："这是我的邻居。这是我的街道。这个……是我的人生。我 42 岁。还有不到一年，我就会死去。"这预示着他的死亡，吸引读者去思考谁会杀死他。

不一定非得用画外音。任何角色谈论未来都能产生这种效果。在《卡萨布兰卡》的开场，那名欧洲男子解释了卡萨布兰卡的城市运转情况："和往常一样，难民和自由主义者几小时后就会被释放……女孩的释放会晚一些。"当我们想象这种场景并试着理解他的意思时，我们就被拉向未来。后来，在里克咖啡馆，我们偷听到一段对话，一个男人说："等，继续等，我永远也出不去了。我会死在卡萨布兰卡。"当雷诺说："里克，今晚这里一定会很热闹，我们会在你的咖啡馆里逮捕一个人。"所有这些都是角色谈论未来的很棒的范例。

5. 计划和白日梦

当一个角色有了做某件事情的企图，并仔细思考完成目标的计划，他们就会自动地在读者的脑海里催生预期。再以《卡萨布兰卡》为例，当雷诺对斯特拉瑟说他们知道是谁谋杀了信使时，他补充道："不用着急。今晚他将去里克家。大家都会来里克家。"通过他提到的计划，我们料到当天晚些时候会有一场逮捕行动。类似地，当乌加特对里克说："过了今晚，我就不干了。里克，我要离开卡萨布兰卡。"接着他说，"我要把这些东西都卖出去，卖个比我想象中更高的价钱。然后……再见吧，卡萨布兰卡。"计划和白日梦是让读者通过预期进而关注剧情的一种有效的工具。

但它们不一定要展示出来。当它们还在保密阶段，反而更有效，因为它们增加了好奇心。例如，秘密计划是当一个角色说"我知道该怎么做啦"，然后对某人耳语，而内容我们则不得而知。它也可能是反派实现目标的秘密计划，就像在《虎胆龙威》中，我们认为他的目标是以人质获得赎金，但事实上，他的目的是让联邦调查局切断大楼的电力以打开金库。还记得所有的《碟中谍》电影吗？开始的场景通常包括团队讨论一个未完全透露过的计划，但通过展示的小工具，我们假设已经制定了一个计划，我们就会期待这次任务。

6. 约定和截止日期

我们可以说，约定时间见面或去某个地方是一个目标，并由此产生预期。最后期限也一样。当一个人被迫在一定的日期和时间内完成某件事情时，这也是一个目标，尽管是一个更紧张的目标。这就是为什么经常用限定时间来创造更强烈的预期形式——悬念。我将在下一节中讨论时间限制，或者"滴答时钟"，但现在，可以把这种技巧看作另一种让读者产生预期的方法。任何时候，一个角色对另一个角色说，"下午3点公园见"或者"你最好在自己想看的电视节目开始之前完成作业"，都会让我们自动对未来的事情产生预期。当然，关于这点你能想到的电影范例太多了。例如，在《西北偏北》里，当桑希尔从酒店里逃出来坐上出租车后，他说："带我去联合国！"从技巧上看，这是一个地点的预约，它把我们的思绪带到那里。

7. 担忧和预感

担心某事就是对未来的事情感到忧虑。因此，让一个角色担心或对某事感到不安，比如有预感，就能产生期望。当你让读者担心的时候，比如当他关心的一个角色可能面临危险，这种效果会变得更明显。在《西北偏北》中，在拍卖会现场，当桑希尔被特工处误认为是一个不存在的特工，进而面临困境时，家庭主妇担心桑希尔活不了多久，而股票经纪人补充道，他们等不及要去看谁先杀了他，是范达姆还是警察。这个小场景不仅让读者预见到前面的危险，也为桑希尔担心起来。

8. 前兆

前兆，包括预测和预兆，通常是不愉快的事件即将来临的预示，从而建立起对冲突的预期。无论何时，一个角色向另一个发出警告，就能把我们带入未来。你可能对"伏笔"这个术语很熟悉，它是指对未来的冲突进行暗示。当你埋下伏笔时，读者就会有所期待。在《E.T. 外星人》中，当艾略特的妈妈说，他们可以叫人把外星人带走时，艾略特回答道："他们会切除它的前额叶，或者用它来做实验。"在《西北偏北》中，当伊芙看到侦探们上了火车，她警告说："顺便说一句，如果我是你，我就不会要任何甜点。"后来，在客厅里，她说："我一直在想，你在芝加哥到处找你跟我说过的那个乔治·卡普兰，这事可不太安全啊。你一露面就会被警察抓住。"

9. 麦高芬

麦高芬是阿尔弗雷德·希区柯克创造的一个术语，他在惊悚片中大量使用这种情节策略。它唯一的目的就是激励角色，并推动故事发展。它往往是极其珍贵、难以捉摸的东西，在故事中几乎每个人都追求它，甚至有人会为它而杀人。这样的例子比比皆是：在《马耳他鹰》中，麦高芬是"猎鹰雕像"；在《美人计》中，麦高芬是隐藏在酒瓶里的铀；在《公民凯恩》中，麦高芬是"玫瑰花蕾"的未解之谜；在《西北偏北》中，麦高芬是虚构的人物"乔治·卡普兰"，敌方间谍和桑希尔都在追捕他，后者试图弄清楚卡普兰到底是谁。再重复一次，这个策略设计的作用是创造前进的动力，因为从技术上讲，它是一个供追求的目标，这可以引起读者的期待。

10. 情绪

设定正确的情绪可以让读者对故事的未来发展产生一种特定的情绪倾向。无论你的意图是营造幽默氛围还是悬疑氛围，你都可以将情绪视为自己故事或场景里的情感氛围。它能产生预期的原因就在于它向读者预示了未来的情感。比如，《沉默的羔羊》以及大多数惊悚片的开场场景都会营造一种紧张的悬疑气氛，潜意识里告诉读者，"多待一会儿，你将会体验到更多这样的情绪"。根据你的故事类型设置合理的情绪，这是让读者产生期待的一种有效方式，因为它往往是下意识的而不像之前那些技巧具有那么明显的效果。如何创造特定的情绪将在第九章深入讨论。

11. 戏剧性讽刺（读者优势）

我把最强大的工具留在最后说，因为在故事或场景中，它是创造故事发展动力的最有效方法。戏剧性讽刺是通过向读者揭示一些角色不知道的信息，而将读者置于"优势地位"。这就像让读者知道一个秘密。基于这些信息，读者知道什么可能会发生（或不会发生）在角色身上，而角色对此却一无所知，他只能希望角色们作出正确的选择。这种希望和恐惧将读者带到未来，从而产生预期和积极的参与感。为了表现悬疑，阿尔弗雷德·希区柯克举过一个例子：在一家餐厅里，两个人坐在一张桌子旁，桌子底下有一颗炸弹在滴答倒计时。两个版本是同一个场景。在一个版本中，我们跟两个角色一样，不知道有炸弹。当它爆炸时，我们非常惊讶，但也仅此而已。另一个更有震撼力的版本是把镜头倾斜到桌子下面，这样我们就知道有炸弹，当炸弹在滴答倒计时，我们就会感到一种全方位的情感。当然，这种信息不一定非得是炸弹。读者还可以通过另一个角色偷听到一个有破坏性的秘密而知道信息，一个杀手在公寓里等待，一个盟友是隐藏的敌人，或者一对夫妇在泰坦尼克号上坠入爱河。以《西北偏北》为例，请注意恩斯特·莱赫曼是多么频繁地利用戏剧性的讽刺来吸引我们的注意力：当我们发现"乔治·卡普兰"是一个虚构的人物，而桑希尔和范达姆并不知情时；当伊芙写下"早上你想让我怎么对付他？"时；当她安排了一个和卡普兰的会面，结果却出现致命的农作物喷药机时；当伊芙被发现她才是真正的老大时；当桑希尔在范达姆前面被"射杀"时；当范达姆意识到伊芙是间谍，并计划把她扔下飞机时；当桑希尔试图救伊芙时。

　　当角色知道一些我们不知道的事情时，戏剧性讽刺也会起作用。它就是"读者劣势"，这时我们知道的比角色少。这就催生好奇心。我们想知道为什么这些人物会以一种神秘的方式行事，并期待着秘密揭露的那一刻，就像伊芙琳在《唐人街》里的黑暗秘密一样。

戏剧性讽刺还可以来自两个角色之间的误解，这是喜剧中的常用手法。当我们意识到一个角色误解了另一个角色时，我们就预料到误解将会被消除。想想那些由误解引发的精彩喜剧：《育婴奇谭》《奇爱博士》《情圣》和《窈窕淑男》。电视剧《三人行》里一个角色说着一件事，另一个角色理解成另一件事，造成误解然后又消除误解，这推动了剧集的进展。在悲剧中，误解往往会导致死亡，就像在《罗密欧与朱丽叶》和《奥赛罗》中，我们的优势地位会导致对受害者的同情，以及由于我们无能为力而带来的无助的状态。在恐怖电影中，这也是一种有效的手段，我们知道凶手就在房子里，而受害者毫不知情。

欺骗是另一种基于优势地位而开展的情节设计，除了制造预期，它还制造悬念，通过设置问题，如"我们关心的角色会被欺骗伤害吗？""在无可救药之前，他们能发现它吗？"对不愉快事件的预期会在读者的头脑中产生不确定性，也就是悬念，我将在下一节中详细介绍这种技巧。

悬疑、紧张、焦虑、担忧、疑问

正如标题所述，处于不确定、未决定或神秘的情况下产生的本能的反应都跟紧张、焦虑和怀疑有关。这产生了一个有趣的悖论：在现实生活中，我们不喜欢感受这种压力，但我们很乐意花钱去影院体验这种压力。因为它能自始至终吸引着读者的注意力，所以它可能是戏剧叙事中最重要的元素。因为每个故事都保持一定程度的不确定性（接下来会发生什么），让我们去猜测以避免可预测性，所以悬疑不仅仅是惊悚片或动作冒险片的要求，而是所有故事的必然要求。每一个故事都应该营造一种急切想知道接下来会发生什么的感觉。

剧本被拒绝的一个主要原因是缺乏悬念和不确定性。换句话说，它们是可预测的。在剧本中，悬疑应该无处不在：在故事层面，英雄能实现他的目标吗？在场景层面中，英雄会得到他想要的东西吗？在节拍层面，英雄会有怎样的情绪反应？

悬念不仅仅是对某件事感到不确定。明天会发生什么事情我可以不确定，但我不会感到焦虑或紧张。肯定有更多的原因。为了完成这种设置，让我们看看是什么构成了悬念。

关注角色是首要的要求。这就是为什么关于角色的那一章在这一章之前。一切从角色开始。一旦有了与角色建立联系的工具，你就可以通过设置威胁和不确定的情况来制造悬念。如果读者不关注角色，当这个角色面临危险时，就不会产生任何悬念。

下一步是确立威胁发生的可能性，这意味着威胁事件发生的可能性越大（离爆炸还有7秒、飞机燃料即将耗尽、潜水员即将用光氧气、一座桥即将垮塌，等等），悬念就越强烈。如果一个角色还有一个月的时间来拆除炸弹，我们就不会感到同样程度的紧张，因为炸弹不太可能很快爆炸。这就是为什么使用"读者优势"这个技巧更好，因为这能让读者了解潜在的危险，而不是让他蒙在鼓里，只在炸弹突然爆炸时感到惊讶。知道炸弹在哪里会增加危险发生的可能性。这也是为什么制造悬念最有效的方法之一是限定时间，就像一个正在倒计时的定时炸弹或空气即将耗尽一样，因为这增加了失败的可能性。事实上，威胁的可能性越大，我们的悬念就越大。例如，在《生死时速》里，因为超速的巴士有很大可能会爆炸，所以我们的焦虑贯穿整个剧本。

最后一个元素是结果的不确定性。这意味着让人喜欢的角色成功和失败的概率必须相等，这能让读者一直处于猜测和怀疑中，从期待胜利（及时拆除炸弹）到害怕失败（角色被炸成碎片）。简而言之，悬念就是我们所关心的角色身上可能发生的坏事。正是这种在知道什么可能发生和不知道什么将会发生之间的博弈，创造了这种强烈的悬念感，让我们紧张到坐立不安。因此，悬念的公式是这样的：人物共情＋危险的可能性＋结局的不确定性＝悬念。

虽然很多人把悬疑称为张力，但你应该知道张力是悬疑的一个小分支。张力就是推迟对结果的预期。事实上，任何引起悬疑的事情在没有真相大白之前都会引起张力。张力这个词来自拉丁语"伸展"。想想慢慢拉伸一根橡皮筋，越来越……越来越……你感觉到张力了吗？有能力的作者总试图让读者对事情的结果感到焦虑，然后尽可能地拖延解决问题的时间。拖延的时间越长，气氛就越紧张。威廉·高德曼曾经说过："让他们笑。让他们哭。但最重要的是，让他们等。"它既可以是整体剧情的紧张感（主角会实现他的目标吗？）也可以是一个场景中的紧张感（某个角色会得到他想要的东西吗？）

对于混淆悬念和类似的感觉，特别是好奇和惊讶，有几点需要注意。好奇常常被误认为是悬念，因为我们对好奇和悬疑的反应很相似——通过心理上的怀疑产生强烈的参与感。在这两种情况下，我们想知道将要发生什么事情。但好奇源于不知道角色想要什么，而悬念源于不知道角色的目标能否实现。例如，电视剧《24小时》就不断地使用这两种情绪：首先，通过展示刺客准备来复枪并等待目标来激起观众的好奇心。我们不知道他要杀谁。这就激发了好奇心。当我们得知他的目标是美国总统时，"好奇"立即被"悬念"取代——他能完成任务吗？好奇心驱使我们寻找目标，只有在我们知道目标的情况下，悬念才能存在。一旦你知道了目标，好奇心就会消失，悬念取而代之。

　　惊讶和悬念也经常被混淆。还记得希区柯克举的例子吗？两个人坐在一家餐馆，桌子下面有一枚炸弹。当炸弹突然爆炸时，我们很惊讶——一件持续几秒钟、令人震惊并意外的事情。然而，如果你让我们看到桌子下面的定时炸弹在倒计时，然后将注意力集中在那些正在平静享用食物的人身上，我们就能感觉到悬念。我们在炸弹爆炸前等待的时间越长，就越感到紧张，这种感觉会持续很长时间，直到炸弹爆炸为止，比如15分钟。希区柯克说15分钟的紧张比10秒的惊讶要好，他当然是对的。

　　那么，如何才能实现这些最有效的情绪状态，例如悬念和紧张呢？看看下面这些戏剧技巧：

1. 控制好挫折和奖励之间的平衡

　　正如你刚刚读到的，构成悬念的一个关键因素是结果的不确定性。实现这种不确定性的方法是控制挫折和奖励之间的平衡。换句话说，你可以尝试控制角色赢和输的频率。预期目标被阻止或推迟实现产生挫折；目标实现就是奖励。这一切都是为了确保你的角色赢了一些又失去一些，以避免可预测性。如果角色总是赢，或者总是输，就没有悬念，结果也就不会有不确定性。关键是要来回切换。糟糕的恐怖电影中经常使用这种技巧，女主人公从怪物那里逃跑（奖励），但怪物很快就追上了她（挫折）；她找到车（奖励），但找不到钥匙（挫折）；她最终找到钥匙（奖励），但当她试图打开门时，她的钥匙掉到地上（挫折）；她把钥匙捡起来，设法打开门，坐进去，然后在怪物试图抓住她时关上了门（奖励）；她尝试发动汽车，但打不着火（挫折）；当怪物往挡风玻璃上猛撞时，汽车终于启动并飞驰起来，把怪物甩在后面（奖励）。

2. 制造即刻性

即刻性是指你必须马上做某件事情！快！一秒钟也不能耽误！现在！作为人类，我们会对当下感到兴奋，因为那是我们最有活力的时候。惊悚片和恐怖电影特别擅长营造这种即刻性，这种即刻性总是发生于你处理生死攸关的事情时。原因来自威胁的可能性。随着时间流逝，危险发生的可能性越来越高，气氛越来越紧张，氛围越来越紧迫。在《潜行者》里，当毕晓普和他的团队打电话给美国国家安全局并和他们达成协议，在世界各地建立了9个中继站以避免任何跟踪时，这一幕就很有效果。正当毕晓普通过电话沟通时，我们看到世界地图和美国国家安全局的每个追踪中继的图像一个接一个闪过。当最后一个追踪中继接近毕晓普的实际位置时，紧张气氛加剧。当惠斯勒大声喊道："把电话挂掉，他们快抓到我们了！……挂掉！"这就是即刻性，一种激发读者的引人入胜的方法。

3. 制造对立/障碍/麻烦

如果没有人反对，毫无疑问，目标完全可以实现。因此，制造冲突是悬念的先决条件。没有冲突就没有疑问，没有疑问就没有悬念。这就是为什么冲突是所有戏剧故事的本质。每个剧本写作课程和书籍中都会讨论冲突，在前面的工具中我们也已经讨论过冲突，所以我就不再重复那些基本信息。现在，我们应该很清楚了，戏剧性冲突会让人怀疑角色能否完成目标，这就产生了悬念。

4. 两个不同事件之间的横切（平行动作）

"悬念"一词来源于拉丁语"悬挂"。你的文学作品就是要让读者的思绪悬在边缘，无人拯救，时间越长越好。因而电视剧每季结尾都有一个惯常的传统，你会看到"未完待续"的字样。这种横切技术也被称为"平行动作"，在每个场景结束时进行悬念间的转移，场景切换就可以运用这种技巧。一个完美的例子是《沉默的羔羊》里的交叉剪辑，克劳福德和特种部队在一个地点，其间穿插着野牛比尔抱着他的狗戏弄受害者，克拉丽斯调查了第一个受害者，而她最终找到了野牛比尔。

5. 延迟结果以产生张力

你已经知道，将期待延迟产生张力。你延迟期望实现的时间越长，你制造的压力就越大。你可以延迟任何期望，比如在陪审团宣布判决之前，或者在角色做出重要决定之前。推迟结果以产生张力的最佳时机就是在一个令人惊讶的启示之后。再想想希区柯克讲的餐馆炸弹的例子。当发现炸弹时，我们很惊讶，当镜头再回到这对无辜的夫妇谈话时，我们很紧张。在《西北偏北》里，当伊芙给范达姆的纸条被发现时，我们很惊讶。当我们发现她为敌人工作时，我们很震惊，但从这一刻开始直到剧本的结尾，我们都很紧张。我们也在一些老套的动作电影的高潮部分看到过这一点，在这些电影里，反派们随时可以杀死英雄，但用说话来拖延时间，让英雄有时间来考虑逃跑。

6. 迫使角色离开（格格不入）

将你的角色转移到一个对比鲜明的环境中，这通常被称为"格格不入"，是另一个流行的工具，它会根据角色对这种环境的反应创造出冲突和疑问。想想一个角色的性格或做派，找出它的对立面，然后把这个角色放入相应的环境中，比如把一个内向的人安排到派对上，或者让一个恐水症患者置身游轮。很多剧本使用过这种安排，例子包括《比佛利山超级警探》《绿野仙踪》《鳄鱼邓迪》《E.T. 外星人》《飞越疯人院》。

7. 聚焦于一个物体

当一个物体可能对我们关心的角色造成潜在危险时，聚焦于这个物体是制造紧张感的一种有效方法。想象一下，绳索吊桥上一根在慢慢松开的绳子、桌子下面的炸弹、两个互相仇恨的人都盯着的武器、《美人计》里的钥匙、《夺魂索》里的箱子。首先，确保你设置了物体，然后，聚焦于它以制造紧张情绪。

8. 迫使角色进退两难

进退两难是指主人公在做至关重要的选择时面临的两个有吸引力的选择，或者需要两害相权取其轻。我们通常在第二幕结尾的困境中看到这样的岔路口。记住，好的冲突并非黑白分明，是非明确。一个有明确答案的冲突根本就不是冲突。如果你面对这样的选择，杀死一个恋童癖者或盗窃狂，就能拯救你的生命，选择的结果很明确（我希望如此）。这并非进退两难的境地。但要在杀害无辜的警察或消防员才能挽救你的生命之间做选择时，这个选择就变得没那么容易。你让角色为选择而烦恼的时间越长，压力就越大。想想《卡萨布兰卡》中，里克必须在爱情和政治之间做出选择，《训练日》（道德与崇拜）、《教父》（道德与家庭）里的选择，或者《苏菲的选择》里母亲所面临的两难困境——只有一个孩子可以活下来，所以必须从两个孩子中选择一个。

9. 迫使角色直面恐惧

在前一章里，你看到了如何增加角色的恐惧，从而极大地增强角色的复杂性。当你强迫一个角色面对他的恐惧时，悬念也会增加。这方面有一个很好的例子，就是《夺宝奇兵》片头的最后一幕。在这一幕中，印第安纳·琼斯在飞机驾驶舱里碰到一条蛇，后来又在坟墓里碰到蛇。在场景中，任何角色必须面对恐惧都会制造出紧张情绪——角色会如何反应，接下来会发生什么呢？

10. 增加危险性

任何受伤或死亡风险高的事情，任何不安全的情况，对角色来说都是危险的，这让他能否活下来成为疑问。因此，增加危险是制造悬念的好方法。通过增加危险，你可以提升紧张气氛。当然，这是作者在惊悚片、动作冒险片和恐怖电影中吸引读者注意力的方法。

11. 增加启示性

任何时候，一个角色了解到的东西重要到能影响剧情，这个东西就会被贴上"启示"的标签。传统上，在惊悚片和悬疑片中，启示的不断增加意味着主人公离他的目标越来越近，这就给了我们一种即刻性的感觉，因此也带来紧张的气氛。另外，在前面关于推迟结果以增加紧张感的章节中，你已经看到了，令人惊讶的内情披露是如何通过延迟启示结果导致紧张的。想象一下在《星球大战2：帝国反击战》即将结束时，达斯·维达透露出他是卢克的父亲——这是一个令人震惊的披露，制造出强烈的悬念，对于卢克的反应，我们将拭目以待。

12. 增加不可预测性

暴力的威胁可以制造悬念，但当你不知道这种威胁在何时何地会兑现时，这种紧张感让人难以忍受。这就跟不可预测性有关。你可以通过打破读者的预期来加剧紧张的气氛。如果读者认为自己知道会发生什么，比如当一个角色有七天的时间营救人质，但他突然发现更糟糕的事情发生了，比如核打击，这就增加了角色的紧张感。

你也可以让最后期限变得不可预测，比如突然把截止日期提前，或者在切断错误的电线后加快定时炸弹的计时速度。

13. 读者优势地位

正如我们之前所承诺的，我们来重新审视一下这个强大的工具，它也被称为戏剧性讽刺，它可以通过揭示角色不知道的信息以引起读者的期待。当这些信息威胁到角色时，悬念也就建立了。这是一种能吸引读者更多情感的行之有效的方法。例如，在《虎胆龙威》中，当英雄和恶棍面对面时，场面就变得更加紧张。当格鲁伯假装是其中一名人质时，我们知道他是坏人，但麦克莱恩不知道。悬念就此建立起来，他们谈话中的紧张气氛不断上升，直到麦克莱恩给格鲁伯一支枪，紧张气氛达到顶峰。

14. 提醒读者其中的利害关系

利害关系是一个角色实现或未能实现自己目标的后果。编剧们总是问自己，如果一个角色得不到他想要的东西，最糟糕的状况是什么，这给他们的行为增加了令人信服且不可抗拒的动机。你在前一章里已经读过了利害关系的内容，我在这里就不再赘述了。我只是想提醒你，"利害关系"有多重要，就像你的角色会提醒读者注意故事中的利害关系一样。想想《卡萨布兰卡》里，人们常常提到过境信件的重要性。每次提到这点，都不仅仅是提醒你以防你忘记过境信件的事情，更是增加了一份悬念。显然，利害关系必须足够大才能实现这种效果，这就是为什么大多数利害关系通常跟生存有关——身体和情感上的活着或死亡。

15. 加大赌注

我们都知道，赌注越大，悬念就越强烈，逐渐增加利害关系会加剧人物的绝望感，从而提升紧张气氛。前面我们提到过马斯洛需求层次理论，这里它就能派上用场。当人物涉及赌注时，可以从最不重要的（自我实现）需求安排到最重要的（生存）需求。当你的安排到达顶峰时，你还可以将对个人生存的威胁升级到对地球生存的威胁。在你的剧本最终达到高潮前，你的角色的处境会越来越糟糕。这不再只关乎英雄个人的生死，更关乎整个世界的命运。

16. 设定一个动机不明的角色

通过隐藏角色的动机，你也可以勾起读者的好奇心。只要保持角色动机不明的状态，在角色动机被揭示出来之前，读者都会感到紧张。经典西部片《西部往事》里，一个主要驱动力就是口琴手想要与反派弗兰克决斗的秘密动机。影片中处处都在暗示他的动机，但直到最后才真正揭露出这个动机。很显然，你不必在整个故事里都保持动机不明，你也许可以时不时地这么做，以制造额外的紧张气氛。

17. 设置一种"古怪的一对"的情形

就像你可以使用"格格不入"的技巧，通过人物和背景的对比来制造悬念一样，你也可以通过人物间的对比或"古怪的一对"间的对抗来达到同样的效果。你已经知道这是一个增加概念吸引力的很好的方法，这就是为什么"搭档照"总是很流行。这种技巧也适用于有小角色的场景，任何时候你都可以在这类场景中注入额外的悬念。

18. 设置危险的任务

我们通常把紧张的感觉和从事危险工作的个人联系起来，比如拆弹人员、深海潜水员、消防员、警察、士兵或间谍。故此设置一个危险的任务或使命也能帮助建立悬念。这个任务可以是脑外科手术、奔向外太空、探索亚马孙丛林、寻找连环杀手，等等。

19. 设定最后期限或限制时间（滴答的时钟）

一枚炸弹将在 8 小时后爆炸。我们身处的潜艇空气只能维持一小时。你必须在 21 岁前结婚。这些就是著名的滴答的时钟技巧案例，因为滴答的时钟技巧很有效，所以它是最常用的技巧之一。时间压力会产生悬念，因为它能增加时间这个额外的障碍，从而增加失败的可能性。时间限制在整部电影中能持续发挥作用，比如电影《正午》；也可以只在一个场景中发挥作用，比如《007 之金手指》里詹姆斯·邦德拆解核弹的场景。

最后期限不一定只限于时间。它们可能是潜在的受害者，就像大多数连环杀手电影（《沉默的羔羊》《七宗罪》）中侦探试图在杀手再次杀人之前阻止他。它可能是一个无辜的人被冤枉因而铤而走险，比如《西北偏北》或《亡命天涯里》里，男主角试图在被警察抓住之前自证清白。当有人从高楼上坠落的时候，它就是地面，比如《超人》里的露易丝·莱恩坠楼——他能赶在她落地之前救她吗？它还可以是《生死时速》里巴士的速度，或《阿波罗 13 号》里的空气。

20. 空间悬念

时间限制引起的是某事能否在一定时间内完成的悬念，而空间悬念则是不知道威胁在哪里。这完全是关于未知的焦虑。凶手在哪里？炸弹在哪里？当然，空间悬疑局限在有限的区域内，就像有人在密闭的宇宙飞船里跟踪外星人一样。我们不是在等时间耗尽，而是等着外星人在某个地方突然出击。寒意袭来，因为我们知道威胁确实隐藏在某个地方，但又不知道确切的地点。《异形》中大部分的紧张情绪都是由这种技巧制造出来的。

21. 不可预测的人物反应

任何一种不可预测性都会引起怀疑，从而造成悬念。这个技巧跟一个角色对某个情况的反应不可预测有关，从而让人对角色如何对事件作出反应产生疑问。《好家伙》里最让人难忘的一幕就是乔·佩西那句恐怖的"我逗你了？"。当雷·利奥塔天真地跟他说"好搞笑"时，佩西突然变得可怕起来："你说我搞笑是什么意思？搞笑是吗？像小丑一样搞笑吗？我逗你了？"另一个由角色的不可预测性的反应引起的紧张场面是《猎鹿人》中的俄罗斯轮盘赌。此外，在《落水狗》里，金发先生的反应也难以预测，当警察耳朵被割伤时，这种紧张到达顶峰。

22. 陷阱或严酷的考验

还记得冲突如何包含目标、障碍，但更重要的是不愿意妥协吗？为了达到效果，角色必须与他的目标密不可分，这意味着他不能放弃、不能随意离开，否则故事就没有办法讲下去。除了实现目标，他别无选择。这被称为"陷阱"或"严酷的考验"，通常角色处在一个封闭的环境里，无处可逃。想想《阿波罗13号》《荒岛余生者》《狙击电话亭》，或者任何一部"虎胆龙威"式的惊悚片。角色并不想去那里，但他们别无选择。他们被困住了。这种陷阱可以是任何让角色感到被困的东西。它可以是婚姻、家庭、监狱、滴答作响的时钟、岛屿、闹鬼的宇宙飞船，甚至是一种性格特征，就像《尽善尽美》里一样。《终结者》的严酷考验就是半机械人本身，因为莎拉·康纳别无选择，只能卷入这场冲突。如果她无视他，她就会死。因此陷阱是一个角色必须采取行动的理由，没有任何妥协的可能。没有回头路可走。

23. 紧张情绪释放

因为紧张是一种生理效应，紧张太过就会让人不开心。当影评人罗杰·埃伯特[1]评论《战栗汪洋》时说，电影结束后，他感觉非常需要到外面走走，到阳光下散步，以摆脱紧张情绪。这是因为影片从头到尾都处于紧张之中，没有任何释放紧张情绪的机会。不管你的电影是什么类型，如果你打算拍摄紧张的场景，最好加入缓解紧张情绪的机会，比如欢笑或哭泣，或其他任何形式的缓解。在《终结者》中，为了平衡影片的紧张感，慢镜头发挥了释放紧张情绪的作用。想象一下，如果从头到尾贯穿紧张的动作，那会是什么感觉。《夺宝奇兵》中最搞笑的一幕发生在印第安纳·琼斯持剑与剑客长时间对峙后，用枪射杀剑客。所有这些紧张情绪，包括之前不断地追逐，都通过快速射击释放出来，这个场景是原创的，很令人惊讶，引得观众大笑，同时也释放了紧张情绪。奥利弗·斯通的《疤面煞星》也非常明显地使用了这个技巧。当托尼枪杀自己老板的两名保镖时，第三个保镖紧张得流汗，出现一个漫长而紧张的僵持时段，然后托尼对他的伙伴说："给他一份工作。"我们和这位保镖都松了一口气。当失散的亲人最终团聚时，也可以通过眼泪来释放紧张情绪，就像《喜福会》里的结束片段那样。

惊奇 / 沮丧 / 娱乐

到目前为止，我已经论述过讲故事时调动的四种主要情感：兴趣、好奇、期待和悬念，你应该能很好地抓住读者的注意力了。不

1　译者注：罗杰·埃伯特（Roger Ebert）（1942—2019），美国人，著名影评人，第一个作为专业电影评论者赢得普利策奖的人。他以"每周评论"专栏和主持电视节目《西斯克尔和埃伯特电影评论》而著名。

幸的是，总会遇到那么一种情况，剧本很可能变得可预测了。这是因为读者总是试图把事情弄清楚，创作各种可能性，猜测接下来会发生什么。这是阅读的一部分乐趣。他猜测得越准确，你的剧本就越容易被预测到，从而给它一个"死神之吻"。没有什么比读者能正确预测故事的发展走向、人物的下一步行动或者他会说什么，更让作者沮丧的。对于读者预测的倾向，作为作者你可以利用它，通过意想不到的事情来避免剧本的可预见性。

当让·谷克多[1]被问到"我怎么才能成为一名更优秀的作者？"时，他回答："给我惊奇。"惊奇是悬念最有力的补充，因为它通常出现在悬念之前或之后。例如，当我们知道一名杀手在房子里等待时，我们会感到惊讶，在受害者进入房子之前，我们会感到紧张。然后，根据作者的创造力，我们可以预测凶手是否如预期的那样袭击受害者；或者，如果受害者扭转局面，反败为胜，与我们的预期大相径庭，我们就会感到惊奇。

惊奇包括了意想不到的一切东西。威廉·高德曼建议作者们："给读者想要的东西，但不要按照他们期望的方式给。"读者心里真正的问题不是"英雄最后会赢吗"——这属于让读者紧张的领域，而是英雄如何赢。如果一个男人想吻一个女人，我们预料他会吻到。当他这么做的时候，自然挺好。但他如何吻到这位女士的过程应该令人惊奇且不可预测。

当然，表现惊奇的方法是通过制造各种意想不到的曲折经历。意外的突然冲击，意外的启示或不曾预料的反转。读者喜欢因巧妙

1　译者注：让·谷克多（Jean Cocteau）（1987—1963），法国人，作家，诗人。代表作包括《可怕的孩子们》和《骗子汤姆》。

的转折而觉得心理失衡。转折越大越好。事实上，在剧本中，那种能让故事情节出现天翻地覆变化的大惊奇比较罕见，一旦出现，剧本常常立刻就能卖掉。想想《哭泣的游戏》《非常嫌疑犯》《第六感》或者《七宗罪》吧。

优秀的剧本总是充满惊奇。但它们并不只跟情节有关。你可以通过揭示主人公意想不到的缺点或反派身上意想不到的优点来创作令人惊奇的角色。你甚至可以通过对话给读者带来惊奇。只要它出乎意料但合乎逻辑，其他方面你怎么做都可以。换句话说，惊奇不能凭空出现。必须有一个合理的解释。

因为惊奇来自还未实现的期望，首先你要建立起期望，然后再使用它。事实上，喜剧就基于惊奇来引发开怀大笑。我们对画龙点睛之语会心一笑，因为它改变了我们的预期。让我们来研究一下为读者制造惊奇的方法：

1. 意想不到的干扰和麻烦

在前几节中，你已经了解过冲突。我们在此处探讨它是因为它属于意想不到的干扰或麻烦。因为许多作者会把这两者混为一谈，所以有必要单独讨论它们，尽管它们是同一枚硬币的两面。一面是干扰，它可以是任何东西——一个人、一样东西或某件挡路的事情，只要能阻碍目标的实现就可以。关键是它需要角色付出额外的思考、努力和时间去解决这个障碍。一旦消除了这个干扰，角色就会回到正轨。想象一下，在你从洛杉矶去纽约的路上，遇到一条被洪水淹没的道路。你只要稍微绕路，最终就能回到正轨。

另一面，麻烦可能是丢了车，不得不坐飞机去纽约。到达同样的目的地，但走一条完全不同的路。和干扰一样，麻烦可以是人、物或事，只要它改变随后的行动过程就行。干扰只会带来暂时的改变，而麻烦会把你带上一条完全不同的轨道，事情彻底不同。你去面试的路上，电梯坏了是一个干扰。疯狂地爱上面试官则是一个麻烦。这就是麻烦被称为"情节转折"的原因。它使角色偏离原先预计的轨道。和以往一样，在你的故事中使用干扰和麻烦的关键是它们必须出乎读者意料，让读者感到惊奇。

2. 发现和启示

主角从任意信息中得到的可以推动剧情发展的东西，如线索、秘密、证据、武器、日记，都可以视为一种发现或启示。从讨论的目的来看，发现是一个主动的过程，它意味着是英雄发现了信息，而启示是向英雄揭示信息——这是一个被动的过程，英雄从另一个来源了解信息，获得信息。《唐人街》里最大的秘密即伊芙琳透露她的女儿也是她的妹妹，这就是一个启示，因为即使是杰克逼迫伊芙琳说的，那也是伊芙琳将这个秘密告诉了杰克。如果杰克通过自己的调查，如查阅记录等，发现了这个令人震惊的秘密，这将是一个发现。尽管如此，这一细微的区别对于你在故事中平衡积极的发现和消极的启示仍然很重要。

当一位人物身上出现一个重要的事实时，发现就会出现——当瞬间顿悟、灵光一闪时，谜题得解，就像《火线狙击》里弗兰克·霍里根终于悟到杀手的计划，并冲进酒店。

通常，主人公和读者同时有了发现和启示，都因此感到惊喜。但是，只有我们得到关键信息，而主人公没有得到时，启示就会成为读者优势这种技巧的一部分。例如，在《西北偏北》里，当乔治·卡普兰的秘密被教授和他的团队揭示给我们时——桑希尔还不知道这个重要的信息。

当一个故事的结尾出现发现或启示时，这往往是一个转折性结尾，它不仅会让人大吃一惊或异常震惊，还会改变我们之前看到的一切，就像《第六感》和《非常嫌疑犯》的结局。

显然，要让人发现什么东西，首先必须把这个东西藏起来。发现以前不知道的东西读者才会惊讶。因此，你必须掌握隐藏和揭示信息的艺术才能创造出惊人的发现和启示。你必须控制好何时给、多久给一次、给读者多少信息。最好的办法就是不要在屏幕上完全展示这件事，这能让观众在发现时得到情感上的满足。例如，在《第六感》中，只留下一个关键的场景——马尔科姆·克罗的死亡、葬礼或任何其他角色提到他实际上已经死了，当我们最后发现它时，这改变了我们对整个故事的看法。

3.反转

反转是一种更引人注目的发现或启示的形式，因为它们把故事彻底颠倒过来。从一种情况变到相反的情况，就像从富有到贫穷，从快乐到悲伤，从盟友到敌人，这就是这个词的意思，反之亦然。在《情圣》中，当乔和杰瑞男扮女装出现在火车站时，就是一个反转。

反转之所以如此引人注目，是因为它那无与伦比的不可预测性。最容易发生的就是180度大转弯。就像《月色撩人》里，当我们期待一个吻时，却得到一个耳光，这就是一个出人意料的反转。在《夺宝奇兵》里，当我们期待琼斯与剑客决斗的时候，却看到一场短促的枪战，这个反转造就了该剧最大的笑点。这就是惊奇的关键：如果读者期待某一件事发生，你得确保它不会总是以同样的方式发生。

就像发现或启示一样，反转也可以是任何事情——一个动作、一件事情，或者一项口头声明，只要它产生的结果与读者的预期相反就可以。在《美国丽人》里，我们期待莱斯特被解雇。结果他勒索了自己的老板，反而带着更多的钱离开。在《海底总动员》里，电影的其中一个亮点是多莉这一角色，她有短期的健忘症问题。讨论一下电影中的反转：每当她帮助马林时，我们就满怀希望，而当我们意识到多莉不记得她在帮什么忙时，这种感觉就会转变为失望和沮丧。《卡萨布兰卡》里一个经典的反转范例就是，里克射杀了斯特拉瑟少校，路易说："把嫌疑犯们都抓起来。"这推翻了我们对路易会逮捕里克的预期。使用反转以给读者惊奇是保持故事新鲜和不可预测的最强有力的工具之一。

4. 秘密

惊奇的本质就是揭示秘密，二者缺一不可。它可以是推动整个剧本发展的秘密，并在最后高潮时才被揭示出来，就像《唐人街》《非常嫌疑犯》和《第六感》。它还可以是只推动某个场景发展的秘密，就像在求职面试时对自己的简历保密。或者，它是一个角色的秘密，如角色的性格特征或者他们过往的一个黑暗秘密。尤其当我们自认为已经完全了解一个角色后，如果这个角色新的一面被揭示出来，我们总是会很开心。当读者知道这个秘密时，会理所当然地处于读者优势地位，读者就会被一种随时可能泄露秘密的紧张感所控制。想想《窈窕淑男》或《热情似火》。当主人公和读者都不知道这个秘密时，我们会感到惊喜，就像《非常嫌疑犯》里那样。

5. 读者劣势地位

读者优势地位在于读者比主人公知道得多，而读者劣势恰恰相反——主人公比读者知道得多。这就会催生好奇心，但更重要的是，当信息被透露给读者时，能带来潜在的惊奇。这个工具经常在偷窃类型的电影中运用，比如《十一罗汉》和《十二罗汉》，在这些电影里，角色比观众更了解他们的计划和方案。当电影发展到揭露信息时，就完成了创造性选择的三个步骤：人物和读者同时了解到信息，也就是发现和揭示；读者了解到信息而角色还被蒙在鼓里，读者居于优势地位；角色已经了解到信息而读者处于劣势地位，对这些信息一无所知，最终就会导致一个惊人的发现。

6. 震惊

当一个惊奇很突然、很强烈，或当它完全出乎你的意料、使你感到厌恶或恶心甚至觉得恐惧或恐怖时，它就可以被称为震惊。想想电影中最令人震惊的时刻——《异形》里肠胃爆裂的场景、《教父》里出现的马头或者《驱魔人》里的大部分场景。这并不一定指恐怖电影中的血腥时刻。它还可能发生在喜剧里，比如《窈窕淑男》中我们第一次看到迈克尔男扮女装时的震惊。事实上，喜剧中令人震惊的时刻往往能带来最大的笑点。关键是要确保这个时刻完全出乎人的意料、突然、极端。在第一幕中杀死你的主角就相当令人震惊，就像希区柯克在《惊魂记》中表现的那样。只有这么做有意义时，才可以用这种方法，否则你可能会让读者大失所望。

7. 转移注意力和误导

既然出乎意料会带来惊奇，那么给读者带来惊奇的最好方法之一就是将读者的注意力引导到别的东西上，从而让他自己产生其他预期——这和魔术师使用的技巧一样，展示他的袖子的同时，他把硬币藏起来。在故事里，这叫障眼法，这可能是侦探在致力于解开谜团时的一条错误线索、一个可疑的人物或一个偶然事件，就像《沉默的羔羊》里，当联邦调查局突袭错误的房子时那样。你还记得当甘伯来开门而克拉丽斯站在门口时，你有多惊讶吗？编剧故意误导了我们。我们没法忽略《第六感》里一直存在的最精巧的误导。

当真相最终被揭露时，我们重新审视每一个场景，并意识到我们没有被欺骗，只是被误导所以才相信克罗在枪击后还能活下来。

虽然障眼法是悬疑小说的常用方法，但它其实可以被用在任何类型的小说里，比如当一个角色追求一个错误的目标，或者信任一个错误的、后来背叛了他的人。无论如何，只要你能故意把读者引导到错误的方向，同时还能继续遵循自己的故事逻辑就可以。但是你要确保这些误导后面能揭示出来，以对读者产生意想不到的影响。

8. 伏笔和呼应

伟大的电影之所以令人难忘，就是因为里面有很多惊奇之处。到现在为止，你应该已经意识到，惊奇来源于观众对一件事情有期待，而作者对另一件事情进行了描述。这是通过埋下伏笔和呼应来开展的。在你的剧本里，应该"埋下"种子，这些"种子"将在后面的剧本内容里开花结果——一个物体、一个动作、一个地点或者一行对话，你可以在之后的呼应中创造惊奇。想想《西北偏北》里的火柴盒、《沉默的羔羊》里的笔、《夺宝奇兵》里的蛇恐惧症、《唐人街》里的"对玻璃不好"的说明，或者《终结者》里"我会回来的"台词。值得注意的是，虽然设置可能老套，但其结果或呼应应该独树一帜，足以令读者惊讶。《低俗小说》里尽管有暴力内容，但其中的乐趣之一就是，它给我们熟悉的情节带来了意想不到的呼应，比如一对夫妇打算抢劫一家餐厅，或者一位拳击手比赛失败，必须逃离城市。

9. 生命线

在《故事感》一书中，曾任南加州大学教授的保罗·露西（Paul Lucey）谈到生命线，它可以是一种技能、一种工具、一件武器、一位盟友、一条信息、一种策略，或者是主人公用来解决故事里困难的任何东西。你可以把它看作主人公的应急绝招。电影里生命线的范例包括《异形》中的宇航服、《异形2》中的装载机，以及《虎胆龙威》中麦克莱恩藏在背部的枪。显然，生命线需要早早建立起来，便于在后面的情节里获得情感上的呼应，否则这种"天降神兵"可能给人矫揉造作之感，正如你下面所看到的内容。

10. 巧合（天降神兵）

尽管大多数事件应该遵循逻辑顺序发展，但有时你可以在故事中运用巧合、圈套或意外事件，比如在错误的时间出现在错误的地点恰好目睹了犯罪过程，或人物之间的偶然相遇。事实上，你可以认为大多数的激发性事件都是一种巧合，这个巧合将故事引到一个合乎逻辑的结论里。

因此，你可以利用巧合让角色的处境变得更糟糕，比如设置干扰或麻烦。然而，如果你的主人公在危机中利用巧合解决问题或问题因巧合而简单化，那通常不太招人喜欢。这叫做"天降神兵"，字面意思就是"机械降神"。它起源于古希腊戏剧，用神来解决复杂的故事问题。今天，懒惰的作者会制造一场突如其来的暴风雨，把英雄从着火的房屋里救出来，或者中一张彩票，把赌债还清。你应该尽可能避免这种让角色轻易就脱困的设置。它们侮辱读者的智商，使读者在情感上无法得到满足。你得确保自己设置的、读者认为的巧合具有逻辑性，但这种巧合不能解决主要的危机。你要让主人公自己想办法，通过自己的技能和盟友的帮助解决问题，从而赢得胜利。

11. 紧张和松弛相结合

许多作家喜欢惊奇、悬疑和放松三者相结合所带来的情感冲击，尤其在恐怖片的剧本里。例如，一个少年听到噪音。我们知道凶手在等待，但她不知道——悬念。这个少年很害怕，但由于读者优势地位，我们反而感到更加紧张。黑暗中，她把角角边边都检查了一遍——紧张感。她又听到噪音。她的猫从沙发上跳了下来——惊讶，而后渐渐地放松。然后，凶手动手了——震惊。当然，这是一个熟悉的场景，但它很有效，特别是在掌握了情绪操控艺术的出色的故事叙述人手里。这种组合技巧涉及对悬疑设置的误导。我们期待悲剧的发生，所以做好了准备，但当什么都没有发生的时候，我们放松下来，然后悲剧降临，我们震惊了。

刺激 / 喜悦 / 欢笑 / 悲伤 / 胜利

在这里，我们处理了一组情感，它们都具有间接性，也就是说，人物可能会因为他们所经历的事件而感受到这些情感，而读者也会发自内心地感受到它们。例如，当一个角色感到喜悦或悲伤时，只要读者与这个角色密切相连，他也会有同样的感受。但读者也可能因为处在读者优势地位而了解一些角色不知道的信息，从而感到喜悦或悲伤。

到目前为止，我们已经探讨过五种情绪。虽然下面这些情绪不像前五种情绪那么重要，但它们仍然非常重要，值得我们简要地看看它们如何产生。这些都是我们愿意花钱去影院体验的情感，尤其是刺激、欢笑和胜利。那么，一起来看看创造出这些我们所期待的情感的工具：

1. 场面

大多数作家通过描写夸张的事件、挑战极限的特技或刺激感官的特效来激发读者的兴奋之情，让读者惊呼"哇！"。想想大多数詹姆斯邦德电影的开场场景、《泰坦尼克号》里船沉没的场景、《侏罗纪公园》里的恐龙、《黑客帝国》里的特技和图像，还有《星球大战》的大部分场景。剧本使用壮观的场面开场，也算一个不错的策略，因为它确实能强烈地吸引读者的注意力。但要记住，不能以牺牲故事为代价而过度渲染。相反，你要确保这是情节的一部分，你的主角也参与到这个场景。

2. 性和暴力

另一种形式的壮观场面是性和暴力。西格蒙德·弗洛伊德说过，我们人类最原始的冲动就是性和攻击性。这就是性和暴力能在故事中如此令人牵肠挂肚的原因。暴力，视觉上最扣人心弦的冲突形式；性，最扣人心弦的爱的形式。这两者都会引起读者强烈的情感反应，所以使用时需要谨慎小心。就像壮观场面一样，它们可以成为开场场景的一部分，就像《本能》里那样，将两者结合在一起，拉开故事的序幕。

3. 幽默

一直以来，喜剧都是对制片人很有吸引力的一种类型，作为商品它也很有票房保证，由此可知制造笑声显然是吸引读者的一个有用工具。然而，篇幅有限，我无法深入分析幽默的各种驱动力。请注意，有很多很好的资料在分析笑声如何产生。我强烈建议有抱负的作者花时间去研究这些内容。现在，你要明白，幽默通常建立在惊奇或超出预期的东西上，因而前面小节里关于制造惊奇所讨论的大多数技巧都是制造笑声的第一步。

显然，幽默是喜剧写作的基本元素，但它也可以用于任何类型的写作，包括戏剧。原因就在于它可以起到释放紧张感的作用，让情绪放松下来以平衡故事里强度极大的戏剧性。

4. 逃脱

从危险的环境或者是监禁环境如监狱等逃脱出来的主人公，会因为新获得的安全和自由给读者提供一种解脱感和愉悦感。想想《夺宝奇兵》的片头，印第安纳·琼斯从贝尔洛克和印第安人手中惊险逃脱，还有《大逃亡》中的希尔茨船长死里逃生。当逃脱与我们关心的角色有关时，就会带来快乐和解脱感。然而，如果逃脱跟一个危险的反派有关时，就会引起恐慌和畏惧，如汉尼拔·莱克特在《沉默的羔羊》里让人印象深刻的逃脱。

5. 分离和重逢

当你让我们极其关心的两个人物分开或重逢时，就能让读者感受到分离的悲伤或重逢的喜悦。想想《E.T. 外星人》结尾艾略特和他的外星朋友分开时，再想想《泰坦尼克号》里罗斯放开杰克冰冷的躯体时，你所感受到的悲伤，又比如《我是山姆》《喜福会》中父母和孩子姗姗来迟的重逢所带来的喜悦是怎样的。

6. 胜利和失败

胜利和失败也是如此。例如，当一个角色在艰难的环境中获胜，尤其当胜利从事实或情感上看都不太可能的时候，我们能间接性地体验到胜利的感觉（《洛奇》《功夫梦》《奔腾年代》）。同样地，当角色输掉一场比赛或其他对他来说很重要的事情时（《泰坦尼克号》《E.T. 外星人》《人鬼情未了》），我们也会感到悲伤。正如你在前一章所看到的，任何失败或不幸都会为我们所关心的角色带来痛苦，而胜利和好运则会带来幸福。有一个行之有效的方法可以让读者目不转睛地盯着页面，就是让你的角色在故事里交替经历胜利与失败。当读者问到核心问题：主人公能实现他的目标吗？你可以通过一个小小的胜利回答"是"，通过一个小小的失败回答"否"。来来回回——是，否，是，否，让读者经历希望和恐惧、快乐和悲伤、成功和失意。

7. 善有善报，恶有恶报

这点与超自然的因果报应信仰有关，而与法律正义无关。当我们认为法律证明无辜者的清白，并惩罚有罪之人时，应得的报应会让我们的情感得到满足。举个例子，如果你写了一个故事，其中一个男人杀害了自己的妻子，并侥幸逃脱，他用保险金买了一艘船，但随后船沉了，这个男人被淹死，这就是令人满意的应得的报应。这一切都跟恶有恶报有关，或者是当其他一切都失败时，只有好人得到好运，在大结局中尤其有效。

共情、同情、赞赏、蔑视

尽管在前一章已经讨论过了这些内容，我还是把这些情感在这里再总结出来，因为它们是构成故事的积极情感体验必不可少的元素。如果角色之间没有联系，我们也许能从故事中的各个事件中体验到好奇和惊喜，但绝不会是更令人满意的情感，如期待、恐惧、悬念、喜悦或悲伤。如果没有与主角的共情和对主角的同情，以及对反派的蔑视，读者将永远无法完全投入在你的故事。

闹剧和滥情

在戏剧场景里，当涉及角色的情绪时，不要展示过度。当一个角色突然大哭或暴跳如雷时，读者需要看到导致这些极端情绪的突出环境。否则，你创造的就是闹剧和滥情，而不是戏剧。基于人物的真实情感的戏剧性场景才可信。如果读者不相信你表达的情感，你就只是创作了闹剧。真正的戏剧所表达的情感都很真实，并有充分动机，而闹剧里的情感缺乏动机，这导致它产生的情感过度戏剧化。它们往往肤浅而滑稽，就像糟糕的肥皂剧一样，因此在情感上无法让读者得到满足。

描写真情实感的最好方法就是想象一下，基于故事里你的角色的境遇你所产生的同样情感。问问你自己："如果我是处于这种情况下的角色，我会有什么感觉，我会怎么做？"正如罗伯特·弗罗斯特所说："作家没有眼泪，读者也不会有眼泪。"

落实于书面：具体创作中的故事

我选择《西北偏北》是因为从很多层面上来看，它都是一个激动人心的故事，里面的很多内容都可以作为本章中讨论过的那些技巧的范例。

由于篇幅有限，我不能把整个剧本讲一遍。此外，到目前为止，我已经将该剧本的第一幕和第二幕中的大部分内容作为范例讨论过。把第三幕留下来，方便我强调该剧本中有多少显而易见的技巧。我将逐个画面地讲解这一幕，说明它使用了什么技巧来唤起读者的哪种特殊情感。这样，你就可以发现这些技巧如何起作用，创造出令人从头到尾都兴奋的一幕。

第三幕开始时，桑希尔在拍卖时被警方抓获（胜利和失败），并被赶到教授那里（反转），教授解释了一切（启示）：范达姆试图把带有政府机密的微拍带出国；乔治·卡普兰从未存在过——他只是一个用来转移人们对真正特工的注意力的诱饵。

教授要求桑希尔再扮演24小时的卡普兰，以协助拯救濒临危险的特工（马上就要面临进退两难、高风险、危险的任务），但桑希尔拒绝了，声称自己只是个普通公民（反对）。这位教授透露，处于危险中的双重间谍是伊芙·肯德尔（揭秘—反转—秘密—震惊）。桑希尔勉强同意跟着范达姆去拉皮德城，并假扮卡普兰，以拯救伊芙（计划—预期）。

在拉什莫尔山自助餐厅，桑希尔遇到了范达姆、伦纳德和伊芙，他提出一个建议：他可以让范达姆自由地离开这个国家，作为交换，他要伊芙（好奇—紧张）。范达姆拒绝了。桑希尔一把抓住伊芙，但伊芙掏出枪并对他开枪，然后冲了出去，开车离开（惊讶—反转—震惊）。在教授的帮助下，他被担架抬走（好奇）。

后来，毫发无伤的桑希尔与伊芙在森林里见面（反转、暗中欺骗、重聚），伊芙为自己说谎向他而道歉（心意改变）。她透露出自己如何与范达姆交往，而现在，她爱上了桑希尔（启示）。他们接吻后，伊芙说她必须回到范达姆那里继续充当间谍（失败—反对）。桑希尔说，范达姆离开这个国家后，他想多花些时间和伊芙在一起，他又从教授那得知，伊芙的任务是和范达姆一起远走高飞，直到永远（揭露—反转—代价提高）。对于被欺骗和失去伊芙，桑希尔感到很愤怒（分离）。

新闻报道称，拉什莫尔山枪击案发生后，卡普兰情况危急，桑希尔被关在医院的病房（干扰）。在请教授去拿一品脱波旁威士忌后，桑希尔从窗户逃入另一个房间，把住在里面的女房客吓了一跳（反转—逃脱—紧张）。她愤怒地大喊"停下来"，但戴上眼镜后，她发出另一种更诱人的"停下来"的声音（幽默地释放紧张情绪）。

为了阻止伊芙离开，桑希尔乘出租车赶去位于拉什莫尔山边上的范达姆的家（危险—高风险）。在窗外，他无意中听到范达姆和伦纳德的谈话（优势地位）。伦纳德不信任伊芙——她的射击太有序（复杂—危险—即刻性）。他用伊芙的枪射向范达姆以证明自己的观点（不可预测的人物反应），范达姆很震惊，并对伊芙背叛他感到震惊失望（发现—反转—失败）。他密谋将她扔下飞机。（计划—更高风险—读者优势地位）

伊芙和他们一起在客厅里喝酒（延迟结果而带来紧张感）。桑希尔试图警告她，就在他的印有花纹的（烂）火柴盒上写下便条"他们盯上你了"（聚焦于物体—警告—反馈结果—启示），然后把它扔在她身边。伊芙警觉地找了个借口回到自己的房间（奖励）并发现了桑希尔，桑希尔告诉她，她的生命正处于危险中（风险提示）。但她完成任务的责任感占据上风，她仍然加入范达姆和伦纳德的行列，并一起上了飞机（反转—分离—延迟结果）。

管家注意到桑希尔在电视里的虚像后，发现了他。她用枪指着桑希尔（聚焦于物体—障碍物—反转）。正当伊芙要登上飞机时，屋子里传来两声枪响（出乎意料的麻烦—关心—生命线）。混乱中，伊芙带着范达姆的雕像/微缩胶卷离开，上了桑希尔开来的车逃走（奖励—胜利）。但庄园的大门被锁住（挫折—障碍），所以他们弃车而逃，步行穿过树林，最终发现自己正处于拉什莫尔山的山顶（障碍—危险增加）。

伦纳德和他的帮凶追逐伊芙和桑希尔，他们被迫从纪念碑上爬下来（壮观的场面—陷阱），当桑希尔向伊芙求婚时，紧张的气氛缓和了几秒钟（幽默）。伦纳德的一个心腹拿着刀跳向桑希尔（危险增加—不可预测—沮丧），但他很快被扔到边缘（奖励—希望）。伦纳德从伊芙手中抢过雕像，并把她扔下岩壁，伊芙在岩壁上挣扎求生（高风险—挫败感）。桑希尔一只手抓住岩壁，另一只手抓住伊芙伸出的手（危险—奖励—希望）。伦纳德出现在桑希尔的上方，残忍地用脚踩踏他的手（挫折感—反转—高风险—恐惧）。一声枪响，伦纳德倒地身亡（反转—奖励）。

当教授逮捕范达姆时，桑希尔挣扎着把伊芙从岩壁边缘拉回到安全地带（最后一个危险—挫败感），并突然把她拽到火车的上层卧铺，说："来吧，桑希尔夫人。"（奖励—胜利的喜悦）。

现在你明白了，这部经典剧本的最后一幕中运用了很多戏剧技巧。当然，其中大部分技巧是为了引起读者的期待、紧张和惊奇，因为这毕竟是一部希区柯克电影，但你现在必须意识到，它们可以用于讲述任何故事，无论什么类型。这些技巧可以丰富任何故事。

现在你已经创造了一个引人入胜的故事，是时候把它整合到一个人人欢迎的形式里。我们来谈谈结构……

第七章

结构：有吸引力
的布局

编剧就像时尚。所有的衣服都有相同的结构。一件衬衫有两个袖子、若干纽扣，但并非所有衬衫看起来都一样。

——阿齐瓦·高斯曼

值得注意的是，故事讲述中最简单的概念却引发了最多的争论。关于结构的内容已经写了很多、教了很多，我也没有什么可以补充到这场讨论中的。因此，这将是书中最短的一章。为防止你仍然对这个主题感到困惑，请允许我回顾一下最重要的基本点。

基本要素：编剧须知

结构的核心就是你的故事的形式或布局，你创造的事件如何组成你的故事，如何把它们融合成一个统一的整体以激发出观众最强烈的情感。结构就是架构，也就是故事的设计。正如建筑一个房屋离不开建筑设计，故事也离不开结构设计。故事就是发生了什么事情；结构是故事讲述的方式。故事是创作；结构是创作的展现形式。

以骨骼来作比，就好像你去研究人类每一根骨头以及它在人体中的用途，现在是时候把它们放在一起以组成人的基本形状，在这个基础上，再附上故事的肌肉、神经和皮肤。记住，所有的故事都需要结构，就像所有的人体都需要骨骼一样，因为没有骨骼，人体就只是一个布娃娃。

不管哪种结构理论适合你——英雄的旅程、二十二步、七幕结构，等等，它们都可以归结为同一件事。不管你怎么看，所有故事都可以分为三个阶段——开头、中间和结尾。你可以通过启动、使故事复杂化和解决问题来构建故事；甚至可以从情感的角度把它看成在读者身上创造吸引力、紧张感和满足感。无论你怎么看，"三"似乎都是一个神奇的数字。这就是为什么当涉及普遍的故事讲述时，教授和使用最多的范例都是三幕结构。

请记住，这种戏剧结构并不是某个人闭门造车突然制造出的故事讲述法则。自从人类开始讲故事以来，它们就一直存在。2400年以前，亚里士多德第一次发现了它们，就像科学家发现自然法则一样。他所做的只是观察到成功的、能在情感上让人满足和喜爱的戏剧都遵循着类似的戏剧原则，并在《诗学》中把它们记录了下来。

我也意识到，有些人认为三幕结构似乎有些公式化。然而，仅仅因为它在大多数故事中看起来都一样，并不意味着大多数故事就都一样。大多数人都是独一无二的，但他们的骨架却相对相似。因此，如果你决定造一个人，你仍然必须从"公式化"的骨架开始，否则最终的结果看起来就不会像一个人。讲故事也是如此。例如，电影《美国丽人》和《E.T.外星人》虽然截然不同，但它们的结构却完全相同。

所以不要把结构和公式化混淆起来。关键就在于你如何处理结构——从哪里开始，从哪里结束，以及把什么放到中间。你创造了一个个瞬间和事件，然后把它们放入场景，再将场景放入一组组镜头，将镜头放入一幕幕，最后由多幕构成一个被称为"剧本"的统一产品。应该时刻让读者对接下来发生什么感到好奇，否则你会被厌倦——这是你作为一个作者可能会犯下的最严重的错误。为避免这种厌倦，三幕结构通过安排事件，使冲突导致变化，而变化又会导致更多的冲突，不断构建，一直到故事最终的对抗和解决。三幕：开端、中间和结尾。从情节上看：设置、冲突、解决；从情感的角度来看：吸引、紧张、满足；从主题的角度来看：主题、发展、实现。

技巧：每一幕的情感要素

在本书中，我们从情感反应的角度来研究结构——如何设计你的剧本的每一幕，以最大限度地对读者的情感产生冲击。正如你刚才所看到的，你应该把故事分成三个部分：第一幕，也就是开头，它应该吸引或勾住读者继续往下读；第二幕，也就是中间部分，它应该激发出读者的紧张感和期待以引导我们读向高潮；第三幕，也就是结束或解决问题，它应该能让读者在情感上感到满足——所有娱乐的目的正在于此。

让我们来看看每一幕的情感要求。这种要求不应被视为公式，而应被推荐为讲好故事的基本原理。

第一幕：吸引力

第一幕是创建你的故事，让它发展起来，但关键是要抓住读者的注意力，让他在"淡出"字样出来之前都不能走神。要实现这一目的，你可以确立类型和情绪从而给读者带来预期的情感，比如喜剧中的笑声，或者惊悚片中的紧张气氛。首先，你要向读者介绍要关注的主角；然后，你要确定主要问题，这能吸引读者的兴趣，让读者好奇主人公如何解决自己的困境。因为你必须从第一页就抓住读者的注意力，所以这一幕中"钩子"是必不可少的情感要求。

1.开场的"钩子"

你的开场就必须抓住读者的兴趣，并让他忘记自己是正在读剧本。你不能站在读者的房间里告诉他："不要为前几页担心；继续读下去。后面的故事会好起来。"如果读者一开始对剧本就不感兴趣，他马上就会断定你的剧本是他要写的又一篇无聊的报告，而不是原来承诺的激动人心的情感体验。一个很好的开场白可以告诉读者，他正在和一位专业作者打交道。下面讲几种类型的开场：

行动中的英雄——在冲突中引入主角。这不仅是最常见的开场，也是最有效的开场，因为它能在以下两个方面吸引注意力——人物关系和剧情。想想《飞行家》的开场，我们第一次看到年轻的霍华德·休斯时，他正在研究细菌，然后成年后导演他的史诗大片《地狱天使》；在《大审判》中，酗酒的弗兰克·加尔文在殡仪馆寻找客户；赏金猎人杰克·沃尔什在《午夜狂奔》中逮捕了一名罪犯。以主人公的活动开场会让你有更多的选择去关注角色的独特性，例如《虎豹小霸王》里开场的纸牌游戏；哈洛在《哈洛与慕德》里假装自杀；或者《末路狂花》里能了解到塞尔玛与路易丝的生活。你还可以关注与角色共鸣，以不幸的事故或虐待（或第五章中讨论的任何技巧）开头，这样可以立刻引起读者同情。想想《永不妥协》里埃琳·布罗克维奇失去工作、吃了停车罚单，然后在几页之内又陷入一场车祸；或者马林在《海底总动员》中失去了他的妻子和未出生的孩子。

反派发挥作用——你可以用一组激动人心的包含反派的打斗镜头来开场。想想《星球大战》《非常嫌疑犯》《总统班底》中的入室盗窃、《热情似火》中警察追逐灵车，或者《惊声尖叫》里凶手杀害第一个受害者。

背景故事/开场白——在第五章中，我们将这个元素作为角色生活的一部分进行过探讨。在这里，你可以用一个在主要故事之前发生的激动人心的事件作为剧本的开场，让读者期待接下来发生的事情。比如《迷魂记》和《绝岭雄风》里那些悲惨的开场。

壮观的场面——我们在上一章也讨论过壮观的场面（特技、特效和夸张的事件）如何让读者产生兴奋感。因此，壮观的场面是打开故事的理想方式，但它毕竟只是故事的一部分，而不是设计一些不必要的视觉效果以分散读者的注意力。想想《拯救大兵瑞恩》里紧张的开场，或者《壮志凌云》里的空中特技。壮观的开场还可以包括性和暴力，就像《本能》和《巴黎野玫瑰》的开场，以及诸如婚礼之类的欢乐场面（《教父》）。

神秘的东西——任何能引起读者好奇、让他想知道接下来会发生什么的有趣事件，也是剧本开场的好方法。想想《异形》《黑客帝国》《血迷宫》《非常嫌疑犯》《公民凯恩》或《E.T.外星人》的开场场景，都是为了让读者思考问题——我们在哪里？这些角色是什么人？他们在说什么？到底怎么回事？读者被吸引住之后，就想去找答案。

独特的世界——向读者介绍一个他从未见过的独特世界，以抓住读者的兴趣，使他想要继续读下去以更深入了解这个世界。范例包括《黑衣人》里地球上外星人的独特世界；《楚门的世界》里，美国小镇实际是一个巨大的电视机；《证人》里的阿门部落；《教父》中的黑手党世界；或者是《银翼杀手》里未来洛杉矶的全景鸟瞰图。

说明——开始时就提供关于故事世界的基本信息也是一个不错的策略，但前提是这些信息很有趣，并且对情节的理解至关重要，比如《星球大战》开头的滚动说明，或者《卡萨布兰卡》里的地图和广播旁白。

打破"第四堵墙"——一种少见但有效的故事开场方式就是让角色与读者直接对话，这样做可以快速建立读者和主人公的联系。你可以通过画外音来实现这点，比如《美国丽人》或《日落大道》；也可以让角色直接对着镜头说话，从而打破"第四堵墙"，比如《失恋排行榜》《春天不是读书天》或《安妮·霍尔》。

结尾闪回——就像童话故事常常用"从前"这样的词来吸引我们的注意力一样，这也是一种常用的方法或结构，用于古装剧或侦探剧的开场，以引入对过去某件事情的调查。你的剧本的开场和结尾场景都发生在现在，而故事的大部分内容发生在过去，用一段长长的倒叙就可以向读者叙述这些内容。想想《泰坦尼克号》《莫扎特传》《公民凯恩》《廊桥遗梦》或《双重赔偿》中结尾的闪回手法吧。要确保过去的故事比现在的故事更重要。

剧本开篇的底线是，它们必须即刻吸引读者，否则后续也没办法吸引住读者，读者会自始至终带着偏见看待你的剧本。这不是你希望他拥有的立场，尤其是剧本后面变得越来越好的时候。

2. 介绍英雄

就像我刚才说的那样，一种常见而有效的剧本开场方法是在开头的场景中就加入主角。但如果你选择了不同的开场，就应该尽快介绍你的主角，以建立起观众的认同感和同理心。原因就在于，读者潜意识里期望剧本里出现的第一个角色是主角。这就是为什么大多数作家会选择有主角的场景作为开头。同时，在介绍你的主要角色时，务必使用第五章中的任意技巧让读者对他产生关心或者同情。比起喜欢一个有缺点的角色，接受一个我们已经喜欢的角色的缺点要容易得多。

3. 激发性事件

这是第一幕中最重要的事情，因为没有它故事就无法存在。在讨论中，它有很多名称——激发性事件、催化剂、触发器，因为它是推动故事的事件。它也被称为干扰，因为它是一件重要到足以影响主人公日常生活的事情，导致主人公必须做点什么来处理它。在这个事件发生之前，你的角色在他们的日常生活里得过且过，并不引人注目。这个激发性事件能激起读者的兴趣，将情节带入加速状态，把主人公从有序引入混乱，迫使他去寻找新的平衡。这个事件可以是任何事情——巧合、相遇，或者发现。例如，在《E.T. 外星人》里，被困在一个外星世界是这个外星人故事的催化剂事件，而遇见外星人是艾略特故事的激发性事件。在《教父》里，迈克尔故事的导火索是有人企图暗杀他父亲。在《热情似火》中，催化剂事件是当乔和杰瑞目睹了圣瓦伦丁大屠杀，骚乱发生了。记住，为了制造最大程度的情感冲击，催化剂事件必须在很大程度上影响你的主人公，他不得不采取措施应对这件事。如果这件事不够触目惊心，可以被忽略，那就没有故事可言。

4. 核心问题

如果你的催化剂事件很重大，它应该自动创建出这个疑问"主人公将如何解决这个问题？"，这就成了你的故事的核心问题。为了保持好奇心、期待和紧张感，这个问题至少要到第二幕结束或更晚才能得到解答。重温一下上面的例子，你就会发现，这些催化剂事件如何产生那些核心问题，在核心问题得到解答前，故事能一直吸引我们。当艾略特遇见外星人时，我们想知道他们如何发展出友谊。当迈克尔的父亲中弹后，我们想知道迈克尔是否会参与家族的生意；当他这么做的时候，我们想知道他会参与得多深。当乔和杰瑞逃跑时，我们想知道他们能否躲避开暴徒追捕。

5. 不归路（第一幕高潮）

一旦核心问题确定下来，你的主人公就会陷入进退两难的境地：他是应该介入呢，还是应该忽视问题？他处在十字路口，必须做出这个将改变他生活的重大决定。这是一条不归路，因为主角一旦继续前进，他就永远无法回到这一刻、回到从前。可以把这一高潮看作一扇单向的门。一旦他穿过这扇门，就进入一个独特的处境（第二幕），他将永远都无法和以前一样。这个决定将结束第一幕，并把读者推入第二幕。在《E.T. 外星人》里，这个转折点是艾略特决定继续把外星人当作自己的朋友，把他藏在壁橱里；在《教父》中，这个转折点是迈克尔选择把父亲藏在医院里，吓跑暗杀者，并与殴打他的腐败警长麦克卢斯基对峙；在《热情似火》里，转折点是乔和杰瑞决定乔装成女人逃离芝加哥。

第二幕：紧张和期待

大多数行动就发生在这一幕，你的主人公追求自己的目标，在这一过程中，他克服障碍，解除那些想击败他的威胁。从篇幅来看，这一幕最长，却也是大多数剧本写不好的地方，这部分对作者的技巧来说，是最大的挑战。需要特别注意这一部分的节奏，使用前一章所述的各种技巧来激发故事讲述中所需的大部分情感。在这里，紧张感至关重要，因为读者会不断地思考你的主人公会赢还是会输。实现目标的冲突和紧迫性越强，读者的兴趣就越高。简而言之，第二幕跟主人公的挣扎和紧张感不断加强有关。

1. 干扰和麻烦

为了确保一场斗争的出现，你需要以干扰和麻烦的形式表现出冲突。这里请再次参阅前一章以获得更多关于主题的信息。务必确保整个剧本中出现的干扰各不相同，因为重复的冲突最终会削弱对观众的情感影响。看看《热情似火》中出现的干扰和麻烦，它们是：必须打扮成女性的样子才能加入女子组合；避免被乐队领队发现；在女人堆里要抵制诱惑；爱上贝儿；在佛罗里达酒店里必须抵挡男人的追求，尤其是奥斯古德·菲尔丁三世，他对达芙妮·杰瑞很感兴趣。

2. 剧情中点

因为第二幕非常长，而读者的注意力持续时间很短，剧情中点往往是一个高度紧张的关键时刻、转折或反转，重新激励主人公继续他的追求。它之所以被称为剧情中点，是因为它通常发生在这一幕的中间，把它一分为二。当主人公决定化被动为主动，或被迫变得更加积极时，这就是剧情中点。他坚定地追求自己的目标，并采取更多孤注一掷的行动。在《E.T. 外星人》里，剧情中点是当外星人告诉艾略特他必须打电话回家时，艾略特决定帮助他；在《教父》里，剧情中点是迈克尔在餐厅杀死了索洛佐和麦克卢斯基，然后逃到西西里；在《热情似火》里，剧情中点是乔决定把自己伪装成少校也就是壳牌石油的继承人，以勾引秀咖。

3. 渐进式的麻烦和反转

从这时开始，我们走向第二幕的高潮，你会希望增加干扰和困难以加剧紧张感。更多的反转和发现激发起读者更多的情感。在《热情似火》中，乔决定追求秀咖之后的复杂情节包括：杰瑞的嫉妒情绪，他试图破坏乔的计划；不得不接受奥斯古德的晚餐约会，这样乔就可以用游艇来打动秀咖；秀咖认为乔是个百万富翁；达芙妮·杰瑞在快乐约会后宣布与奥斯古德订婚；斯派茨抵达酒店参加黑帮会议。

4. 最黑暗的时刻（第二幕高潮）

在故事逐渐复杂的阶段，主人公做出了一系列的选择，并最终将他带到自己的爆发点——第二幕的高潮，这被称为最黑暗的时刻，一个带来重大危机的事件。对手赢了；主人公注定要失败；一切似乎都完了，他甚至可能放弃自己的追求。往往，这就是抉择的时刻，是岔路口，是考验英雄决心的两难境地——当一切似乎都要失去时，现在，他怎么才能实现自己的目标呢？在《E.T. 外星人》里，最黑暗的时刻是外星人死亡的时候；在《教父》里，最黑暗的时刻是迈克尔的西西里妻子被谋杀，唐·柯里昂为了保证迈克尔安全返回美国，与他的敌人达成休战协议，并在道德层面进行了妥协；在《热情似火》里，最黑暗的时刻是乔和杰瑞收拾行囊以避开斯派茨，乔和秀咖分手。这是第三个转折点，把读者带入最后一幕。

第三幕：圆满

第三幕也是最后一幕，是你的故事的结局。第一幕和第二幕创造和发展了问题，在第三幕，问题得以解决，主人公战胜了所有的冲突，实现了自己的目标，戏剧张力在此达到最高点。如果你已经在情感层面上下足了功夫，如果你已经制造了足够多的冲突、紧张感和紧迫事件，如果你已经解决所有问题，如果你已经提供了一个难以预料但又不可避免的解决方案，那么最后一幕应该能让读者在情感上感到满足。

1. 英雄的恢复和成长

因为第二幕经常以低谷收尾，所以第三幕必须从主人公的恢复开始，这样他才能参与最后的决战。之前你把自己的主人公置于困境，在这里你必须把他解救出来。必须特别注意的是，这种恢复在故事的上下文背景里，要显得真实可信。受伤的英雄可能都失掉一半的血了，但他还能像健康人那样与坏人搏斗，这种糟糕的动作片，我们看过多少次？另外，不要试图使用"天降神兵"这种方式来拯救你的主人公。如果一个次要角色或者一个巧合救了他，务必确保这种可能性已经提前设置好，以免破坏读者与页面之间的联结。

主人公的恢复通常意味着你的角色的历程结束，这也意味着你的主人公在这里成长并解决了自己的内在缺陷，这给了他力量和勇气去追求自己的目标。最黑暗的时刻迫使他向好的方向改变（如果你写的是悲剧，那就向糟的方向改变）。一旦你的主人公在身体和情感上都痊愈，他就为最后的决战做好了准备。请注意，这种情感上的变化也可能发生在高潮之后，尽管观众更倾向于在高潮之前看到主人公的成长。

2. 最后的决战

如果你把前两幕看作铺垫，那么最后的决战就是结果。如果之前的两幕很紧张，那么这次决战将令人满足，因为核心冲突已经解决。这是主人公和对手最后一次面对面的对抗，也被称为高潮或者是必看的场景，因为第一幕中埋伏的事件将在这一幕展示出来。例如,在《E.T. 外星人》中,外星人逃跑躲避科学家需要一个他们能面对面的场景。在《教父》中,围绕迈克尔是否成为新教父的核心矛盾,需要一个场景让他证明自己是老教父柯里昂当之无愧的继承人。在高潮中,当他的教子受洗时,他所有的敌人都被枪杀,这个场景证明了他是老大。在《热情似火》中,最后的决战是当乔和杰瑞从斯派茨和其他暴徒手里逃跑的时候。无论最后的决战是史诗般的战斗场面,还是场面虽小但充满力量的时刻,关键就在于高潮是否能让观众在情感上得到满足。

3. 给人深刻印象的结局

如何结束你的故事是给读者留下长久印象的最后机会。明智地选择结尾,因为这将是读者写电影评论之前能记得的最后一件事。作为一名观众,你可能会同意这点:虽然一个好的开头能吸引你,但一个好的结尾能带来好的口碑,让你在离开剧院很久后还会谈论起这部电影。结尾也被称为结局,在这部分你需要以让读者获得情感满足的方式解决掉所有冲突和问题。这意味着结局必须让人感到惊讶却又是必然的,而不是"不知道从哪里冒出来的"。就像一个概念是"独一无二又熟悉",一个"令人惊奇却必然"的结尾可能看起来也像一个矛盾修饰法,但事实并非如此。"必然"仅仅意味着这是你讲述故事的最合乎逻辑的解决方法,而"令人惊奇"则来自你解决冲突的出人意料的方式。换句话说,不可预测。请记住,前一章讲过惊奇是一种发自内心的基本情感。因此,所有的结局都应该是出人意料的,即使我们知道主人公会打败坏人,或者男孩可以追求到女孩。

有五种结局可供选择:皆大欢喜的、悲剧性的、苦乐参半的、曲折的和开放式的。

皆大欢喜的结局——主人公赢了，对手被打败，一切都以圆满的方式结束。这是好莱坞最受欢迎的结局，因此也是使用最多的结局。例如《星球大战》《虎胆龙威》《当哈利遇到莎莉》《潜行者》和《肖申克的救赎》。

悲剧性的结局——对手赢了，主人公输了，不过前提是必须以牺牲主人公的利益为代价才能确保一个在情感上令读者满意的结局。比如《唐人街》《七宗罪》《虎豹小霸王》《罗斯玛丽的婴儿》《阿林顿路》和《出租车司机》。

苦乐参半的结局——也被称为讽刺性结局，这种类型的结局是英雄或对手输了但等于赢了，或赢了但等于输了。当英雄为了更伟大的利益牺牲自己时，或当猎人成为猎物时，命运发生逆转，或以其人之道还治其人之身。虽然这是一个很有挑战性的结局，但它往往会非常令人满意，因为这就是我们看待生活的方式——人们赢中有输，输中有赢。这种类型的范例包括《卡萨布兰卡》《E.T. 外星人》《教父》《沉默的羔羊》《飞越疯人院》《泰坦尼克》《罗马假日》《末路狂花》。

曲折的结局——也被称为意外结局，意外是指它揭示的内容改变了你对这个故事的看法。如果你能做到这一点，曲折的结局可能会在情感上最令人满意，因为它能在高管中引起很大反响。它甚至可以令剧本当场被售出。想想《第六感》《非常嫌疑犯》《不死劫》《神秘村》《小岛惊魂》《人猿星球》《一级恐惧》《谍海军魂》《搏击俱乐部》《十二猴子》和《致命ID》。

开放式的结局——这是一种能达到预期效果的结尾方式，但不像其他方式那么受欢迎，它是让读者自己来决定故事的结局，就像查理·卓别林的《城市之光》那样，结局模棱两可。它在结局里告诉我们："故事还没有结束，伙计们。"这种结局的一个例子就是反派似乎被杀，主人公走开，而最后的画面是反派的手动了动或尸体曾经待的那个地方空无一物，就像《万圣节》系列的恐怖电影里那样。

无论你为自己的剧本结尾选择哪一种结局，最重要的是让读者获得情感上的满足。达不到这点，你的剧本将永远无法通过它的第一个读者的审核。

落实于书面：具体创作中的结构

再次重申，因为本章所讨论的主题是每本跟剧本有关的书和基本研讨会都会涉及的焦点，所以分析一部经典电影的结构有点多余。大多数书籍都已经充分地指出了上面讨论的基本元素，并使用了许多范例来说明它们。如果你觉得还需要就这个主题开展更深入的讨论，我邀请你进一步研究分析它们。但是现在，你已经有了故事和结构，是时候深入了解一下构成故事的各个事件了，是时候探索戏剧性的场景了……

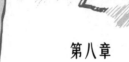

第八章

场景：令人着迷的时刻

> 剧本是精心写作和编排的，观众别无选择，只能
> 去感受编剧想让他们感受的东西。
>
> ——弗·司各特·菲茨杰拉德

你讲述一个故事时，场景是基本的单元，可能也是剧本中最重要的元素，因为读者感受到的情感影响大部分来自单个的场景。我们都记得自己最喜欢的电影里的个别场景。事实上，一部电影会因其个别的场景而受到人们的喜爱。

基本要素：编剧须知

三种场景类型

你应该注意的场景有三种，因为很多书都把它们归为一类——戏剧性场景。这让学生感到困惑，并引致了有问题的剧本。戏剧性场景是剧本中最重要的场景，但这并不意味着所有的场景都应该是戏剧性的。让我们来看看每种类型的场景：

1. 说明性场景

顾名思义，这些场景的目的是提供信息，并常常为即将发生的场景设定情绪和基调，如《体热》充满激情的开场。它们也被称为建立性场景，因为它们会确定位置，如《银翼杀手》的开场，或被称为过渡性场景，这种场景通常用来表现一个人物从一个地点到另外一个地点，就像把不同地点连起来的地图，例如《夺宝奇兵》里印第安纳·琼斯乘飞机前往西藏。不管它们的标签如何，说明性场景都能为读者提供信息，使读者可以了解即将到来的戏剧性场景的背景。说明性场景里不一定要有冲突。在年代剧里，它可以设定一个时代、背景、主题或者指代时光流逝——飘动的日历页、变换的季节、旋转的时针，或者随着白天黑夜的转变而快速掠过的云。你也可以用说明性场景来缓解紧张，在两个紧张的场景之间停顿，让读者喘口气，就像高速公路上的休息区。

2. 壮观场景

在第六章中，我们曾经讨论过将壮观的场面作为刺激读者的一种工具。这就是你使用它的地方。再次强调一下，这里不需要冲突，因为壮观场景的主要目的是让你感到惊叹，并给剧本增加激情和闪光点。想想《E.T. 外星人》里自行车逆月飞行和《壮志凌云》《超人》里排队飞行的场景，《英国病人》中的壁画场景，《侏罗纪公园》中的恐龙场景，《布利特》里汽车追逐的场景，还有《龙卷风》中的龙卷风场景。壮观场景还可以是歌舞表演，比如《吉恩·凯利》中在雨中跳舞，或者汤姆·汉克斯在《大爆炸》中弹奏巨型钢琴。最重要的是，壮观场景能令我们着迷，让我们忘记自己正在观看屏幕上的动态图像。他们是娱乐进程的一部分。不需要冲突。如果有冲突，就会有戏剧性场景。

3. 戏剧性场景

这是故事叙述的核心。故事就是戏剧，因此，冲突在这些场景中必不可少。这些场景会改变角色，将剧情推往不同的走向，并制造出最强烈的情感冲击。只要你根据戏剧性场景对读者的影响程度来构建它，长度并不重要。它可以有四分之一页长，也可以有八页长。然而，大多数情况下戏剧性场景都有两到三页长。从现在开始，我们讨论的一切场景指的都是戏剧性场景。

一个场景就是一个微型故事

一个场景的伟大之处在于它基本上是一个微型故事。这意味着它的结构应该像故事一样，有清晰的开端、中间和结尾，有戏剧性的问题、不断升级的紧张气氛，以及高潮，它将引导读者进入下一个场景。这也意味着你可以使用第六章中已经讨论过的所有技巧来精心编织可以带来情感冲击的迷人场景。

一个场景有三重作用——通过冲突推动故事发展，揭示角色的另外层面，更重要的是，对读者产生情感影响——无论是制造紧张气氛，激发好奇心和期待，还是给读者带来惊喜。永远不应该设置中立的场景。中立意味着乏味。在今天的市场上，你没有挥霍无聊场景的奢侈。每一个场景，场景的每一个页面，都应该以自己的方式引人入胜。就像故事一样，对场景最简单的理解是，一个角色非常想要某样东西，但很难得到它。正如你已经发现的，目标的对立面创造了期待和紧张。例如，如果第三页产生了预期，读者就会读第四页。如果第四页制造了紧张感，他会读第五页。以此类推。为了让你的剧本引人入胜，你需要在剧本的每一页上都创造出情感上的影响。没有例外。

戏剧性场景的关键要素

因为一个场景就是一个微型故事，你应该先花费时间规划这个场景，再写作这个场景。在《编剧自我修养——好莱坞顶级作家的成功秘诀》里，罗恩·巴斯[1]（《雨人》《喜福会》《我最好的朋友的婚礼》的编剧）描述了他在写作一个场景之前，如何规划这个场景：列出这个场景所需要的所有元素——每个人的感受、这个场景从哪里开始在哪里结束，以及叙述、情感基调、角色改变等。让我们来研究一下，在实际撰写场景之前需要弄清楚的元素，就从你为什么要编写场景开始吧。

1. 意图

在我的咨询工作中，当我遇到一个似乎不属于剧本的平淡场景时，我会问作者，为什么设置这样的场景。对方的回答十有八九都是"要揭示人物"。如果这个场景能通过紧张、期待、幽默或惊奇来影响读者，那就很好。记住，如同整个故事一样，戏剧性场景的主要职责就是影响读者。如果它推动了情节发展，这是它应该达到的效果；如果它还能揭示人物，你就拿到加分。但千万不要忽视场景的情感影响。把你的剧本想象成一个纸牌屋，每个场景都是一张纸牌。如果你可以删除一个场景，而房子仍然矗立不倒，换句话说，如果没有它，这个故事仍然能正常发展，那这个场景就不属于你的剧本。任何场景都不应该只是展示角色或为后续设置线索。它们还应该通过冲突推动情节发展，或者至少能影响读者。

1　译者注：罗恩·巴斯（Ron Bass）（1942—），著名编剧，其作品《雨人》获得第61届奥斯卡金像奖最佳原创剧本奖。

2. 地点

场景中的下一个重要元素是它将在哪里发挥作用。地点可以极大地影响一个场景的情绪或基调。试想一个发生在公园里的场景和一个发生在废弃仓库里的场景；发生在大城市的场景和小城镇的场景；发生在海滩的场景和丛林的场景；发生在酒吧的场景和高档餐厅的场景——不同的氛围会对整个场景的情感产生影响。地点本身就可以为你省去设置气氛所需的额外描述。你只要确保自己为场景选择了合适的地点即可。有时，在重写时改变场景的地点是个很好的方法，这可以把场景变得独特而令人意想不到。

3. 时间

和地点一样，场景在一天中的哪个时间发生也是影响其效果的重要因素。设想午餐时间和午夜发生在纽约中央公园的一幕。相同的地点，不同的情感联系。在一个场景中，你只能选择用时间来表示这是白天还是晚上。你甚至可以用上黄昏或黎明，但是应该通过在场景描述中添加一些细节来完成这种设置，如果这能影响场景基调的话。

4. 天气

在《编剧自我修养——好莱坞顶级作家的成功秘诀》中，艾瑞克·罗斯（《阿甘正传》《拳王阿里》《惊曝内幕》编剧）谈到，每当他困在一个场景时就会改变天气。当场景不如他想得那么引人入胜时，他想到的第一个技巧就是这个方法。他改变天气，然后十有八九就能解决问题。想想与特定天气条件相关的不同感觉——雨中的场景、阳光明媚的草地、雾蒙蒙的海滩，电闪雷鸣、下雪、刮风等。

5. 场景角色

（1）这是谁的场景？

一个戏剧性场景总是包含至少一个与自己、他人或自然世界有冲突的角色，最好是这三种矛盾同时存在。最常见的类型是两个人物之间的冲突。一个人想要某样东西，而另外一个人不给，或者阻碍他实现目标，或者两个角色都想要同一样东西。作为编剧，你要弄清楚这是谁的场景——哪个角色在推动这个场景。在每一个场景中，读者都会寻找一个自己认同的角色与之共鸣，这样他就可以在情感上体验这个场景。通常，这是故事的主角，但这并不意味着主角能在剧本中的每一个场景都起主导作用。有时，一个场景是属于对手或一个次要人物。因此，每一个拥有两名或更多名角色的戏剧性场景都需要一名主角来推动它的发展，并让读者感同身受。通常，这类角色都会有明确的目标和积极的实现目标的策略。如果一个角色只是对另一个角色的行为作出回应，这很可能就不是属于他的场景。例如，在《西北偏北》里，当桑希尔被绑架后第一次遇到范达姆时，这个场景属于范达姆，尽管桑希尔是英雄，并且我们也认同他。原因在于范达姆控制着整个场景，他的目标很明确，就是要"卡普兰"承认并揭露出他的秘密，而桑希尔则不断抗议说他不是卡普兰，也没有解决问题的办法。

（2）前一时刻

保持读者兴趣的方法之一就是确保你的场景遵循因果关系模式。当你在一个场景中设置了一个事件，我们期待它在另一个场景中得到呼应。这在处理角色的情感中尤其有效。例如，如果一个角色发现自己被背叛，我们会期待他与背叛者对峙的场景，因为我们能理解其中的情感，并期待两个角色之间的戏剧性情节。当一个角色进入这个场景之前，我们就时刻注意他身上发生了什么事情。他丢了工作？坠入爱河？为人父母？发现谎言？前一时刻的事情往往赋予角色对当前目标的紧迫感和迫切性。

（3）情感和态度

一旦你弄清楚角色在此前一刻的状态，你就会知道他的感受和态度，这是决定当前场景如何展开的一个因素。例如，如果他失业了，他可能会感到沮丧、愤怒、痛苦和挫败（或快乐，视情况而定），而如果他刚坠入爱河，他可能会充满希望和欢欣，但对世上其他东西毫不在意。

（4）目标

对场景最简单的理解是，某人非常想要某样东西，但是很难得到。如果他想要的东西太容易得到，就不会有什么戏剧性场面。目标通常是一个场景产生的原因，它蕴藏着要实现的欲望。时常问问自己，现在一个角色想从另一个角色那里得到什么。

萧伯纳曾经说过，情节实际上是人们如何协商和建立关系。这种洞察力给了作者创作许多选择，世界上有多少独特的人，就有多少场景选择。角色越独特，他得到自己想要的东西的选择就越独特。实际上，大多数伟大场景中的目标都和关系有关——追求爱情、权力、性爱、友谊、接纳、工作、金钱，因为目标需要得到场景中另一个角色响应，所以写作这种场景的最佳方法就是加入人物。例如，与其在面试场景中描述你的角色想得到一份工作，不如这么写："我的角色希望对方给他一份工作。"这会使主角在追求目标时显得积极，而另一个角色则来来回回地回应，使情节变得更加有吸引力。同时，试着用积极而不是消极的语言来表达目标。例如，一个角色想结婚成家，不是为了逃避孤独。积极的目标比消极的逃避更明确、更强烈。

（5）角色行为

一个有明确目标的角色需要有一个实现目标的计划。他将采取什么行动来实现他的目标呢？一个个的行动是完成场景中主要目标的小目标，根据场景中其他人的反应，角色采取不同的方法和策略。它们可能是身体上的，也可能是精神上的，不要把它们与角色活动或"演员业务"混为一谈，后者涉及角色在场景中的言谈举止和行为，以增加现实感或揭示情感状态。相反，行为是角色争取他想得到的东西的策略的一部分。例如，如果场景的目标是让面试官给角色一份工作，那么他在整个场景中的行为可能是发挥魅力、说服、保证、打动、幽默、操纵、说服或激励。

6. 主要冲突

戏剧性场景的本质是冲突。没有冲突，或者产生冲突的预期和紧张感的预示，一个场景将只是说明性场景。如果这正是你想要写的场景类型，这很好，但它不能是一个没有冲突的戏剧性场景。确保冲突是内部的、外部的，或人与人之间的，而不是表面的争论性冲突，两个角色只是简单地不同意，如"是，不是，是，不是，是这样，不是这样，等等"。真正的冲突不是静态的争论。它是一个实现目标的明显障碍，阻碍目标从一个节拍到另一个节拍的顺畅开展，再到高潮。

7. 风险

我们在第五章中讨论过你的角色面临的风险。在规划一个场景时，一旦你聚焦于角色驱动，你就要知道场景中的利害得失。如果他没有实现目标会发生什么？如果他成功了会发生什么事情？如果你的角色不用失去或得到任何对他来说重要的东西而离开场景，那就没有风险，场景将平平无奇。现场情境越危在旦夕，他实现目标的愿望就越迫切。

8. 节拍

就像场景是情节的基本组成部分一样，节拍是场景的基本组成部分。不要把它们和戏剧术语"停顿"混淆，"停顿"表示对话或动作的暂停。场景节拍是戏剧结构中最小的单元，它由一种新思想、一个动作、一种反应和一种情感构成。场景中每次发生变化，都会创建一个新的节拍。可以将节拍视为实现目标的独特方法，无论是行为还是对话。场景中的每个节拍都应该是动作和反应之间的舞蹈，如果反应不可预测，就会有加分。关于经典场景中的节拍的详细示例，请参阅本章末尾的"落实于书面：具体创作中的场景"一部分。

9. 提示

故事叙述跟你揭示和隐藏了多少信息以吸引读者的注意力有关。如果你提供太多的信息，故事就失去神秘感，读者会感到无聊；如果你给的信息不够多，读者就会感到困惑、沮丧，无法理解故事。当然，挑战就是找到合适的平衡点。你只能在后续文稿里发现这点，所以最常见的建议是多写点，之后再修改。说到规划场景，一旦你清楚场景的目的，你就应该知道要在场景中展示什么信息，以及如何展示它。虽然描述和对话是编剧唯一可用的方法，但你还能在一个场景中使用以下几种方法：画外音旁白（《日落大道》《美国丽人》）；打破第四堵墙，让角色直接对观众说话（《安妮·霍尔》《春天不是读书天》《失恋排行榜》）；电视或电台新闻报道（《卡萨布兰卡》）；标题卡（《星球大战》）；见面或"了解你"的场景，比如在面试中，一个角色对另一个角色的简历或履历进行评论；蒙太奇

（第一次约会、准备抢劫、为拳击比赛训练）；或者只是用简单但可以提供重要信息的图像和符号。例如，如果我写"一辆保时捷博克斯特在高速公路上飞驰，经过一个写着'欢迎来到加利福尼亚'的指示牌"，博克斯特设定了故事发生的时间，指示牌告诉我们位置。地标、服装、家具、发型等也是起这样的作用。

10. 场景结构

因为一个场景就是一个微型故事，它的结构应该这样，有一个清晰的开头，中间夹杂着冲突、紧张和逆转的复杂情节，所有这些累加成一个高潮，结束这个场景或推动读者进入下一个场景。

11. 场景极性

在故事中，场景中的每一个动作都有其状态极性——积极或消极。一种行动永远不应该中立。这包括角色的行为和对话。当你规划一个场景的时候，要么从正面态势开始——角色的事情都进展顺利，要么从负面态势开始——事情正变得糟糕。因为一个场景的重点是变化，所以场景应该以与开头相反的方向结束。例如，如果你写作的一个场景的开端是角色对他的工作很满意，你最好以一个负面事件结束该场景，比如失去工作或经历危机。如果场景开始并结束在相同的极性，那么场景就没有变化，也就没有戏剧性存在的意义。如果你以中性的方式开始，可以用积极或消极的方式结束。有时，你可以从消极开始并以消极结束，或从积极开始以积极结束，但这种情况需要行动的强度波及范围很大才可以。例如，你可以用妻子打丈夫的负面极性开始一场家庭纠纷——从消极开始，以妻子愤怒地刺伤丈夫来结束这场争吵——更加消极地结束。这同样适用于从积极开始到更加积极地结束。关键是有从一个状态极性到另一个状态极性的明显变化。

12. 追逃与追捕

与场景极性相似的是"追逐—逃跑"和"追逐—捕获"的概念，这两个术语都与场景的结局有关。因为一个场景通常涉及一个角色想从另一个角色那里得到什么（追逐），所以它只有两种结局：角色得到了他想要的东西，要么是直接得到要么是妥协得到（捕获），或者他没有得到（逃脱）。

13. 描述与对话

一旦考虑到以上所有构成戏剧场景的元素，你就可以通过读者唯一能分辨的两种方式开始写作了——描述和对话，接下来的两章会深入讨论这两点。然而，知道一个场景由什么组成，并不意味着你可以创建一个引人入胜的场景，并让读者着迷并得到情感上的满足。要达到这点，你还需要场景写作技巧。

技巧：写出精彩的场景

以下是这个行业经过验证的戏剧技巧和窍门，旨在给平淡的场景注入生命力。尽管你的场景越迷人越好，但这并不意味着你所有的场景都必须很棒。杰克·尼科尔森[1]曾经说过，如果一个剧本有三个出彩的场景，没有糟糕的场景，他就会答应参演。那么让我们一起来探索一下如何创造出彩的场景。

---

1   译者注：杰克·尼科尔森（Jack Nicholson）（1937—），美国人，演员、导演、制片人、编剧，第48届、第70届奥斯卡金像奖最佳男主角，布朗大学艺术荣誉博士。代表作有《逍遥骑士》《最后的细节》《飞越疯人院》《母女情深》等。

精心设计精彩场景的技巧

1. 开始和结束

大多数作者会遇到的挑战就是如何开始和结束一个场景。最常见的建议是"晚进早出"，但和往常一样，关键因素始终是对读者产生情感影响。新手经常过早地开始场景，又太晚结束场景，并给出太多信息——比如某人开车、停车、进入大楼、乘电梯进入办公室参加面试。这只能使读者感到厌烦。专业编剧会以"在中间"来开头，意思是"在事情的中途"，如让角色在面试中被问到挑衅性的问题。这样更直接，更有趣，更有活力。它能通过理解动态场景所需的精神刺激来吸引读者。当然，这也和你开启任何一个故事的方式相同，因此关于开场的技巧，你可以参考前一章中的"开场的'钩子'"部分。

如何结束一个场景？提早离开是一种方法。但最常见的技巧是用发自内心的情感来结束场景，比如好奇、期待、紧张或惊讶。这会让读者自发产生想知道接下来会发生什么的欲望，并将读者推入下一个场景。例如，你可以用一个令人惊讶的反转来阻碍角色，迫使他做出重要的选择——一个将在另一个场景中出现的选择。你可以以一个问题结束，这个问题会引起我们的好奇心，让我们继续读下去，为的是得到答案；或者你可以用与对方达成一致或约定以后见面来结束，这样就会引发期待。要了解更多相关内容，你可以回顾我们在第六章中探讨过的关键故事情感。

2. 情感调色板

现在我想向你们介绍"情感调色板"这一令人兴奋的概念，当我将作家想象成用文字而不是色彩在纸上作画的画家时，这一概念就浮现在我的脑海，就像画家在画布上添了一种特殊的色彩，产生情感上的影响，作家的文字也是如此。对我来说，文字能更进一步，因为作者的职责就是唤起页面上的情感。这意味着你的调色板上不再是文字，而是情感——角色的情感（愤怒、恐惧、喜悦、困惑）和读者的情感（好奇、期待、紧张、惊讶）。通过了解角色在场景中的感受并将这些情感添加到调色板上，你就可以创建一个场景。然后，弄清楚你希望读者有什么样的情感反应，你就能找出你要使用的技巧。构建具有吸引力的场景的关键，是在每个节拍的调色板上跳跃。让我们深入了解下这个概念：

（1）人物的情感线索

这是指角色所能感受到的特殊情感。当一个男人向一个女人求婚，而她回应说她已经找到了别人，这个男人被激怒了。这是一种情感暗示，或者说是打击。它被称为线索，因为它刺激或暗示了角色可能的反应。记住，场景节拍是一个包含动作和反应的单元。女人告诉男人她找了另一个男人（动作），这个男人被激怒（反应）。优秀的场景很迷人，因为角色会对场景中发生的事情作出反应，而这个场景集中了不可预测的情感线索。如果读者认同角色，理解角色的目标并关心结果，那么他就应该感受得到角色的情感线索。

尽量不要重复同样的情感。有一条定律说，我们经历的事情越多，它产生的影响就越小。为了确保读者能持续保持兴趣，你可以在情感调色板上制造变化。如果你的场景有十个节拍，那么你要使用十种情感线索，或者从一种主要情感发展出十种次要情感，比如从冷漠到愤怒。如果你已经买了这本书，请翻到最后一页，那里会指引你如何收到一本免费的《情感辞典》，在那本书里我收集了所有可能的角色情感并且将它们按强度等级进行了排列。这是一个很有价值的工具，可以从情感角度设计场景中的各种节拍。

你肯定知道这句格言:"展现,而不是讲述。"当涉及情感提示时,这一点很重要。展现出情感;而不是通过描述或对话告诉读者角色的感受。例如,不要说:"我生你的气了。"通过动作(一巴掌)或对话("别碰我")来表达情感。你可以在重写阶段检查你的场景,并标记出直白的语句,然后用积极的动作和潜台词来替换它们。

永远记住,情感才是戏剧性场景的生命线,而不是对话、描述或性格特征。只有通过情感上的线索,你才能赋予角色生命力和动力去克服障碍,实现他们的目标。情感线索在动作中的例子,参考本章最后的场景分析。

(2)读者的情感反应

读者的情感反应也适用于这个建议。你可以设计场景中的每一个节拍,以激发特殊的发自内心的情感效应,比如好奇心、紧张感、担心和希望。想象它们就在你的情感调色板上,利用第六章所述技巧,你可以通过一个个节拍抓住读者的注意力。

(3)情感转换

情感调色板的一边是角色情感,另一边是读者的情感反应,你可以创建不同的节拍,在情感层面从一个节拍跳到另一个节拍。这就是《情感辞典》发挥作用的地方。许多作家根据情感节拍来考虑场景,把情感节拍按强度进行阶梯式排列,就像音阶。例如,你可以为一个角色挑选一种情感,然后列出一个人在经历这种情感时所经历的所有情绪。如果一个角色对另一个角色不满,他可能会感到沮丧、愤怒、痛苦和仇恨(甚至更多)。然后把这些情绪按照从最轻到最强烈的顺序排列,你就可以通过情绪的节拍来构建一个场景。

(4)摒弃老套的情绪

业余写作的标志是熟悉的场景中老套的情感反应。比如,我们看过多少次这样的对抗场景：在发现丈夫对自己不忠后，一个愤怒的女人和她丈夫发生冲突？这是一个典型的一拍接一拍的愤怒场景，一拍之后就会变老套。它还具有可预见性。而你的目标是创造新鲜且不可预测的场景，最好的方法就是将预期的情感反应转变为不可预测的情感反应。当这个被背叛的女人面对丈夫时，不是一如既往的愤怒，而是一种意想不到的情感，如好奇心（"她有什么我没有的东西？"）或内疚（"我知道我对你不够好"），或开心（"现在，我可以把你踢到一边，分你一半财产啦！"）。

3. 让人物有感染力的技巧

回顾第五章关于角色的内容，你会发现，保持读者兴趣的关键之一就是认同主角。你已经学习过如何通过一系列技巧来实现这种情感上的联系，这些技巧旨在让人物包括反面人物瞬间吸引人，比如让读者为他感到难过，见证他的人性，或者认识到他是一位令人钦佩和倾心的人。你还可以使用这些技巧来建立一个很棒的场景，因为同理心是一种会令人产生满足感的情感反应。事实上，使用角色遭遇引发读者怜悯的技巧，如遭遇不应有的不幸、背叛或虐待，由于这些技巧的内在冲突，往往产生引人注目的戏剧性场面。

4. 积极的对话

到目前为止，你可能已经意识到积极的东西比其消极的对应物更强大——一个主动句、角色、目标，等等。这还包括戏剧场景中的对话。积极的对话，能产生问题和好奇心的那种对话，总是比消极的对话更吸引人。消极的对话很被动，没有参与感。积极的对话有目的性，不管是提供信息还是从场景中的其他角色那里获取想要的内容。这是一种感觉上像行动的对话，但它又不是行动。有时，我们为了得到自己想要的东西而进行身体上的斗争；有时我们则进行言语上的交锋。如果我想伤害某人的感情，我会用侮辱、责骂或羞辱的语言。每句话都饱含攻击性。另一方面，如果我在场景中没有针对一个明确目标，那就是消极对话，无法令人信服。

5. 冲突

现在，冲突已经是给定的了。要创造一个引人入胜的戏剧性场景，你必须至少包括以下三种冲突中的一种：个人与自我、个人与他人、个人与自然，其中包括超自然、上帝、命运、科技、怪物、机器，等等。这里有一些技巧可以帮助你将冲突引入场景：

（1）演员的现场表演技巧

这种技巧来源于著名的方法派演技，演员们使用该技巧在现场即兴表演中制造冲突。指导教练在秘密方向通过耳语指示场景中的每个演员，这与其他演员接受的指导形成对比。例如，他可能会对一个演员说："你是一所高级预科学校的校长，你刚刚发现一名学生在作弊。因为你的零容忍政策，你已经开除了那名学生。现在，他母亲来讨论他的复学事宜。在任何情况下你都不能让他再回学校，否则你将失去自己的工作。"对于扮演学生母亲的演员，他则低声说："你是学校里最聪明的学生的母亲，他因为涉嫌作弊被错误地开除了。你知道他不是作弊者，所以你需要和校长见面来澄清这个错误。你的儿子是家里第一个受到良好教育的人，因为你很穷，他的全额奖学金就像救济金一样。你无论如何都不能接受自己的儿子被开除。"然后……行动！通过给出不同的剧本、商讨目标，或者场景中人物的背景，你会自然而然地制造出引人注目的冲突。

（2）对抗

两个角色之间的争论、争吵、口角总是很吸引人，前提是他们之间的分歧早前就已经铺垫好，而且很有趣。对抗是直接的、紧张的、不确定的，因此其中也充满戏剧性。谁将赢得这场争论，如何赢得，接下来会发生什么？

（3）审讯

这同样适用于任何场景里的审讯——警察与罪犯、律师与敌对的证人、敌人与被俘的间谍或士兵、母亲与孩子——瞬时的戏剧性场面来自场景将如何结束冲突、紧张和不确定性。你也可以在审讯中使用一些技巧以增加它的吸引力——不耐烦、误解、戏剧性讽刺、不同的脚本语言，等等。

（4）干扰／麻烦／反转

你可以通过快速排除的小干扰和麻烦来增强场景的冲突性，如汽车追逐时路上出现的额外的轿车和卡车，交响乐音乐会上出现的手机铃声，或者像《虎胆龙威》里，光脚时还得注意避开的玻璃碴。

（5）内心的冲突

在这里，冲突来自角色自身，自我对抗自我，通常是某个缺陷妨碍了角色在某个场景或整个故事中实现目标。例如《安妮·霍尔》中阿尔维·辛格无法体验到快乐；《沉默的羔羊》里克拉丽斯·史达琳的尖叫的羔羊；或者《尽善尽美》里梅尔文·尤德尔的性格和身体状况。

（6）并非所有场景都需要冲突

所有的场景都需要制造冲突才能保持情感吸引力的说法对所有有抱负的作者来说是帮倒忙。也许你已经在你的剧本中发现，为了保持读者的兴趣，紧张和放松的场景相互交替是多么重要。在一场令人关注的危机之后，读者需要一个轻快、松弛或幽默、没有冲突的场景。连续的戏剧性场面只会导致读者情绪疲劳，并可能对其他的冲突不再感兴趣。

诚然，这些类型的场景不一定非得是戏剧性场景，但你仍然可以制造出一个没有冲突的戏剧性场景，只要你通过预期（"当心，冲突很快就要来了"）或紧张程度上升（"现在什么也没有发生，但它随时随地可能发生"）等让读者产生将要有冲突的感觉。紧张感，尤其是前一幕中戏剧性讽刺所产生的紧张感，可以弥补冲突的缺失。希区柯克就是这方面的大师，《西北偏北》中充满着没有冲突却吸引力十足的场景，这些仍然可以认为是戏剧性场景，就像经典的农药喷洒飞机追杀场景。即使桑希尔站在荒无人烟的地方，我们也会被剧情深深吸引住。为什么？因为这个场景具有戏剧性的讽刺意味，因为我们知道伊芙陷害了他，紧张来自随时都可能会发生的事情。

6. 场景内对比

正如你在前面几章中所看到的，对比可以是增加故事或场景趣味的强有力手段。例如，好莱坞一直喜欢在"好兄弟"或"古怪的一对"里设置具有性格反差的人物（《致命武器》《非洲女王号》《天生冤家》《尖峰时刻》）），以及性格和环境格格不入的对比性人物（《比佛利山超级警探》《城市乡巴佬》《美人鱼》）。但这还不是全部。就像你可以通过情节设置对比性场景一样，你也可以在场景中设置对比性节拍，比如节拍持续时间（长／短）和节拍节奏（快／慢）。一个很好的例子就是《夺宝奇兵》中有关剑客的场景。这一幕好笑有趣不仅是因为它新颖且出人意料，还因为它为剑术比试所做的长时间铺垫和印第安纳·琼斯临时的反应与急速射击形成了鲜明对比。另一个常用的技巧是场景中情绪的对比，如生气／冷静、高兴／悲伤、深情／敌对、大胆／害怕等；另外还有目标对比，就像你在《演员工作室》上所看到的技巧一样。

7. 发现和启示

艾伦·索金（《好人寥寥》《美国总统》《白宫风云》）曾经说过："紧张和发现——它们能吸引观众，保持他们的注意力，让故事引人入胜。"不管是角色发现了关键信息，还是其他人向他透露了这些信息，都能让场景充满活力并保持读者兴趣。在一个理想的场景中，你希望不断地出现新的信息、新的冲突和新的曲折变化，每个场景至少有其中一项。每一个发现都应该是一个微小的转折，让场景的能量发生变化，并对角色和读者产生情感上的影响。

8. 第一次和最后一次

想象一下，在这样一个场景中，一个角色多年来一直梦见某件事，现在即将第一次或最后一次经历这件事。看到角色第一次做某事有扣人心弦的感觉——如初吻、新工作的第一天、第一次太空行走；或者是最后一次做某件事——跟再也不会见面的爱人说再见，跟临终的亲人告别，从事了五十年的工作的最后一天，最后一次吸毒。

9. 闪回

关于在故事中使用闪回这种方式已经说了很多，主要是警告它们是多么不受欢迎、多么业余和懒惰的写作方式，以及应该不惜一切代价避免使用它们。那为什么我们会在不论现代还是以往的经典电影中看到它们呢？问题并不在于写闪回，而在于闪回的质量。读者之所以会对闪回保持警惕，是因为大多数新手写的闪回都很无聊且完全没有必要，打破了当前叙述的张力。且它们唯一的目的就是揭示一个角色的背景。闪回应该是发生在当下故事之前的另一个戏剧性场景。它可以迷人，也可以乏味。因而到目前为止你学到的所有影响情感的技巧都可以应用到闪回中。这才能保证吸引读者的兴趣。

另一个重要的点是，只有在读者非常想了解过去发生的事情的时候才使用闪回。要一直等到读者非常想知道你将通过闪回揭示信息的时刻。如果你找不到将这些信息融入当前场景的方法，那就用一个简短但引人入胜的倒叙场景，将故事向前推进，或者给出主角的相关信息。闪回应该能改变故事的现状。否则，它在你的剧本中就没有任何意义。

10. 亮相和告别

一个主要人物首次亮相是另一个重要的有助于情感影响的元素。想想你最喜欢的电影，主角是如何被介绍给读者，或者在会面的场景中被介绍给对方。通常，一个角色的第一次亮相会因为它的新颖、惊喜或期待而令人难忘。想想《星球大战》中的达斯·维达、《沉默的羔羊》中的汉尼拔·莱克特、《卡萨布兰卡》中的里克·布莱恩、《比佛利山超级警探》中的阿克塞尔·福莱，还有《加勒比海盗》中乘沉船驶入港口的杰克·斯派洛是如何戏剧性地亮相的！

戏剧性的道别也是如此——一个角色如何告别，要么是出发离开，要么是死亡。道别的场景越新颖、越令人惊讶、越紧张、越发人深省，效果就越好。例如《公民凯恩》中的查尔斯·福斯特·凯恩、《飞越疯人院》中的R.P.麦克默菲、《星球大战》中的欧比-万·克诺比、《闪灵》中被冻死的杰克，以及《唐人街》中的伊芙琳·穆莱，都有富有戏剧性的告别场面。

11. 伏笔和情感呼应

我们在第六章中探讨了伏笔和呼应这种能够创造惊喜的方法。你在整个剧本中埋下信息的伏笔，后续以令人惊讶的方式作出呼应。就像在《沉默的羔羊》中，汉尼拔·莱克特把注意力集中在笔上

（伏笔），后来用其中的一部分把手铐打开解放自我（呼应）。在一个场景中，你可以呼应之前设置的任何东西——一个物体、一种恐惧、一项技能、一段对话，等等，最好是以一种情感的方式呼应。设置伏笔不需要强调——只是说明，但呼应要感性，因为它应该能唤起任何主流读者的情感。例如，假设你已经在前面埋下了伏笔，其中一个角色是亿万富翁，现在你有一个他在拉斯维加斯赌场输了一千美元的场景。这不会引起任何兴趣，因为这不是角色的重要损失。但如果你假设这个角色很穷，他刚刚失去的那一千美元是他在银行里的所有存款，是他逾期的房贷，他还要养活一个四口之家。现在，失去这一千美元就能产生情感上的呼应。这就是戏剧的意义所在。

12. 两个同时发生的并列事件

如果你能通过冲突使一个场景产生吸引力，想想两个同时发生的冲突该如何增加读者的注意力。你创造一个事件，它是两个人物之间的主要冲突，你又增加了第二个事件，它不断打断第一个事件，并使得气氛更加紧张。例如，在《热情似火》中，当乔伪装成壳牌石油公司的公子哥，在海滩上遇到了秀咖，这就产生了第一层矛盾——乔想让秀咖相信自己就是她一直寻找的亿万富翁。但当杰瑞加入他们，并认出乔后，杰瑞试图破坏乔对秀咖的引诱，另一个冲突同步出现了。

13. 小道具

有时候，使用道具会使得场景变得格外迷人——一个物品可以增加场景的意义，并使其更能引起情感共鸣。想想《码头风云》里公园场景中的手套，它如何将一个简单的"谈话"场景变得魅力十足。其他的例子包括《公民凯恩》中的雪花玻璃球和雪橇、《淘金记》中的鞋子、《指环王》中的戒指，以及《西北偏北》中的火柴盒。

14. 揭示人格

剧本中的每一个场景，不管是否具有戏剧性，都是揭示人格的机会。初学者经常会犯这样的错误：引入一个角色并在漫长的场景中展示他们的大部分特征。这会使后面的场景变得单调乏味。更好的策略是尽可能地通过各个场景展现出角色的不同侧面。这让读者在一段时间内，持续与角色有更顺畅的互动，而不只是在故事一开始互动。揭示角色的性格、信仰或态度来引发读者的认可（"他和我一样"或"我知道他会有这种感觉"）或惊讶（"我不知道他有这种感觉"）会增加场景的吸引力。你可以使用第五章中任意一个揭示角色的方法来增加场景的吸引力，特别是当他们与主角的情感历程有关时。

15. 反复出现的笑料

反复出现的笑料是指为了起到幽默效果而在整个故事过程中不断重复的内容。它可以是一个反复出现的角色、一个道具，或者一段对话。重复是引起笑声的原因，因此在一个场景中加入重复的内容是一个很好的产生笑料的方法。例如，在《午夜狂奔》中，"瞧你身后！"，整个剧本都充斥着这个插科打诨，最后获得戏剧性的效果。在《空前绝后满天飞》中，鲁马克博士对含有"雪儿"（sure，意思为肯定）一词的句子的回应都是："别叫我雪儿。"在动画片《南方公园》中，每当肯尼遭遇死亡威胁时，孩子们都会惊呼："他们杀了肯尼；你混蛋！"有时，一个插科打诨甚至可以跨越两部电影。《夺宝奇兵》中的剑客射击的笑话在续集《夺宝奇兵之魔宫传奇》中又出现了新的花样。琼斯面对另一个武功高强的剑客时，立刻伸手去掏自己的枪，但这一次，枪不见了。

16. 愿望的满足或落空

正如你之前看到的，一个场景可以用"追逐—捕获"的状态结束（角色实现了自己的场景目标），也可以用"追逐—逃跑"（角色没有实现他想要的目标）的状态结束。一条平衡的情节线经常包括这两种场景，且两者交替出现。一旦作者确定了中心问题，即主角是否会实现他的目标，场景就会以小胜利作出相应的回答"是的，他会"，并与失败的回答"不，他不会"的场景交替出现。这会使得希望和担忧这两种强烈的内在情感也交替出现。因为一个场景就像一个微型故事，它的节奏也是两种感觉的交替出现，当场景中心人物离他想要的东西更近一步时就会产生满足感，离他想要的东西更远时就会产生挫折感，希望和担忧在一个场景中不断变换，进而让读者着迷。

17. 秘密

在第六章中，你学习了如何使角色的秘密成为制造惊奇的重要工具。无论故事的秘密是能驱动整个剧本并在高潮环节得以释疑就像《唐人街》《非常嫌疑犯》《第六感》那样，还是只能驱动几个场景，像《西北偏北》中伊芙为坏人工作，秘密都是一个可以增加场景情感强度的有效方法。根据在之前的场景中透露给读者的信息的多少，你可以通过惊奇、戏剧性讽刺或好奇来实现上述功能。例如，当读者不知道这个秘密时，他们会好奇为什么一个角色（知道这个秘密的人）会以一种特定的方式行事，而当这个秘密揭开时，他们会感到惊讶。当读者知道这个秘密而角色不知道时，读者就会因为这种戏剧性的出乎意料而有优越感，这也包括期待揭露秘密时的感受。当读者和角色都知道这个秘密时，他们都会感到惊讶。

18. 惊人时刻

任何带有强烈的惊讶、反感、恐怖或暴力的事件都可以被贴上"令人震惊"的标签。我们大都记得自己最喜欢的电影里最令人震惊的时刻——《异形》里肠胃破裂的场景，《驱魔人》里头在旋转的场景，《惊魂记》里的淋浴戏、《教父》里的马头戏、《哭泣的游戏》里的性别揭秘、《星球大战 2：帝国反击战》里达斯·维德承认他是卢克的父亲、《唐人街》里伊芙琳揭露父亲。事实上，有人可能会说，一个场景之所以令人难忘，是因为它包含令人震惊的事件，因此令人震惊的时刻是一个抓住读者的好手段，但它得是故事的关键部分，而不是仅仅为了获得这种效果存在。

19. 展现，而不是讲述

这是作者们最常得到的建议，理由也很充分：它使场景更吸引人，因为它能让读者在参与中感悟到场景的意义，而不是被告知场景的意义，被告知是一种被动且枯燥的体验。通过一个角色的肢体语言或暴力行为来观察他的愤怒总是比阅读"他生气了"这句话更有意思。尽可能多地去展现。毕竟，你是在为视觉媒介写作。有一个好莱坞电影人的老故事，是关于欧文·萨尔伯格[1]与一位剧作家就一个长达七页的对话场景进行合作，这个场景的目的是展现一段陷入困境的婚姻。当剧作家自己无法缩短它时，萨尔伯格打电话邀请了一位默片时代的老编剧参与进来。这位老编剧的解决方案是这样的：夫妻俩进了电梯后，丈夫连帽子都懒得摘。到了另一层，一位漂亮的女士上了电梯，丈夫立刻摘下帽子。他的妻子恶狠狠地瞪了他一眼。15 秒的屏幕时间，而不是 7 分钟。这个故事给我们上了一

1　译者注：欧文·萨尔伯格（Irving Thalberg）（1899—1936），美国人，编剧，代表作有《绝代艳后》《赌马风波》《罗密欧与朱丽叶》等。

课，不用对话，你仍可以展现很多东西。研究无声电影是学习如何展现而不用讲述的好方法。

20. 改造老套场景

正如可以摒弃老套的情绪一样，你也可以摒弃老套的场景，或者把它改造出新意，变成一些更新鲜的东西。马龙·白兰度[1] 曾经说过："每一幕都会有老调重弹；而我总是努力找出这些老调，并尽可能地远离它。"作为一名作者，你也应该避免老调重弹。不管你的场景有多少悬念或多么精彩的对话，老调重弹都会破坏读者与页面之间的联系。业余写作者经常会犯这样的错误：把读者已经看过上百遍的场景写下来。而专业的编剧总试图把老套的场景写出有新意而又独特的东西。一个优秀的例子就是《本能》中的审讯场景。老套的做法是侦探审问凯瑟琳·特里梅尔，并且骚扰她以发现线索，进而让她招供。但是乔·埃斯特哈斯让凯瑟琳完全掌控审问的节奏，用她的肢体语言和主动对话迷惑侦探们，以触发他们的情感按钮。

21. 震撼的画面或特效

另一种为场景注入兴奋感的方法是通过令人难忘的画面或特效来刺激读者的感官，让读者发出惊叹"哇！"。想想《终结者2》，如果没有 T-1000 半机械人产生的独特特效，它不过就是原来那部追逐电影的克隆版。《海底总动员》里让人震撼的水下视觉效果，《黑客帝国》里新鲜的特技和影像，怎么样？炫目的视觉效果和特效感受如此强烈，紧紧抓住了人们的注意力，但不应该过度使用它们，太过随意使用这种方法会破坏阅读体验。

1　译者注：马龙·白兰度（Marlon Brando）（1924—2004），美国人，著名演员，代表作有《欲望号街车》《恺撒大帝》《码头风云》《教父》，两次获得奥斯卡金像奖最佳男主角奖。

22. 场景甜味剂

就像你会在甜点里加糖一样，场景甜味剂指任何能让场景"变甜"的东西，比如一点浪漫、机智或幽默。在电影预告片里，甜味剂的作用尤为明显。如果分析一下，你会发现预告片中的大部分镜头都是诙谐的对话、幽默的场景和浪漫的时刻，这是最受欢迎的、观众们愿意花钱去体验的内心感受。甜味剂可以是《彗星美人》里诙谐的对话，也可以是《夺宝奇兵》里那种剑客开枪的幽默片段，还可以是《唐人街》里"逮个正着"的那种罪有应得——当办事员对吉特茨故作姿态后，他撕毁了分类账簿。你可以说以前的方法，如插科打诨、性、暴力、令人震撼的图像和特效也是场景甜料，只要它们能创造出这些甜蜜的感觉，如惊叹、爱、幸福、娱乐和欢笑。

23. 潜台词：场景背后的意思

有人说，如果一个场景只跟这个场景真正讲的内容有关，那么它就是平淡的。虽然我们将在第十章中深入探讨与对话相关的潜台词，但如果一个戏剧性的场景有潜台词——场景表层下隐藏的意义，它就会充满吸引力。一个带有潜台词的场景即便不那么令人难忘，也肯定引人入胜，因为它能让读者的大脑细胞忙碌起来，他们必须自己拼凑出场景的情感真相。优秀剧本中的潜台词场景包括《汤姆·琼斯》中的吃饭场景、《双重赔偿》中内夫和菲利斯的第一次见面、《捉贼记》中格蕾丝·凯利谈论珠宝的场景。你可以使用许多技巧来创造潜台词，我在第十章中会介绍这些技巧。然而，最有效的方法之一就是将角色的对话与他的行为进行对比。他说起来是一套，做起来又是另外一套，说明了行动胜于言语这一真理。如果一个角色说他喜欢狗，看到狗时却退缩了，那么这个场景的真相是什么呢？显然，他害怕狗，但他可能害怕因此被负面评价，所以他撒谎了。在《当哈利遇到莎莉》的结尾，莎莉告诉哈利，她恨他，但又吻了他。在《卡萨布兰卡》里，里克说他不为任何人冒险，却把要带出境的信件装进了口袋。

24. 曲折和反转

正如故事情节的转折是保持情节发展动力的关键一样，场景的转折或反转也是保持情节发展动力的关键。大多数结构不错的故事都会在前两幕结束之前至少设置两个主要转折点。同样，一个戏剧性的场景会设置两个转折节拍，这些节拍会创造惊奇，唤起读者的好奇心，揭示出对场景或人物的洞察，或者将场景引向一个新的方向。掌握这个技巧的最好方法是通过本章最后所作的场景深度分析来观察它起的作用。

25. 发自内心的情感技巧

现在，你应该已经意识到，既然场景构成故事，那么场景也能使用第六章中讨论过的所有能唤起读者情感反应的技巧，从兴趣到好奇、从期待到悬念到惊奇、刺激和幽默。换句话说，你学到的技巧是如何创造一种特殊的情感反应。下一步就是将它们运用到场景中，设计出你对读者的情感影响。例如，除了运用本章讨论的所有技巧，还可以浏览第六章，选定在场景中增加额外的紧张感，并使用"读者优势"视角揭示角色在场景中不知道的事情。或者，假设我想创造出读者的预期。然后，我就选择让一个角色透露行动计划，或者让他做一些他真正想实现的白日梦。可能性是无限的。在一个场景中，一旦你规划完关键要素，最重要的就是它能对读者产生的情感影响。这由你决定。现在既然有了写作的工具，你可以把更多的精力花在创作上，创作一些有新意的独特的内容。

落实于书面：具体创作中的场景

让我们来看一个经典的场景，它来自广受好评并深受观众喜爱的电影《沉默的羔羊》，由特德·塔利[1]改编自托马斯·哈里斯[2]的同名小说。这一幕是克拉丽斯·史达琳第四次也是最后一次面对汉尼拔·莱克特，她绝望地想要获得最后一条线索以帮助自己抓住野牛比尔。我选择这个场景是因为它是我读过和见过的最有吸引力、最令人着迷、最使人紧张的场景之一。通过分析，你很快就会明白其中原因。它还包含了本章中介绍的许多技巧。由于剧本与电影略有不同，我将使用标注本，而不是实际的剧本。我建议你先看这个场景的情感影响，然后再读几遍这个场景，看看其中技巧的使用。

在电影里，虽然这个场景长达七分钟，但由于克拉丽斯的绝望和场景所处背景的紧张气氛，感觉上这个场景只有七秒钟。从一个戏剧性场景的基本元素开始分析，我们知道这个场景发生在傍晚，在孟菲斯市谢尔比郡历史学会的五楼，为了摆放囚禁莱克特的笼子，这个地方被封锁了。就像他们之前的相遇一样，这是属于莱克特的场景。虽然是一名囚犯，但莱克特知道自己拥有什么权力，因为克拉丽斯希望从自己这里获取信息。他还更年长、更聪明，而克拉丽斯还是学生。莱克特想介入她的思想，以她童年经历的创伤为食。克拉丽斯想抓住野牛比尔。她怀疑，在这一幕发生之前，莱克特向参议员提供了错误的线索，因为克拉丽斯答应的到岛上看风景的许

1　译者注：特德·塔利（Ted Tally）（1952- ），美国人，《沉默的羔羊》《火星任务》等影片的编剧。

2　译者注：托马斯·哈里斯（Thomas Harris）（1940—），美国人，著名作家，代表作《红龙》《沉默的羔羊》《汉尼拔》。

诺只是个骗局。这两个角色之间的冲突显而易见。克拉丽斯冒了很大的风险。

　　场景有非常清晰的开头、中间和结尾，以及两个转折点。从两极化的角度来看，场景开始于消极一面，莱克特处于不利地位——仍然是一个囚徒，他提供帮助没有得到任何回报，但依然渴望了解克拉丽斯的情感秘密；场景以积极一面结束——克拉丽斯揭示出她童年经历的创伤事件，以及驱使她从野牛比尔手中救出凯瑟琳的原因。对莱克特来说，这是一个清晰的"追逐—捕获"场景。以下是组成这个场景的单个节拍：

　　在笼子里，莱克特博士背对着克拉丽斯，坐在桌子旁看书。

　　莱克特（没有转身）：晚上好，克拉丽斯。

节拍 1 – 克拉丽斯道歉，并试图再次和他善良的一面和睦相处。

　　克拉丽斯将莱克特被没收的炭笔画归还给他，把它们放在笼子边上。

　　克拉丽斯：我想你可能想拿回你的画，博士。直到你能看到风景。

　　莱克特：你想得真周到……难道在你们被踢出这个案子之前，杰克·克劳福德派你来最后花言巧语一次？

　　克拉丽斯：不，我来只是因为我自己想来。

　　莱克特：人们会说我们相爱了。

节拍 2 – 莱克特斥责她设的愚蠢骗局。

　　莱克特（*用舌头发出咯咯的声音*）：安克斯岛。真有心思，克拉丽斯。是你的主意吗？

克拉丽斯：是的。

莱克特：哦。这真是太棒了。但我同情可怜的凯瑟琳。滴答滴答滴答滴答，滴答滴答，滴答滴答。

节拍3 – 克拉丽斯扭转局面，证明她来是值得的，她发现了他的虚假线索。

克拉丽斯：博士，你的字谜有破绽。路易的朋友吗？硫化铁，也被称为"愚人金"。

莱克特：噢，克拉丽斯。你的问题是你要活得轻松快乐一点。

节拍4 – 克拉丽斯想要更多关于野牛比尔的线索。莱克特间接回应挑战她。

克拉丽斯：你在巴尔的摩时说了实话，先生。现在请继续。

莱克特：我看过案宗。你看过吗？你找到他需要的信息都在那几页里。

节拍5 – 克拉丽斯焦急又绝望，时间不多了。

克拉丽斯：那告诉我怎么做。

莱克特：首要原则，克拉丽斯，简单，读马可·奥勒留[1]。对于每一件独特的事物，要问："它本身是什么，它的本质是什么？""你找的这个人，他做了什么？"

克拉丽斯：他杀害女人。

莱克特（*厉声斥责*）：不，那是次要的。他主要做了什么，他杀人是为了什么？

克拉丽斯：愤怒……社会认同……性困惑……

1　译者注：马可·奥勒留·安东尼·奥古斯都（Marcus Aurelius）（121—180），古罗马皇帝，思想家，代表作《沉思录》。

莱克特：不！他贪婪。那是他的天性。克拉丽斯，我们怎样开始贪婪的？我们是去寻找垂涎的东西吗？尝试回答吧。

克拉丽斯：不是，我们只是……

莱克特：不。我们看见日常的东西就开始贪婪。克拉丽斯，难道你没感到有一些目光在你身上游荡？你的眼睛，不是在寻找你要的东西吗？

克拉丽斯：好吧，是的，请告诉我怎么做……

节拍 6 – 莱克特扭转局面，想从克拉丽斯的情感过去中获得更多。场景中的第一个转折点。

莱克特：不，轮到你告诉我了，克拉丽斯。你再没有假期可以哄骗我了。你为什么离开那个牧场？

克拉丽斯：博士，现在我们没有时间再玩这一套了。

节拍 7 – 莱克特坚持。克拉丽斯绝望。

莱克特：但是我们计算时间的方法并不相同，对吧，克拉丽斯？你只有这么多时间了。

克拉丽斯：以后。请听着，我们只有五……

节拍 8 – 莱克特再次坚持。克拉丽斯终于投降。

莱克特：不！我现在就要听。父亲被杀后，你就成了孤儿。你才十岁。你去了蒙大拿，跟表亲同住在牧场，之后呢？

克拉丽斯：我在一个早上跑掉了。

莱克特：不只是这些，克拉丽斯。你为什么要跑？你什么时候出发的？

克拉丽斯：很早，天还没亮。

莱克特：有东西吵醒你，是吗？是不是一个梦？是什么？

克拉丽斯：我听到一种奇怪的声音。

莱克特：是什么？

克拉丽斯：是尖叫声。像小孩的尖叫声。

莱克特：你怎么做的？

克拉丽斯：我下楼，走出屋外。我悄悄爬进谷仓。我很害怕看过去，但又必须看。

莱克特：你看见了什么，克拉丽斯？你看见了什么？

克拉丽斯：一些羊羔。它们在尖叫。

莱克特：他们在屠杀那些羊羔？

克拉丽斯：它们在尖叫。

莱克特：那你跑掉了？

克拉丽斯：不。最初，我试图放了它们。我……我打开了围栏的大门，但它们只是站在那里，不知所措，不肯走。

莱克特：但你可以走，而且你也走了，不是吗？

克拉丽斯：是的。我抱起一只小羊，拔腿就跑。

莱克特：你要去哪里，克拉丽斯？

克拉丽斯：我不知道。我没有食物和水，而且当时很冷，非常非常冷。我以为……我至少可以救一只羊，可……它太重了，重极了。我没走几英里，警长的车就把我截住了。牧场主很生气，把我送到博兹曼的路德教会孤儿院。我再没有见过那个牧场。

莱克特：你的羊羔怎么样了，克拉丽斯？

克拉丽斯：他们杀了它。

节拍9 - 莱克特松了一口气，终于理解了克拉丽斯。

莱克特：有时你仍会被惊醒，是吗？在黑暗中醒来，听到那些羔羊的尖叫声？

克拉丽斯：是的。

莱克特：你以为如果把可怜的凯瑟琳救出来，就可以让它们停止尖叫，是吗？你觉得如果凯瑟琳还活着，你就不会在黑暗中再被那些恐怖的羊叫声惊醒了。

克拉丽斯：我不知道。我不知道。

莱克特：谢谢你，克拉丽斯。谢谢你！

节拍 10 – 克拉丽斯渴望得到莱克特的承诺。但是他们的对话被奇尔顿博士打断了——这是场景的第二个转折点。

克拉丽斯：告诉我他的名字，博士。

我们听到开门声。

莱克特：我想是奇尔顿医生吧。我相信你们是认识的。

奇尔顿和中士庞毕、波义耳出现。

奇尔顿：好了，我们走吧。

节拍 11 – 克拉丽斯坚持。

克拉丽斯：博士，该你了。

奇尔顿：出去。

克拉丽斯：告诉我他的名字。

波义耳中士：抱歉，小姐，我接到命令要把你送上飞机。

莱克特：勇敢的克拉丽斯，当那些羔羊停止尖叫时，你会告诉我，是吗？

克拉丽斯：告诉我他的名字，博士。

节拍 12 – 莱克特感谢克拉丽斯与他分享往事，并得体地说了声再见——这一幕的高潮。

莱克特：克拉丽斯！你的案卷。

克拉丽斯挣扎着，挣脱出来冲向莱克特。当她伸手从栏杆

间拿到莱克特伸出的手里的文件时，他抚摸着她的手指。

莱克特：再见，克拉丽斯。

克拉丽斯把案卷抱在胸前，回望着莱克特，那几个男人把她推开。

当然，让这一幕如此引人入胜的是两个角色之间不太可能的关系。有些人甚至认为这是一个爱情故事，这个场景很像爱情场景——克拉丽斯对尖叫的羔羊的私密揭露使得莱克特达到高潮，并通过他手指的短暂抚摸（惊人时刻）与她的身体实现最后一次接触——显然这一幕有很多隐含的东西。但是，其他明显的技巧也在这一幕中发挥了作用，为这个说明性的场景增加了情感冲击力。如果在一个业余作者的笔下，这可能是一个乏味的场景。然而，托马斯·哈里斯在小说中、特德·塔利在电影剧本改编中使用了以下技巧——

情感调色板：从角色的线索来看，我们可以发现克拉丽斯在绝望中寻求莱克特的帮助，在整个场景中，她的情感越来越强烈；在清除心魔时，面对莱克特的要求，她屈服了。对莱克特来说，他的情感驱动力最初是被愚弄后的挫败感，接着是他愿意帮助克拉丽斯，但仍像一位好导师那样促使她思考，最后是他对克拉丽斯过去经历的强烈好奇。编剧们也注意到读者对场景发展的情感反应，通过场景所在的背景来制造冲突——克拉丽斯迫切需要有价值的线索来抓住野牛比尔，证明她的价值；莱克特可能因为她之前骗了他，不想跟她分享这些线索。

单凭这一点就足以让场景变得很有趣，但这一幕中还使用了更多技巧。对莱克特最终是否会透露重要线索的期待，对克拉丽斯过去遭受的创伤性事件的好奇，通过审讯和积极的对话、问答，一点一点地显露出来，并展现出克拉丽斯内心的冲突，还有莱克特深深的好奇心。因为审问 FBI 特工的是囚犯，也有一种老套情绪的翻转。

对比在整个场景中的运用显而易见：不同的价值观（自由的克拉丽斯与被监禁的莱克特），不同的角色（善与恶），不同的行为（莱克特的暴力本性与他对克拉丽斯手指的温柔爱抚），不同的场景节奏（克拉丽斯的绝望与她缓慢而漫长的启示）。她对尖叫的羊羔的揭秘对莱克特和观众来说都是一个新发现。这也是角色揭示了一个秘密，揭秘了克拉丽斯成为联邦调查局特工和拯救弱者的动机。这一信息是对克拉丽斯和莱克特上一次会面形成的局面的情感回应，在那次会面中，她开始根据交换协议分享自己的过去。

克拉丽斯在奇尔顿没收了莱克特的炭笔画之后，又把它们归还给他。这些炭笔画可以看作增加场景意义的道具。它们可以被视为一种和平的礼物，一种克拉丽斯对莱克特同情的象征，或者是一种贿赂，使莱克特更愿意帮助她。

在这个场景的各个节拍中，满足和沮丧之间都有一种精心设计的平衡。看看每一个节拍，注意克拉丽斯如何得到她想要的——莱克特帮助了她，但并没有以她所期望的方式——莱克特促使她思考，让她自己想出答案，即杀手渴望的东西。当克拉丽斯最初拒绝透露她的秘密时，莱克特也很沮丧，但他坚持自己的要求，并因她的屈服感到满意。其中的几个节拍是剧情的转折点——从莱克特帮助克拉丽斯到要求她揭示尖叫的羔羊的秘密，然后奇尔顿博士打断了他们导师和学生般的联系。

最后，克拉丽斯和莱克特分开的方式——他们的告别——也很让人揪心——奇尔顿博士和警察强行把克拉丽斯带出房间，但在短暂的反抗之后，克拉丽斯回到莱克特那里拿回了她的文件。奇尔顿的打断也是两个同时发生的冲突的设置——奇尔顿与克拉丽斯，克拉丽斯与莱克特。

　　这就是你该如何构建有吸引力的场景。

　　现在你具备了一套可以把自己的写作能力提高到专业水平的技巧。你已经读过它们，并在经典场景中看过它们的运用。现在是时候在你的剧本中充分利用它们了，也是时候探索技巧的最后两个基本要素了，只有这两点是读者能直接体验到的东西——描述和对话……

第九章

描述：扣人心弦的风格

你需要的所有词语都能在字典里找到。你的任务
就是把它们按照正确的顺序排列在一起。

——艾玛·达西[1]

描述不在于你说了什么，而在于你如何说——如何打磨你的语言以此创造出独特的情感和情绪。本章内容旨在讲述优秀的写作。正如上面的引语所示，优秀的写作就是将词语反复组合在一起，以期使读者的情感反应达到预期。威廉·高德曼曾经说过："没有人真正知道什么能获得商业上的成功，但每个人都知道好文章和差文章的区别。"

基本要素：编剧须知

当你在创作剧本时，请永远记住它是用来读的。这意味着剧本读起来要和电影看起来一样令人兴奋。如果说目前 95% 的常规剧本

1　译者注：艾玛·达西（Emma D'Arcy）（1992—），英国女演员，戏剧制作人。代表作《真相探寻者》。

都糟糕到平庸的地步，这意味着 95% 的编剧忽略了这一重要因素。作为编剧，我们没有那些奢侈的相机、灯光、演员、电脑图像或配乐来制造情感，我们只有文字。因为我们选择的是为视觉媒介写作，所以我们必须通过使用尽可能少的文字描述画面讲述故事，以使剧本读起来尽可能地吸引人。在业内，我们称之为"好读"。为了让你的作品从好莱坞成千上万的剧本中脱颖而出，你的描述必须读起来让人感到视觉上的诗意，并且尽可能地简洁、尽可能地吸引人。不过，你也不希望语言妨碍你的故事，并分散读者的注意力吧？记住，你希望读者沉浸在你所创造的新世界给他们带来的体验里。你想让文字渗透到第一个读者的骨子和灵魂里，以获得梦寐以求的"推荐"的评价。你很快就会学到如何做好这件事。这就是技巧的意义所在。它从第一页就告诉读者，这是一个很擅长讲故事的人创作的作品。伟大的作家总是这么做，有些人偶尔这么做，大多数人从来不这么做，所以读者拒绝他们的剧本。你读过威廉·高德曼和沙恩·布莱克 [1] 的剧本吗？抛开故事的优点不谈，所有人都认为其阅读体验独一无二且富有吸引力。

　　虽然有些人可能不同意，但本章建议，如果你自认是一位严谨的语言大师，你所写的剧本中的每一页、每一段落、每一句话、每一个词语都很重要。你的剧本中的任何描述都不应该"凑合"。每句话都应该产生某种情感影响。当然，这个要求有点高，但它应该成为你的职业追求标准。新手会过于为故事、结构和人物而担心，以至于忽略剧本中描述性语句在情感方面的影响。尤其是阅读过其他平庸的剧本后，他们更把这种情况认为是理所当然的事情。最重要

1　译者注：沙恩·布莱克（Shane Black）（1961—），美国人，编剧、演员、导演、制作人。代表作有《特工狂花》《钢铁侠 3》《小贼、美女和妙探》等。

的，就是如果你已经掌握了写作技巧的其他基本元素，你的写作风格可能不会成为剧本是否被推荐或传阅的决定性因素。但干吗要冒这个风险呢？如果你能控制剧本语句的情绪影响，为什么不好好利用这一点？我向你保证，一旦你发现了专业人士创作引人入胜的阅读体验的技巧，这件事就变得没那么困难了。但是，首先让我们简要地了解一下可能会导致剧本失败的常见错误。

业余爱好者常犯的错误

根据我阅读并评审数百个剧本的经验，我认为最常见的错误分为三类：外观，包括格式错误、拼写和语法错误、过度描写（包括不必要和冗长的叙述）。简单地说，糟糕的作品出自那些显然没有资格成为作家的人之手。

1.外观、格式和拼写

我直截了当地说，如果威廉·高德曼把他最好的剧本手写在厕纸上提交，我马上就能判断出，没有哪个头脑正常的读者会因为剧本的格式不对放弃它。虽然是否推荐一个剧本取决于它的情感影响，但剧本格式之所以受到如此广泛的关注，是因为它能把专业人士和业余人士区分开，也就是说，在"最终草稿"和"电影魔法编剧"软件出现之前，剧本写作均遵守该格式。读者知道专业的剧本长什么样，他们能轻而易举地辨别出业余人士。格式有问题的作品会立即让读者警惕，如果作者不清楚基本的格式要求，很可能他也不了解写作技巧。具有讽刺意味的是，专业的剧本格式是最简单、最容易掌握的元素，尤其现在，所有的成熟软件和市场上几乎每一本剧本写作书籍都有章节专门介绍格式。因为这方面的内容太多，本章就不再补充。打开软件，学习基本的格式要求，这样你才能专注于更重要的问题。至于拼写和语法错误，它们会扰乱阅读体验，把读者从虚构的梦境中带出，所以要多检查几次你的剧本。不要依赖于拼写检查器，它会忽略一些读者讨厌的典型的东西，比如"it's"和"its"，"their""they're"和"there"，以及"you're"和"your"。

2. 过度描写动作和细节

我在业余人士的剧本中发现的第二个最常犯的问题是过度描写。许多有上进心的编剧都有小说创作背景，这导致他们的描写往往覆盖各层面，描述过多，使用复杂的句子和长段落。写得好并不意味着写得多。我见过的最能体现过度描写的例子来自剧本评审约翰·雷尼（John Rainey）发布在自己网站上的一段文字："奶牛吃了一天新鲜的红豆和马尾草嫩枝后，带着深深的疲惫，懒洋洋地摆动着充溢着乳汁的乳房，烈日炎炎下沿着泥地上深深的车辙小心翼翼地走着，希望回到农场的奶牛场里，安安稳稳地减轻乳汁的负担。"这段话只用四个字就能轻易表达出"牛过马路"。我并不是说上面的内容写得不好，只是说它应该出现在小说里，而不是剧本里。

剧本写作，不像小说写作，不应冗长且细致地描述背景、人物思想、服装或头发颜色。剧本写作不需要描述角色表情的每一个细微差别，每一个手势或扬起的眉毛，每一句对话的变化和节奏，或光和影的波动。它应该是由动词驱动、具有视觉效果、表现出动作的句子。最重要的是，剧本写作追求简洁，用最少的词表达最多的意思。这是优秀的剧本通常被称为"视觉诗歌"的原因。你的描述需要唤起读者对所描述内容的画面想象，而不是单纯地描述。斯科特·弗兰克（Scott Frank，代表作有《战略高手》《少数派报告》《翻译风波》）说："通常，我很少写舞台指示。我认为这大部分都是在浪费时间。剧本写作的艺术在于简洁，用很少的词表达很多的意思。

当我读剧本时，读到一个人的穿着、眼镜和头发等描述时，我会失去耐心。"

今天的好莱坞，目标是快速阅读、容易阅读，这意味着必须将叙述尽可能地最小化——句子要短，通常一个单词或散句，段落不超过四行。

3. 文字不好

令人震惊的是，95% 的业余编剧的剧本，甚至包括专业编剧的剧本，都写得很糟糕，他们似乎忘记了有人必须读这些乏味的作品。他们要么没有掌握编剧的技巧，要么没有通过文字交流的能力。一个可悲的事实是，许多尝试写剧本的人还不够资格做作家。在《编剧自我修养：好莱坞顶级作家的成功秘诀》中，罗恩·巴斯说得很好："出于某种原因，人们认为写作是任何人都可以做的事情。因为每个人都有电脑，每个人都会英语这门语言，喜欢看电影、读书或思考故事，每个人都认为他们可以写出来。关键是：能不能不仅做得好，而且好到让人愿意花钱去看那个故事？世界上每个女人都化妆，但有多少人能成为超模呢？没人能阻止你化妆，但也没有人请你做他的模特，所以你从来没上过杂志封面。这和想成为编剧的愿望如出一辙。你不需要任何人的许可。你不用花费什么。你所要做的就是写 110 页然后打印出来。开头很容易。但把它做成功是另外一件事。做任何事都需要一定的能力，无论是天赋、智慧、激情、渴望、经验，任何一个特长都需要达到足够高的水平，才能得到别人的支持。当你看到有人花 8000 万美元把一本剧本拍成一部电影时，我们真的认为人人能写出这样的剧本吗？"

如果你觉得写作是自己的使命，你必须成为你唯一的职业工具——文字的专家。你已经知道，剧本写作需要的风格是简洁，因此在学习能唤起情感的描述技巧之前，让我们先打好剧本写作的基础。

编剧叙事的基础知识

在你把剧本提交给机构和制片人之前，剧本在表达方面应该已经完美无缺。这意味着格式完美，没有拼写和打印错误，没有多余的词。这是我对客户和自己的写作要求。如果你在打磨阶段就认真努力，完全可以达到这个标准。

以下的建议并不是一成不变的规则，只是来自专业读者和编剧的常识性建议，希望你的剧本更通俗易懂。要实现这一点，你必须避免读者分心，进而离开虚构的故事。如果你不想提醒读者，他正在阅读纸面文字，那要尽可能避免以下内容：

1.避免镜头指示

在这方面我有两条建议：避免用镜头指示指导导演（除非你也在指导这个剧本），避免在场景中指导演员。你的工作是讲故事，而不是用镜头的方向来指导电影，比如角度、特写、平移、跟踪、剪切、插入等。这些会扰乱剧本，分散读者的注意力，导演也不希望别人来告诉他如何导演电影。唯一可以接受的角度是你在剧本开始时淡入，在结尾时淡出，如果你想表明中间度过很长一段时间，那你偶尔可以使用"渐隐"。你仍然可以巧妙地导演这部电影，但不需要实际使用摄像机镜头。很快你会看到一种叫做"虚拟特写"的技术。

同样，不要通过描述每个身体动作和情感反应这种细节来指导演员——每个表情、皱眉甚至眼皮抽动。有一些细节描述可以，但不能过度。只要场景的背景和人物情感描述清晰，读者会自己想象出剩下的内容。表达角色感受的最佳方式让演员来决定。

2. 避免使用被动语态

由于某些原因，被动句在作者的脑子里听起来比主动句好听，但从纸上读起来并非如此。对于那些忘记语法规则的人来说，被动语态是将"be"动词与一个及物动词的过去分词结合起来，这实际上削弱了动作，往往导致句子的主语和宾语颠倒。例如，"车被约翰开"或"食物被简吃掉了"都是被动语态。但最好用主动语态来写，如"约翰开车"或"简吃食物"。如果可能的话，尽量使用主动语态而不是被动语态。

3. 避免否定式描写

与主动语态相似，肯定式描写往往比否定式描写更有力。例如，与其写"他不是一个慷慨的人"，不如写"他是个吝啬鬼"。或者你可以试着写"他是个笨手笨脚的人"，而不是"他不是一个优雅的人"。最好把你想展示给读者的东西写出来，而不是把你不想让他看到的东西写出来。当然，这样你还会用更少的词。

4. 避免用括号插入内容

插入语是指在角色的标题和对话之间加入圆括号，在里面写的指示语，如（笑）、（冷漠）、（沮丧）或（低语），就像在指导演员的肢体动作，编剧告诉演员他此时的感受，以及应如何说台词。剧本的读者，如读者、导演和演员会因此感到不满，他们通常会看一遍剧本，然后删除这些内容，这样编剧就不会影响他们的解读。当你浏览自己的剧本时，你应该删除任何包含情感建议的括号和里面的内容，除非没有这个内容会产生歧义，或这段内容的清晰度对场景要表达的潜台词至关重要。例如，没有其他方法让读者从上下文或对话中了解此时角色的情感，比如当一个角色受到伤害时，以一种冷漠的方式打招呼，你可能需要添加括号（冷）或（冰冷）。否则，角色的情感应该能从上下文语境以及角色的讲话中清晰地呈现出来。

以下这些情况，可以接受插入语：如用插入语指定对话应该用特定的口音或外语时，比如（西班牙语）；当一个场景中有两个以上的角色时，插入语指明了这行对话对谁说，比如（对约翰）；当插入语描述一个特定人物的动作时，如果动作出现得够快，比如（点一支烟），这能为你节省页面上的空间，而不用把整行文字浪费在四个字上。同样，只有在动作对场景至关重要时，才可以用括号里的文字描述动作。大多数读者倾向于垂直向下阅读对话，而跳过叙述性描述。因此，这是确保基本行为不被忽视的好方法。

5. 避免出现副词

副词是动词的修饰语，那些懒得思考准确动词的作者往往经常使用副词。例如，他们可能会使用"跑"这样的一般动词，并添加修饰语"快"，而不是使用更合适的动词"飞奔"。新手往往会过多使用和误用常用副词。这导致他们的作品读起来满是老调。好消息是，把初稿从头到尾看一遍并不难，你可以利用"快、慢、轻、大声、悄、薄"这样的副词标出弱动词，然后用更精准积极的行为动词来代替它们。这就是你的同义词词典发挥作用的时候了。例如，你可以用"漫步"来代替"慢慢地走"，用"飞奔、冲刺、猛冲或疾跑"来代替"快速地跑"，用"偷窥"来代替"小心地看"，用"怒视"来代替"生气地看"，用"凝视"来代替"渴望地看"。想想看，这么一改你能省下多少词。副词不仅会削弱你的作品的力量，而且还会占用页面空间，浪费墨水。此外，要注意"加强词"——修饰形容词的副词，比如"非常、异常、真的、一般、通常、基本上、非凡、相当、最终、大部分，等等"。

6. 避免使用"开始"和现在分词

如果可能的话，把草稿中的"开始做"和"着手做"删掉。你可以顺手把"她开始哭了"换成"她哭了"，或者"它开始融化了"换成"它融化了"。跟上面一样，用更少的文字在页面上制造出更多的影响力。另外，还要注意你的现在分词，它们是动词的现在进行时形式，比如"正在走路、正在吃东西、正盯着看或正在开车"。最好写"他走路、他吃东西、他盯着看，或者他开车"。永远记住，最简单的句子结构就是：主语和主动动词。

7. 避免使用"有"

在业余编剧的剧本中，我经常看到的另一种不必要的用词方式是"有"，比如"有一座房子"或"那条街上有汽车"。比较好的写法是"一座房子"或"马路上的汽车"。更好的表述方法是，让拍摄对象活跃起来，赋予他们生命，比如"俯瞰海湾的房子"或"汽车飞驰而过"。

8. 避免使用"我们看到"和"我们听到"

这方面有点争议，因为即使是专业的编剧，也经常使用这些词。但是，你仔细想想，它们不仅没有必要，而且还会因为提到读者而打破读者与页面之间的虚拟联系。"我们看到"和"我们听到"是观众的观点，因此会把读者带离体验。记住，剧本只传达两种信息：视觉和声音。每一个元素直到最后的细节要么是视觉要么是声音。当我写"一座房子"时，我们可以清晰地看到一座房子，不必写"我们看到一座房子"。同样的道理也适用"我们听说"。剧本里的一切我们都听到了，所描述的一切我们都看到了。不要再提"我们看到了"和"我们听到了"。这是多余的。

技巧：动态描写

既然你已经知道如何精简叙述，那么是时候学一些好东西了——描写技巧，这种技巧以其栩栩如生的描写吸引读者，并能让读者热血沸腾、兴奋不已。永远不要忘记，优秀的描写要谨慎措辞。你要给语言充电，让内容电力十足、充满活力，让读者阅读时能触电。伟大的作家只有找到恰当的词语来表达自己的观点，才会快乐。当他们找到合适的词语时，就能呈现视觉上的诗歌——诗意、清晰，富有感染力。

首要关注点

有一种有效的方法可以吸引读者的注意力，让你的文章出彩，并控制读者的眼睛以达到预期的视觉效果。事实上，这就是专业的编剧在不告诉导演把相机放在哪里的情况下指导剧本的方式。这里有几个技巧，你可以做同样尝试：

1. 垂直写作——引导读者视线

散文家喜欢从左往右水平书写。编剧是垂直向下书写，这样可以创造一种动感节奏，加快阅读速度。这样书写的原因是我们的眼睛已经被训练得会跳到页面的左边，当一个新句子开始时就意味着新的信息。为了充分利用这一点，每个新镜头下编剧都会用一个新的句子开始。每当你想象一个新的视角和新的视觉效果时，你就另起一行，不管每一行有多长。下面的范例来源于沃尔特·希尔[1]和大

1　译者注：沃尔特·希尔（Walter Hill）(1942—)，美国编剧、导演，代表作《长骑者》《义薄情天》《异形》。

卫·吉勒[1]的《异形》草稿，这正是垂直写作的完美诠释（为了文章的可读性和节约纸张空间，剧本示例并不是标准格式）：

兰伯特：怎么了？

凯恩：不知道……我抽筋了。

其他人惊恐地盯着他。

突然，他发出巨大的呻吟声。

双手紧紧抓住桌子的边缘。

指关节发白。

艾希：深呼吸。

凯恩发出尖叫。

凯恩：天啊，好疼！我好疼。我好疼。

（站起来）

哦哦哦哦——

布雷特：怎么了？哪里疼？

凯恩的脸痛苦地扭曲着。

他倒在椅子上。

凯恩：天啊——

一摊红色的污渍。

接着，一片血渍在他的胸口绽开。

他的衬衫被撑开。

一个男人拳头大小的脑袋从里面钻出来。

1　译者注：大卫·吉勒（David Giler）（1943—2020），制作人，主要作品有《异形》《着魔》《幽冥怪谈2》。

船员们惊恐大叫。

从桌子上跳回来。

猫咽了下口水，逃走了。

那个小脑袋向前猛冲。

从凯恩的胸部喷出，拖着粗壮的身体。

它的身后飞溅出液体和鲜血。

落在盘子和食物中间，它扭动着身体走了。

船员们四散逃开。

接着异形从视线中消失。

凯恩瘫倒在椅子上。

彻底死了。

胸口有个大洞。

　　请注意每一行文字如何在读者的脑海里形成新景象或镜头。使用垂直书写，永远不需要书写摄影机的角度，如插入、关闭或镜头角度。通过布排句子的方式，你实际上在导演这些场景，并通过句子的长度来控制节奏。长句子感觉像长镜头；短句子，即便只有一个词，也会让人感觉像在快速剪切。

　　2. 虚拟特写：孤立的词

　　将一个词独立开，使它在一行文字里脱颖而出，从而自动获得读者的关注，自动创造视觉冲击。在专业的剧本里，你会看到许多下面这样的页面，这个页面由汤姆·默瑟（Tom Mercer）所创作，他是 1998 年第一届编剧写作大赛的冠军。为了你看起来方便，我把特写都加粗了：

外景：南得克萨斯的旧井架——白天

一个贫瘠丑陋的东西。自 1980 年代以来，一滴原油也没抽出过。一阵凛冽的风呼啸而过，穿过周围的铁丝网的洞。

本杰明·富兰克林

所在的百元美钞拍到铁丝网上。很快其他钞票也加入。一次几张，然后是更多张。

钞票上已故的总统，仿佛蝗虫撞在铁丝网上。

一个手写的标志——"禁止入内"

在风中剧烈地晃动，最后从铁丝网上掉下来，落到地上。

与一具血淋淋的尸体相撞。

本杰明·卡斯蒂略

别名小本，长着娃娃脸的拉雷多警局的中尉，现在他正像一个死人瞪着正午的骄阳。

风舔着他的身体。他破旧的夹克在风中鼓起，掉出一连串浸了鲜血的纸币。

沙漠的风中，一张掉落的纸币被吹起来。5 美元。林肯像往常一样，在两滴深红色的血之间冷冷地看着世界。

一只修剪得很整齐很有女人味的手捡起它，举到一张漂亮的女人面孔前。她闻到了鲜血和金钱的味道。

女人：我爱得州血腥钱币的味道。

卡斯蒂略没有资格争辩。

这种方法在动作剧的剧本中非常常见，可以把一系列动作描写得栩栩如生，读起来更方便、更容易理解。

3. 场景内的地点标题

决定读者总体满意度的关键因素就是文字的可读性。你已经知道，应该避免使用镜头和其他技术性指导。然而，有一个技术元素是无法避免的——地点标题，如"地点内部，餐厅—晚上"，这个标题确定了地点和时间。地点标题的问题在于，太多会妨碍场景的流畅性，让读者离开虚拟场景的沉浸式体验。如果角色在短时间内穿过一系列地点，比如穿过一座房子的几个房间，就会产生这种问题。业余作者会这么写："地点内部：迈克的房子—卧室—晚上"，然后当角色走到另一个房间，又写"地点内部：迈克的房子—浴室—晚上"，接着又写"地点内部：迈克的房子—厨房—晚上"。而专业人士用一句话就可以描述迈克的家，然后简单地用一个词描述其他房间，从而使读者的阅读体验更顺畅，比如《48 小时》（罗杰·斯波蒂斯伍德、沃尔特·希尔、拉里·格罗斯、斯蒂芬·E. 德索萨）里的这个例子。

门口

门"砰"的一声打开。一个人拿着一把巨大的手枪，杰克·凯茨，旧金山警局的警员，身材高大，肌肉发达……他蹑手蹑脚爬上楼梯。

走廊

他在楼梯顶部停下来……听！枪上膛了。水流声连续不断。凯茨向浴室走去。猛地拉开门。

浴室

浴帘后面的影子僵住了。凯茨拿着枪，向前走……一把扯下浴帘，出现一个年轻貌美的女人，伊莱恩·马歇尔。

旧金山警局探长杰克·凯茨

凯茨：你被通缉了！

（场景继续）

卧室

凯茨和伊莱恩在床上。

她穿着他的衬衫。

4. 描写要具体

通常情况，选择具体的细节展开描写而不是泛泛而谈对你的剧本比较合适。例如，如果我在报纸上读到一只狗袭击一个女孩，那就没有杜宾犬袭击女孩这么引人注目。你看哪种表述更清晰？狗还是杜宾犬？一辆小汽车还是一辆红色的 2005 款科尔维特？枪还是史密斯威森点 38 手枪？读读你的作品，看看哪些地方可以描述得更具体。关键对东西的描写能契合我们五感（视觉、听觉、嗅觉、味觉和触觉）中的任何一种。你不是在"吃冰淇淋"，而是享受"顶部有樱桃的双层软糖冰淇淋"。下面这个例子是弗兰克·德拉邦特（Frank Darabont）导演的《肖申克的救赎》里的一个片段，细节用粗体显示：

他打开汽车仪表板上的储物盒，拿出一个用破布裹着的东西。把它放在自己膝盖上，小心翼翼地打开——露出一把**点 38 口径**的左轮手枪。油腻、黑色、邪恶。

外景　　**普利茅斯**之夜（1946）

他的翼尖鞋在砾石路上嘎吱作响，子弹散落在地，波旁威士忌酒瓶也在地上摔得粉碎！

5. 替换无力的词语

你还记得这些基础知识吗？如何避免使用动词修饰语，选择主动的、动态的、充满活力的、仿佛跃然纸上的动词？同样的道理也适用于那些无法对叙述产生影响的无力的词语。只要有可能，就用更生动的词代替这些平淡无奇的词。例如，与其说"她是个刻薄的女人"，不如写"她是个泼妇"。与其说"他是一个慷慨和体贴的人，"不如试试写成"他是一个圣人"。再想想视觉诗歌——用最少的精挑细选过的词语、最生动的方式表达最丰富的内容。

6. 少即多

大多数经验丰富的读者在第一页的结尾就能判断出这是一位专业作者还是业余作者，尤其通过作者的叙述能力，能判断出——他如何通过有限的文字，勾起读者对生动形象的向往。正如你之前看到的，大多数业余剧本很可能需要重写，因为作者把它们视作小说，因此写出非常详细的散文。结果是，当该页面需要的理想表述状态是"留白"时，页面上是一团模糊的黑线。对于那些整天都在阅读剧本、过度劳累的读者来说，这令人厌烦。当然，这对小说来说很好，但对剧本来说让人没法接受。底线是，写剧本应该更像写诗——生动、简洁、清晰。每个字都很重要。你用越少的词来表达一个想法或一个形象，这个想法或形象的影响力就越大。在描述角色和地点时，这个忠告尤其有效，你将在本章后面的内容中看到这点。

删除冗余的部分

巴勃罗·毕加索（Pablo Picasso）曾经说过："艺术就是清除不必要的东西。"用尽可能少的文字来吸引读者并传达尽可能多的信息，实现这点的一种方法就是删除不必要的单词和从句，尤其是冗余的词语和从句。例如，新手作家不遵循"展现，而不是讲述"的格言，他们往往既展现又讲述。他们告诉读者角色的感受，然后向我们展现能表达这种感受的行为，比如："莎莉很开心。她微笑着说。"在这些情况下，应该永远选择展现行为而不是讲述感觉。向我们展现，而不是讲述给我们。每一句台词都应该有助于人物和情节的发展。如果没有，考虑把它删除。

7. 将信息编织进角色的行为和反应

以一种微妙的方式传达信息对作者来说是另一个挑战——说多少才够，什么时候说，更重要的是，如何不让读者感到厌烦？静态描述很难让读者有参与感。首先，你应该确定将要描述的信息对故事或角色来说是否必不可少。通常情况下，除了角色的年龄外，身体细节对故事无关紧要，除非它们跟角色的特质有关。这意味着，我们不需要知道角色的发型和发色，他有什么样的眼睛、多高或者穿什么。接下来，如果一个细节对情节或角色的做派和个性至关重要，比如身体缺陷或者他戴着镜片厚厚的眼镜，那么解决方案就是让角色与这些细节互动。例如，与其写"公寓里到处都是空啤酒罐和快餐包装，一团糟"，不如说，"迈克找了个地方坐下，把沙发上的空啤酒罐和快餐包装清干净"。公寓里脏乱的细节都嵌入了迈克的行为中。这样写效果更好，因为读者关注的是迈克，所以可以通过这种更微妙的方式展示出这些细节。只要有可能，就不要简单地描写事物，而是展现角色与这些事物的互动或做出的反应。

8. 留白

如果你将上面大部分技巧都使用在页面里，那它应该包括大多数读者所说的"留白"，这是一种由简短的段落、简短的句子、虚拟特写和没有镜头方向造成的整体视觉感知，而不是密集的难以阅读的黑色文字块。许多读者告诉我，在阅读一本剧本之前，他们会先浏览一遍，看看页面上有多少文字。留白让他们相信，阅读会快速而容易。而大的描述段落则没法快速阅读，这会导致他们选择另一本剧本。如果可能的话，将描述段落分成几段，每段最多四行，以实现简洁干净的页面效果。不要忘记运用上面的各种技巧来吸引读者。

创造动作

另一种通过描述实现对读者情感影响的方法是创造动作。永远不要忘记，运动（move）是电影的本质。它们被称为"电影"和"影片"（movie）并非偶然。这意味着你的剧本必须动起来，我指的不仅仅是你的角色。你需要使用主动的词语和句子，使用充满活力的词语，使阅读变得生动而不单调。当你的写作很活跃时，描述就会栩栩如生、跃然纸上，让读者感受到活力。这里有一些技巧可以帮助你做到这一点：

1. 以动态代替静态

给初学者最常见的建议是"展现，而不是讲述"。展现是动态的；而讲述是静态、平淡的。然而，大多数作者并不知道如何在页面上执行这点。下面就是做到这点的诀窍，在我看来，它比整本书的价格更具价值。我之所以这么说，是因为当我终于学会这个技巧时，我的写作水平得到了极大提升。这就是——

通过动作来描写事物，而不是通过形容词和副词来告诉读者。例如，与其说"萨利很高兴"，不如说"萨利微笑着"。不要说"约翰很紧张"，试着说"约翰来回踱步"。把你的手稿翻一遍，找出所有的形容词，看看能不能用主动动词代替它。对于任何事物，问问自己它是做什么的。使用能够暗示出形容词含义的动作来代替形容词。看看你用的形容词，想想它们能说明什么，然后把它们变成动词。不要说"她的眼睛很明亮"，试着说"她的眼睛闪闪发光"。把"大声的男人"变成"男人在吼"。把"一只快乐的狗"变成"狗摇尾巴"。

再看一遍前面第 226 页讲过的 1998 年第一届编剧写作大赛的获奖者的那段精彩描述，注意作者原本可以很轻易地表述为"风很大"，但他写得让人明显感到"风很大"：一阵凛冽的风呼啸而过。百元美钞拍到铁丝网上……仿佛蝗虫撞在铁丝网上。在风中剧烈地晃动。风舔着他的身体，夹克在风中鼓起。注意使用主动动词而不是形容词。你要一直想着运动。不要描述事物；描述做某事的事物。这并不是说某物必须从 A 点移动到 B 点，只是说某物在做某件事而不是某物本身。

设定正确的节奏

节奏，即场景的节拍和速度，也是创造动作的一个要素。一个场景的节奏可慢可快，可宁静可混乱，可悠闲可匆忙。可以根据剧本的类型和故事设定合理的节奏。一般来说，动作惊悚片比历史剧的节奏更快。看看以下两个例子，观察它们在词语使用、句子长度、角色动作、角色言语方面有何不同：

《教父》（弗朗西斯·福特·科波拉、马里奥·普佐）

此刻，景色很好，我们在维托·柯里昂的家里看到他的办公室。百叶窗关着，房间里很黑，里面是模模糊糊的影子。我们透过维托·柯里昂的肩膀注视着勃纳瑟拉。汤姆·哈根坐在小桌子旁，查看一些文件，桑尼·柯里昂不耐烦地站在离他父亲最近的窗口，喝着一杯葡萄酒。我们可以听到音乐声，还有许多人的笑声和说话声。

维托·柯里昂： 勃纳瑟拉，我们认识很多年了，但这是你第一次找我帮忙。上次你喊我去你家喝咖啡是什么时候，我已经不记得了……尽管我们的妻子是朋友。

勃纳瑟拉： 你要我做什么？你要什么我都给你，但要按我说的做！

《异形》

里普利： 等一等。

他们迅速停下，跌跌撞撞。

里普利： 它在五米之内。

帕克和布雷特举起了网。

里普利和布雷特一手拿着探针，一手拿着追踪器。

小心翼翼地挪动。

几乎半蹲着，随时准备向后跳。

里普利不断地看着她的追踪器。

这个装置把她引到舱壁上的一个小舱口。

汗水顺着她的脸流了下来。

她把追踪器放在一边。

举起撬棍，抓住舱门把手。

猛地拉开它。

把电棒卡进去。

一声让人崩溃的尖叫。接着，一个小动物蹿出舱口。

眼睛闪闪发光，爪子灼灼逼人。

他们本能地把网撒过去，罩住它。非常生气。

他们打开网，放走捕获的猎物。

那是只猫。

嘶嘶叫着，吐着舌头……仓皇逃走。

使用动态的高能动词

既然清楚了应该尽可能用主动动词代替形容词，你还应该注意所选动词的种类。为了创造动作，花一些时间为每个句子选择完美的动词——表现动作的动词、充满活力的动词，它们比常规主动动词更有力。例如，铃声叮当而不是铃声响了；污泥渗出而不是滴落；阳伞摇摆而不是移动；女人啜泣而不是哭泣；男人冲刺而不是短跑。这里有一个动态动词大师沙恩·布莱克（Shane Black）写的专业案例：

《致命武器》

劳埃德眨了眨眼。做吞咽动作。过了一会儿。最后——

他放下枪。叹了口气。

劳埃德：你想知道什么……？

墨陶明显放松了。这时发生了两件事。挂着画的窗玻璃突然崩落，无数碎片的落地声响起。

劳埃德手里的牛奶盒"啪"的一声炸开，牛奶喷得黑色西装前襟到处都是。

他皱起眉头。盯着滴落的牛奶。眨着眼。他的眼睛猛然睁大，血从衬衫里渗出，滴到地板上。

劳埃德：罗杰——！

临死前，他跳到墨陶面前。挡住第二颗子弹，射向墨陶的那颗。子弹的冲击使他撞向罗杰，他们俩都倒在地板上。

更多的子弹飞向厨房。瓷盘突然炸出玻璃般的浪花。食物喷涌、飞溅，弄脏了墙壁。

创造有趣的阅读体验

通过主动描写、创造动作将读者的注意力吸引到页面上，还将极大地提高剧本叙述时的情感效果。但是，不管你的叙述风格如何，这里还有一些额外的技巧可以让你创造出更为吸引人的阅读体验。记住，你只有一次机会去打动读者。为什么不创造一个能够在所有层面，包括描写层面都能唤起情感共鸣的伟大作品呢？

感官词

众所周知，精彩的描述总是精心措辞，也是感性的。关注文字如何在情感上影响读者的专业作家会选择简单但有趣的词语，如展示出发光、激情、流血和跳动的文字，特别是那些能够吸引读者五感的文字。谈到描述，同义词典是最有价值的工具。当你写完不用担心选词的第一稿后，可以用感官词代替静态词，如"瞧、窥探、吠叫、厉声说、香的、有麝香味的、苦的、汁液丰富的、抚摸或亲吻"。再回看第 226 页提到的获奖的剧本，可以发现它使用了很多显而易见的感官词：贫瘠丑陋的东西……凛冽的风呼啸而过……百元美钞拍到铁丝网上……仿佛蝗虫……在风中剧烈地晃动……血淋淋的尸体……像一个死人瞪着正午的骄阳……风舔着他的身体……破破烂烂的夹克在风中鼓起……浸了鲜血的钱币……深红色的血。书页上的感官文字越多，阅读体验就越鲜明、越生动。

声音爆发

声音爆发，也称拟声词，是模仿自然声音的词，如轰隆、砰砰、哐当，尖叫声，尤其是吸引我们听觉的感官词。通常，这些声音成为动词是因为它们的发音能反映出它们的意思。例如，可以将某些名词与它们相应的拟声动词一起匹配使用，如叮当声、鸟鸣声、狼嚎声、风笛声。以下是一些专业的例子：

《银翼杀手》（汉普顿·范彻、大卫·韦伯·皮普尔斯）

巴蒂： 我的眼睛……我猜是你设计的这一切，对吧？

周： 你是复制人吗？我设计了复制人的眼睛。

哗啦一声，东西碎了！莱昂被他一眨不眨的眼睛激怒，他打在机器上，傲慢的眼睛掉在地板上。巴蒂笑了笑，指着自己的眼睛。

巴蒂： 啊，周……

（噗嗤、噗嗤）

要是你能看到我用你的眼睛看到的东西就好了。

噗嗤！噗嗤！

巴蒂在周面前踱步时，他的脚踩在眼球上。

《七宗罪》（安德鲁·凯文·沃克）

他把手伸向床头柜，拿起一个木制的金字塔式节拍器。他打开节拍器的摆臂，让它来回摆动。向左摆，滴答，向右摆，滴答。

滴答……滴答……滴答……缓慢而匀速。

情感线索

正如你在第八章所读过的，情感线索是角色在场景中感受到的情感。运用"展现，而不是讲述"的金科玉律，你可以通过描述角色的行动来呈现这些情感，这可以向读者暗示角色在场景里的情绪。它们往往比直接描述情感更具表现力。举个例子，伟大的作家会通过描写具体动作来展现角色的愤怒情绪。他们绝不会写"她生气了"，相反，他们会写"她从窗户里扔出一口锅"。要注意，描述角色的行动总是比描述他的情感显得真实。在《当哈利遇到莎莉》中，莎莉对哈利说"我恨你"，然后吻了他，哪一个是真实情感？是台词还是动作？对，是动作。我们的想法通过动作表现出来。对话应该是潜台词，所以一个场景真正想表达的内容并不存在于对话中，而是存在于情感线索中，而情感线索具有视觉性。下面这个例子摘自《特工狂花》，一起看看沙恩·布莱克如何无声无息地传达出小女孩的恐惧：

　　里面，一张床，床上散布着斑驳的月影。

　　一个小女孩睡得正香。外面的风在呼啸悲鸣。她正在做梦……闭着眼，眼珠在转动……然后，眼睛突然一下睁开。一声压抑的哭泣。她挣扎着要拿毛绒玩具熊，一个轻柔的声音说：

声音

嘘——

　　妈妈跪在她身边。昏暗中一个模糊的身影。满月的光洒在一双闪闪发光的眼睛上。

小女孩：妈妈，山上的男人……

妈妈：嘘。走了，他们都走了。

（抚摸着她的头发）

　　我在这里。妈妈一直都在这里，没人能伤害你。现在你很安全……安全、温暖……舒适得像地毯里的虫子。

（停顿）

我陪着你，你能睡吗？

小女孩：把夜灯打开。

对话描写

这种高级技巧运用无声对话作为直接描述，传达角色对某一事件或前一句对话的反应。它还可以传达角色的想法，无须直接告诉读者角色在想什么。在剧本里，它看起来像这样：

约翰：我在看电影。

是的，没错。

约翰：我发誓！

大多数作家通过这样的方式来表达思想交流，"他给她一个眼神，表示'是的，没错'"。相比之下，无声描述则更简短、更有效，直接省略了前面的那些字。这里有更多的例子：

《异形》（詹姆斯·卡梅隆）

希克斯：不是那条隧道，是另一条！

克罗：你确定？小心点……我在你后面。你他娘的快走，行吗！

戈尔曼脸色苍白。很困惑。像石斑鱼一样大口喘气。形势怎么会恶化得如此迅速？

蕾普莉（对戈尔曼说）：把他们弄出来！现在就干！

戈尔曼：闭嘴。你闭嘴吧！

《爱是妥协》(南希·迈耶斯)

哈利：这很疯狂。我都不记得上次哭是什么时候了。我感觉自己不知所措。

艾丽卡(跟他一起哭)：我也是。用这个词再合适不过了。

哈利：宝贝，我心脏病发作三天后做爱了，没死。

艾丽卡停顿了一下。哦。有点不知所措。

《杯酒人生》(亚历山大·佩恩、吉姆·泰勒)

迈尔斯(抑制住自己的恐慌)：但除了比诺，我还喜欢很多葡萄酒。最近我真的很喜欢雷司令。你喜欢雷司令吗？**雷司令？**

她点了点头，嘴角挂着蒙娜丽莎般的微笑。**来吧，迈尔斯。**终于——

迈尔斯(指着)：卫生间在那里？

一个类似的技巧是插入语。在这种情况下，这句话的意思在对话中的括号里。就像一个普通的括号，但不应该过分使用。只有在实际对话过于笼统，读者可能没法理解其真正含义，以及对话的真正含义对场景的进展至关重要的时候，才使用插入语。下面是《美国丽人》(艾伦·鲍尔)中的一个例子：

莱斯特：真的吗，你要搭车吗？我们可以载你一程，我有车。你要和我们一起去吗？

安吉拉：谢谢……但是我有车。

莱斯特：哦，你有车啊。太好了！那太好了，因为简也想尽快买辆车，对吧，亲爱的？

　　简：（**你吓到我了！**）爸爸。妈妈在等你。

唤起情感共鸣的动词和形容词

就像我们在剧本里探索使用动态高能动词来唤起读者的运动感那样，你也可以使用包含情感的动词。例如，动词"走"是一个通用动作，但大步走、拂袖而去、踱步和漫步则分别能唤起读者的目标感、愤怒感、焦虑感和满足感。如果可能的话，看看你能否把一个通用的、没有情感的动词换成一个能唤起情感的动词。这只会让你的描述读起来更有吸引力。你还可以使用能唤起情感的形容词。例如，一个房间可以是昏暗的、无菌的、舒适的、忙碌的、引人注目的、安静的、俗气的，等等。

视觉象征意义

视觉象征是另一种增加叙述情感深度的有效方式。这是一种高级技巧，因为它很难掌握，而且它是在潜意识层面起作用的东西。当涉及象征主义时，技巧包括隐喻和明喻、符号和主导动机、颜色和天气因素。

隐喻和明喻

我最喜欢使用的深化描述的技巧之一就是隐喻和明喻。既然这是一本高级写作书，我想，你知道这些文学术语的意思，它们都是将一种事物比喻成另一种事物的修辞。明喻是说某样东西像另一样东西，比如"生活就像一条情感之河"，而暗喻是说某样东西实际上是另一种东西，比如"生活是一条情感之河"。在剧本中使用隐喻和明喻可以使你的故事比平铺直叙的写作更丰富多彩、更让人眼前一亮。看看这个来自《大鱼》（约翰·奥加斯特）的例子："爱德华的心坠落了 20 层楼。"当然，这是一个含蓄的隐喻，将爱德华的心比作一个松动的电梯在坠落，以唤起读者极度失望的感觉，而不是明明白白说出来。这比"爱德华的心就像从 20 层楼坠落下来的电梯"的写法更新颖。这里还有更多的例子：

《出租车司机》(保罗·施拉德)

贝琪不知道该怎么看待特拉维斯。她很好奇，很着迷，求而不得。**像飞蛾扑火一般，越来越靠近火焰。**

——

特拉维斯冰冷刺骨的眼神从停在帕尔廷总部对面的出租车里盯着外面。他就**像一只孤狼**，远远地注视着**文明的温暖营火。**

《美国丽人》

卡洛琳：我今天就要卖掉这幢房子。

她说这话的时候好像在**威胁**，然后她注意到镜子上有个污点，就把它擦掉了。

外景：售楼处—前院—稍后

前门打开，卡洛琳出现，她带着自以为**可以把冰卖给爱斯基摩人的微笑**向我们打招呼。

《杯酒人生》

电话铃响起，两个人都看着它，沉默被不祥的声音打断。

迈尔斯：别接。

但杰克的注意力被电话吸引住，就像被诡异的俄罗斯**轮盘赌吸引。**

符号和主导动机

符号是使用联想或惯例，以一种看得见的东西来代表一种看不见的东西，比如鹰，它象征着美利坚合众国。主导动机是一个音乐术语，用来描述每一次角色或情境重现时出现的旋律短语，就像《大白鲨》中的"达达姆"。但在写作中，主导动机是与相应的事件或角色相关联的反复出现的符号，比如《美国丽人》中的红玫瑰花瓣。符号是用图片讲故事的有效方式，尤其是用符号来反映主导动机时。举个例子，看看《洛奇》的开场——一块印着耶稣的标牌，上面写着"复活运动俱乐部"，这显然象征着洛奇从流浪汉到冠军的复活。在《体热》里，开场画面是夜空中的火焰，它象征着激情的炽热。《卡萨布兰卡》的主导动机是机场的探照灯扫过里克的咖啡馆，这灯类似于监狱的圆形探照灯，象征着城市中每个人都被强制禁闭。

颜色

颜色可以被认为是一种符号和主导动机，正如你在上面的《美国丽人》中看到的——红色象征着兴奋、活力、欲望和激情。红色也可以代表热、爱、危险、暴力和所有蕴含强烈情感的事物。红色在《美国丽人》中占据突出地位绝非偶然。黄色代表幸福、理想主义、想象和希望。蓝色代表和平、安宁、和谐、冷漠、科技和压抑。绿色代表自然、健康、复兴、青春、生育、嫉妒和不幸。我们不要忘记黑色和白色——白色代表纯洁、简单、天真、出生、冬天、不孕、婚姻（在西方文化中）和死亡（在东方文化中），而黑色代表权力、优雅、财富、神秘、邪恶、匿名、哀悼和死亡（在西方文化中）。

天气因素

天气和其他自然状态也是象征主题和情感的有效方式。想想海浪、风、热和雾，它们分别激发爱情、激情、厌恶和恐惧等情绪。请记住，视觉符号可以为你的叙述增添力量，但不能过于直白。以上所有技巧都以一种微妙的方式发挥着它们的魔力，在读者的潜意识中留下印记。一些有洞察力的读者可能会认出它们并欣赏你的技巧。然而，大多数人甚至不会意识到你在描述中嵌入了符号象征。

设定正确的情绪或基调

情绪是你的故事或场景的情感氛围。因此，通过唤起性的话语来吸引读者是一种理想的方式，它将引导读者体验一种特定的情感状态。《体热》就是一个为故事营造良好氛围的很好的例子，它以"夜空中的火焰"开头。这种挑逗性的视觉效果营造了一种不祥的感觉，象征着拉辛即将遇到的激情和邪恶。后来，在整个剧本中，卡斯丹用诸如燃烧、滴水、穿着短裤、火、热、空调、灼热的头发、地狱般的高温、汗流浃背、嘶嘶作响、解脱、五十年来最炎热的一个月等词语来烘托他对"热"的描述，以匹配这部经典惊悚片的主题。如果你正在写一部喜剧，你希望基调更轻松，节奏更明快，那你最好选择合适的词语来暗示幽默的氛围。

风格与类型相匹配

正如情绪与剧本的主题和类型应该相匹配一样，你的叙述风格也应该与你的剧本类型相匹配。例如，如果你在写一部惊悚类剧本，你的风格应该简洁而激动人心；如果你的剧本是动作类的，你的风格应该是积极的；如果是写喜剧，就应该有趣。关键在于叙述风格与剧本类型相匹配。非常多的初学者想通过一篇文章或一部专业剧本就学会一种特定的风格，然后将其应用到自己的剧本里，而不考虑自己剧本的类型。这往往会造成情感方面的不和谐。剧本可能写得很好，但会让人感觉有些地方不对劲。要让叙述风格与剧本类型相匹配，在这方面我给你一个很棒的建议，就是阅读你所写的特定类型的最好的专业剧本，并留心它如何构建故事。

人物描写

"少即多"这句格言用在描述人物和地点时最合适。避免使用俗套和通用型的形容词，如漂亮、美丽或者高大、黝黑、英俊。相反，使用最少的词描述人物个性特征和风格的本质，可以让你的人物对读者更有吸引力。这意味着你不应该把文字浪费在描述角色的穿着，以及他多高或多瘦，或者他的头发是什么颜色的，除非这些信息对故事至关重要，如角色畸形或残疾。事实上，理想的角色描述应该使用简短、有趣、新颖的句子传达出角色的特征。用最少的词描述一个人物的纪录曾由劳伦斯·卡斯丹[1]保持，他只用了四个词来描述《体热》中米奇·洛克的角色——"泰迪·劳森，摇滚纵火犯"。就这么多词。关于泰迪，他的职业、风格，甚至他的穿着，包括文身和穿孔都在里面了。新纪录由史蒂夫·巴兰奇克[2]在《最后的诱惑》中使用三个词创造："布里奇特·格雷戈里，婊子、指挥家、女神。"记住，在剧本创作里，暗示总比解释更吸引人。少比多好。下面是专业人士运用这句格言的例子：

> 《杯酒人生》

> 新任丈夫。他散发出一种成功商人的低调的自信，他在大学里打过橄榄球，经常参加昂贵的滑雪运动和航海度假，从高

1　译者注：劳伦斯·卡斯丹（Lawrence Kasdan）（1949—），美国编剧、制片人、演员、导演，代表作为《大峡谷》《意外的旅客》《大寒》。

2　译者注：史蒂夫·巴兰奇克（Steve Barancik）（1961—），美国编剧。代表作有《最后的诱惑》《多米诺》。

中开始就没读过一本小说。

《末路狂花》（卡莉·克里）

达里尔小跑着下了楼。涤纶正是为这个男人量身打造，他还戴满"男士"首饰。

《美国丽人》

这是瑞奇·菲茨。他18岁，眼神却显得很老成。在他禅意般的宁静下，潜藏着某种受伤的东西，似乎有点危险。

《侏罗纪公园2：失落的世界》（大卫·凯普）

鲍曼太太瘦得让人心疼，那个做过不止一次手术的眼睛永远流露着惊讶的表情。

《黑客帝国》（莉莉·沃卓斯基、拉娜·沃卓斯基）

尼奥，一个相比于电脑外的生活，更了解电脑里的生活的年轻人。

《肖申克的救赎》

典狱长山姆·诺顿走来走去，他面色苍白，灰色西装翻领上别着一枚教堂别针。他看起来冷得能尿出冰。

地点描写

同样的道理也适用于描述地点——用最少的文字来描述场景的本质。一直以来，我最喜欢的场景描述都是弗兰克·德拉邦特在

《肖申克的救赎》里写的这段，他把监狱描述为"缅因州美景上长的一块毒石头"。这里还有更多的例子，让你了解怎么用最少的文字描述场景。要想成为一名专业编剧，以下是你必须面对的典范：

《银翼杀手》

内景：酒店房间—夜晚

阴暗不祥的房间，充满危险。与凌乱的走廊相比，这里很干净。一张床，一个衣柜，一张小桌子，一把椅子。

斯巴达式，几乎全军事化。

《致命武器》

悬崖边的房子—白天

坐落在悬崖边俯瞰大海的豪华别墅。露台、走廊、凉亭。这种建筑需要三个音节的名称才能匹配其豪奢。相比之下，海洋都显得廉价。

《偷天内部陷阱》（罗恩·巴斯）

内景：帝国饭店酒吧—稍后

优雅而不受时间影响的房间，由弗兰克·劳埃德·赖特在1920年代设计。光亮、优美、酷炫。一个可以喝酒、做生意、做梦的地方。

额外的专业提示

你已经知道，一套专业的技巧和窍门可以极大地改善剧本叙事，把你的剧本变成令人兴奋的阅读体验。请记住，所有这些技术都不具有强制性。我读过许多剧本，它们的角色、情节和对话都扣人心弦，所以即使叙事平平也没关系。不过我的观点是，剧本中的每一页都应该激发出读者的某种情感，因此用引人入胜的风格写作是明智之举。当然不会有坏处。为了帮助你掌握描述的技巧，你可以考虑以下几点：

1. 准备一本同义词词典

如果你还没有一本同义词典，现在就停止阅读本书，去书店买一本。一个没有词典的作家就像一个没有颜料的画家。

2. 研究成功作家的写作方法

对你来说，阅读专业编剧的剧本是最好的教育。说到叙事，你可以看看沙恩·布莱克、威廉·高德曼、沃尔特·希尔、詹姆斯·卡梅隆、罗恩·巴斯、大卫·凯普、理查德·普莱斯、弗兰克·德拉邦特、劳伦斯·卡斯丹、保罗·施拉德、特里·鲁西奥和泰德·艾略特、亚历山大·佩恩和吉姆·泰勒和卡梅伦·克罗等人的作品。

3. 研究报纸的体育版

一位资深作家曾经建议我研究报纸的体育版，因为它们充满了动态而高能量的主动动词，如踢、炸、打、击。作者要突出这些动词，并在适当的时候在剧本里重复使用它们。

4. 研究诗歌

同样地，你还要学习诗歌，因为诗歌的语言能唤起人们的共鸣，诗歌的简练还能唤起读者强烈的情感。

落实于书面：具体创作中的描述

　　因为我已经举过很多例子来强调叙述描写技巧，所以再用一页来写就显得有点多余。但是，如果你想亲身体验大部分的技巧，请重新阅读前面编剧大赛获奖者的作品，看看通过第 226 页你能识别出多少种技巧。直到今天，这仍然是为数不多让我感到惊叹的剧本之一。读完之后。我认为对我来说它是优秀编剧的一个典范。它也应该是你的。剩下要掌握的内容当然是对所有编剧来说最具挑战性的元素——对话……

第十章

对话：生动的
声音

好的对话能传达出人物没有说出口的话。

——罗伯特·唐尼

　　对话呈现出一个有趣的悖论：它是剧本中最重要也最不重要的部分。嗯？让我解释一下。优秀的对话必不可少，因为它能让你的角色跃然纸上，通过共情创造更引人入胜的阅读体验。这对吸引读者的注意力至关重要。它可以掩盖剧本的薄弱环节，从而增加读者向别人推荐该剧本的机会。对话也很重要，因为它是最难掌握的元素。精心设计的对话能让剧本卖出去，也能让编剧被接纳。在这一领域表现出色的天才剧作家非常受欢迎，因为改写对话，他们每周能获得六位数的收入。

　　然而，对话并不如角色塑造或结构那样重要，因为你不是在写剧本。电影剧本写作主要写你所看到的，而不是听到的。你在写电影剧本，不是电视广播剧本。在有声电影改变电影行业之前20年，无声电影没有什么对话，一直做得很好。威廉·高德曼说，对话"是剧本中最不重要的部分之一……如果电影是故事，那么剧本就是结构"。阿尔弗雷德·希区柯克说过："一旦画面设定好，我们就会加入对话。"华特·迪士尼习惯于省略对话，他发现在一系列场景中需要的东西非常少。如果你的剧本其他部分都很出色，而对话很平庸，那么对话就不那么重要，因为制片人知道他们总有办法让对话更精彩。所以对话并不是一切。如果你的剧本在其他方面都很失败，那么再机智的对话都无法推销出你的剧本。然而，它会让你成为受欢迎的作者，你会被雇佣来润饰其他作者有缺陷的对话。

总而言之，用尽可能少的对话，尽可能视觉化地讲述故事。但无论页面上的对话有多少，都应该是很棒的。写过几部剧本的人都知道掌握对话技巧有多难。事实上，大多数新晋作者，在其他方面都有扎实的元素，大都因为平淡而"直接的"对话失败。正因为如此，我将提供有效的对话写作技巧（你将在这一章中找到的最多的技巧），它将帮助你把枯燥的对话变成新颖、令人难忘的对话，并在情感上感染读者。

基本要素：编剧须知

指导书籍和电影剧本写作研讨会只就对话写作进行浅显的讨论。他们的方法往往只讲规范而非启迪读者。他们只关注对话必须写什么，而忽略了讨论具体的技巧。也许是因为很多人认为对话教不来，所以编剧要么会"听"对话，要么不会。这其实有点道理——卓越的对话没法教，但是好的对话可以教。通过分析经验丰富的专业人士如何写出好的对话，有上进心的编剧可以训练自己在剧本中识别优质对话的能力，并在重写自己剧本的过程中将同样的技巧应用到自己的对话中。

出色对话的特点

那么，什么构成了出色的对话呢？为了避免我个人的主观看法，针对对话，我开展了广泛调研，包括对话相关的书籍、研讨会、杂志和互联网文章，并采访了读者、制片人、经纪人、演员和专业编剧。我相信这个结果是一个最终的清单，它能超越传统的对话三要素——推进情节、揭示角色，以及进行阐述。

1. 传达真实感

出色对话的第一个要求就是听起来真实，像角色真的在说话。它应该可信、真实、自然，而不是勉强或机械。读者不应该意识到这是别人写的。但要记住，对话并不是真正的言语。真正的说话具有重复性，说话者用不连贯的句子和不必要的词随意地讲述着。而电影对话只类似于真实的语言，就像电影类似于生活。它并不是对杂乱无章、无意义的生活的真实记录，而是有组织、有聚焦、有意义的生活片段。同样，电影对话也因为经过提炼和斟酌，传达出生活中真实的言语。它没有日常讲话的冗余和不连贯，没有停顿、打断、语法错误和缺词少语。使用对话技巧，角色可以在保持真实感的同时，以更精炼和聚焦的方式说出同样的事情。

2. 定义和展现角色（包括说话者和其他人）

这是让角色跃然纸上并吸引一流人才加入你的项目的一大因素。编剧需要明白的是，当角色说什么话时，他们就会变成什么人。因为人们说话的方式决定了他们是谁，所以好的对话应该能传达出角色的个性、态度、价值观和社会背景，而不是通过描述告诉读者他们是谁。

3. 间接传递信息，推进情节

这是对话最常见的用法，也是业余剧本唯一会使用的用法。因此，当叙事平铺直叙且平淡无奇时，对话就会变得直白。而公认的出色对话，应该以一种吸引读者的微妙方式提升剧情效果、推进情节进展。我们将在"微妙的阐述"中探讨能帮助你实现这一点的各种技巧。

4. 反映人物情感和冲突

出色对话还能揭示冲突和角色的感受，为场景增添紧张感。这一点很重要，因为场景中的冲突是通过行动（身体攻击、障碍）或对话而产生。毕竟你不可能持续拥有攻击性，即使在动作冒险剧本里，对话也仍然是将冲突注入场景从而保持读者参与感的有效选择。事实上，能反映说话人情感的对话非常理想，因为它能展现而不是讲述人的情感，尤其是通过潜台词展现的时候。

5. 揭示或隐藏人物动机

出色对话能让读者在场景中了解说话人的动机，或者借隐藏动机激发出读者的好奇心。为了对读者产生更大的影响，动机应该通过潜台词暗示出来，而不是直接陈述，否则就成了直白的对话。我们将在本章后面的部分探索创作潜台词的具体技巧。

6. 反映说话人与其他人物间的关系

人物会根据他们与不同人的关系说不同的话，因此出色对话应该反映出说话人与倾听者的关系。例如，一个男人对自己十几岁女儿的说话方式与对妻子或同事的说话方式会有所不同。一个罪犯会用一种方式对他的母亲说话，用另一种方式对他的女朋友说话，再用其他方式对狱友说话。我们倾向于掌握很多词汇，并根据我们在和谁说话及谈论什么而切换不同词汇。

7. 衔接前后句

出色对话给人带来的乐趣之一就是，对话的每一句都能轻松接到另一句，前后衔接，在整个场景中创造出流畅而有节奏的连贯性。想象一下，一根链条上的每个环节都连接着另一个环节。出色的对话就像一根链条，每一句都通向另一句，一环连着另一环，通常通过一个触发词，迫使其他角色重复它，扩展它，或反对它，从而连接两段对话。例如，下面这段摘自《卡萨布兰卡》的对话之所以有影响力，就是因为它们由常见的词语"印象"和"一半"联系起来。里克说："嗯，他已经成功地让半个世界印象深刻了。"雷诺回答道："我的职责是确保他不给另一半留下深刻印象。"

8. 暗示即将发生的事情

出色的对话可以通过微妙的方式暗示未来的事件以唤起读者的期待。这是暗示将要发生什么事情最有效的方法之一，尤其当它提醒读者所面临的风险的时候。

9. 风格契合

出色的对话也应该和剧本的类型相契合。例如，如果你在写一部喜剧，大部分的对话应该有趣并机智。如果你正在写惊悚或恐怖剧本，对话应该简洁、流露出内心世界并为大多数场景增加紧张感。

10. 契合场景

出色的对话不仅要和剧本的类型相契合，也要和剧本中的具体场景相契合。正如你在第八章中学到的，场景有几种不同类型，但对话较多的场景通常由三个元素驱动：冲突、环境或信念和态度。在冲突驱动的场景中，对话与冲突的目标互相抵触，这些目标在早期就已经明确了，并在行动、角色和场景中的障碍里浮现。在情境驱动的场景中，对话来源于对角色以下几种情况的反应：如对先前事件比如幽灵事件或背景故事的反应，对现实场景中发生事件的反应，或对即将发生事件的反应，在这些地方，对话具有预见性。最

后，在信念和态度驱动的场景中，对话往往反映主题、信仰、想法
和角色的个人态度。

11. 主动，有目的性

最重要的是，出色的对话在场景中应该主动且有目的，而不是
处于被动状态，从而使对话成为戏剧的直接层面。为了提升对话的
效果，请记住，一个戏剧性场景跟一件事密切相关，即一个角色想
要某样东西却很难得到它。这个角色有一个目标，他只能通过行动
和对话这两种方式来实现目标。因此，主动的对话可以被视为戏剧
动作的一种形式。语言变成行动，成为角色在场景中得到想要东西
的手段。业余剧本在对话方面的瑕疵，大多数体现在带有太多充斥
着被动对话的场景。这些对话没有目的，无助于角色实现目标，主
要是说明性、交谈性和礼貌性语言。换句话说，都是废话。当然，
这里或那里的一点被动对话并没有什么错——你确实需要它们平衡
更积极和戏剧性对话。但是如果你能让剧本的对话主动起来，提升
对话的影响力，你就能大幅提升对话的吸引力。通过迫使另一个角
色做出情感上的反应，对话能制造冲突。这意味着主动的对话具有
操控性。永远不要忘记，大多数精彩的场景都是角色为了得到他们
想要的东西而相互操控。他们通过有强有力的和对抗性的对话，而
不是富有同情心、愉悦的会话，进行谈判、谋利、胁迫、询问、诱
惑、激怒、挑衅、打劫、勒索、警告或制造权力斗争。因此，可以
把主动的对话视为戏剧动作的一种形式。语言变成了行动，成了场
景里能得到你想要的东西的手段。

12. 调动情感

出色对话最关键的一面是调动读者的情感。不幸的是，这也是
初学者的剧本中最容易被忽视的部分。好的对话总是有助于提升读

者的整体满意度。你会在优秀的剧本中发现，大师所写的对话，有冲击力、充满智慧、生机勃勃。它噼啪地从书页上跳出来，因为它有趣、不可预测，能唤起读者的好奇心、把读者逗乐、引发读者的紧张感和期待。

避免最常见的对话缺陷

既然你已经知道出色对话在剧本中的使命，那么让我们来看看业余剧本中最常见的对话缺陷，以及更重要的，如何避免这些缺陷。

1. 对话呆板或僵硬

这种对话让人感到不自在、尴尬。因为听起来不真实，所以进展不流畅。读到这种对话，读者就可以看出这是一个初学者写的剧本，他平时没有"带着耳朵"去听人们说话。解决这个问题的方法是偷听真实的对话，分析对话大师的作品，尤其是戏剧对话，并应用你将在"个人对话"部分学到的任一技巧。

2. 对话矫揉造作

这种对话似乎有点做作。它使用正式的词语，看起来深具学术性且高雅。在这里，角色说话的句子完整、语法正确、没有缩写。如果说话的人碰巧受过高等教育，那这是可以的。然而，大多数角色不会这样说话，所以过于矫饰的对话往往会让读者注意到对话本身，脱离阅读体验。同样，你可以使用"个人对话"部分的一些具体技巧，如口头禅、零碎不完整的句子、重复、语法错误、行话和俚语，来纠正这类对话。

3. 对话太说明化

如何呈现重要的信息而不显得尴尬和刻意，如何将它伪装起来保持读者的兴趣，如何揭示而不解释，是编剧面临的巨大挑战。这可能是业余剧本，甚至专业剧本里最常见的缺陷。如果你看过日间肥皂剧，剧中人物会通过对话传达大量信息，你可能听过这样的台词："我刚刚在商场里看到金伯利了。——你是说那个金伯利，他父亲被控谋杀，然后声称自己因为吃了太多夹心蛋糕精神失常而逃脱惩罚，他母亲曾经嫁给检察官，然后又嫁给了检察官的兄弟，但怀上了他儿子杰克的孩子？——是的。"这在写作圈中也被称为"正如你所知，鲍勃"式的对话——来自"正如你所知，鲍勃，我是你的父亲"这句台词。听起来很假很做作，不是吗？互相认识的人通常不会提醒对方他们是谁或者他们来自哪里。处理说明性信息的技巧在于误导读者的注意力，通常是通过冲突，让读者在没有意识到的情况下获取说明性信息。我们将在"微妙的阐述"一部分探讨其他有效的技巧。

4. 对话浅显直白

剧本开场白中另一个经常出现的问题是对话浅显直白（on-the-nose），这个术语很多人可能都听过。如果你没有，简略说明下，这是一种显而易见且直白的对话，在这里角色直截了当陈述他们的想法、意思和感受。另一方面，弦外有音或者说有潜台词（off-the-nose）的对话则能阐明人物没有说出口的话，揭示话语背后的情感。与过于说明化的对话一样，解决这一问题的方法是包装它，提供多层次的深意，最终给读者一个满意的体验。你可以通过潜台词来表达它，我们待会儿再讨论。

5. 对话可预测

如果你看过剧本写得很糟糕的电视节目，并能预测出对方的台词，你就会知道这是怎么回事。例如，当某人说"我爱你"时，十有八九对方都会作出回应，你答对了："我也爱你。"下次你看糟糕的电影或电视节目时，把它当成一种游戏。我的记录是连续猜对了四次。可预测的对话是写作不认真的体现。好的对话通过不可预测的方式激发读者的情感反应，我们很快就会讨论到如何帮助你提升写作的技巧。

6. 人物话太多

导演约翰·李·汉考克（John Lee Hancock）曾说过："好演员想说更少的台词，差演员想说更多的台词。"这是给所有经常写长对话的业余编剧的智慧之言。只有极少编剧、演员或导演有能力驾驭长篇对话，这在银幕上可能是致命的。这并不是一个一成不变的规则——你可以在优秀的剧本中发现许多例外，但是你个人应该考虑修改、删减或拆分任何超过五行的对话。因为好的对话往往短小精悍，职业编剧总是把臃肿的对话压缩到只剩骨架——在重写时删减、删减、再删减，去掉不必要的单词，尽可能地缩短句子。一般来说，一个角色的台词不会超过三句，更少会超过四句。在一次采访中，一位编剧曾谈到过制片人的严格标准——"手指规则"：如果对话比她的食指还宽，那就太长了。尽管这是一个挑战，但"手指规则"迫使编剧让对话发挥出应有的作用。这个规则让对话保持住快节奏的同时还能生动有趣。

7. 人物说话雷同

在业余剧本中常见的另一个问题是，所有角色都有相同的发言，这并不奇怪，这是作者的发言。这通常表明作者没有充分发展他的角色。你越了解自己的角色，他们的对话就会变得越真实和独特。不上心的编剧经常试图通过地方口音或方言赋予角色独特的说话方式，但这显然不够。如果场景不需要这些，还会显得不真实。除了充分发展自己的角色，伟大的作家还会注意角色语速、节奏和情绪节奏等技巧，这些我将在"个人对话"部分讨论。

8. 名字反复出现

"听着，塔拉……不要告诉我该怎么做，鲍勃……听我说，塔拉！"有时，名字是必要的，可以揭示角色、平衡节奏，当场景中有两个以上的角色时可以指明对话的接收者，还能产生情感影响。但如果名字重复得太频繁，就会变成一个棘手的问题。首先，它可能是冗余信息。如果读者看到鲍勃在和塔拉说话，你就不用提他们的名字。其次，它会使对话变得生硬而不切实际，因为真人不会在每句话后面都加上对方的名字。解决方法很简单：通读对话，在可能的情况下删除名字。

9. 填充词或补充语

对话加入填充词，或说"补充语"的例子，包括"尽管如此""我的意思是""嗯""所以""你知道""顺便说一下""无论如何""重点是""正如我所看到的"，等等。就像名字一样，从你的对话中删除这些不必要的填充词，使对话更简洁、更清晰。再次强调，如果你需要一种平衡角色说话节奏的方法，这可以，但通常情况下，你会惊讶地发现，当你删除填充成分时，对话能变得更加犀利。

10. 闲聊（拉家常）

"你好……吃了吗……你怎么样？挺好的。"这些是日常对话中常出现的交流语，通常出现在场景开始的地方，这些类型的闲聊对场景没有任何贡献，你应该删掉它们。因为好的对话都明确而简洁，所以场景中没有空间开展平淡无奇的闲聊。在现实生活的对话中，人们会偏离正题。事情一件引出另一件，接着你就发现，谈话偏离了轨道。如果你有一辈子的时间，这也没什么。但当你只有两个小时讲一个故事时，你必须开门见山，切中要害。你不希望对话看起来像事先计划过的，那么每一次对话都需要内置冲突。对话中需要存在一种为争取信息而计划的努力，这样即使我们直接切入主题，也不会直接得到信息。你的角色必须为之争取。

11. 明显重复（展现和讲述）

如果你想拥有紧凑的对话，那么就不应该有提供多余信息的余地。你知道你应该展现，而不是讲述，但当你既展现又讲述时，就很多余。例如，如果一个角色说，"我想你是个白痴"，前两个词就没必要，因为如果他说了什么，显然他也在想。一个更好的写法是，"你是个白痴"，或者简单地说"白痴"。同样，如果你展现一个角色很生气，并在对话中告诉我们他很生气，或者向我们展示一把枪，并让角色说："看，一把枪！"这就是重复。

12. 方言语音

为了使角色有个性，许多作家倾向于通过拼出特定口音的发音赋予角色口音。他们没有意识到这对读者有何影响。语音拼读让他们很沮丧，因为破译它会减慢阅读速度。让他们的阅读体验中断。让演员自己琢磨方言的发音吧，你要做的是通过聚焦表达和说话模式而不是单词拼写来突显外语或地方方言的质感。你将在"个人对话"部分看到示例。

13. 外语

作者们也喜欢用角色的母语写出他们的对话，以此表达角色是外国人。他们要么在后面加上英文译文，要么让读者自己去理解其中的意思。这两种策略对读者的体验都有害。当涉及外语时，唯一可以接受的格式是用英语写，或者在叙述中说明角色用法语说，或者在角色名字下面的括号里写上"法语"。

技巧：写出生动对话

你现在已经了解到，对话要想出色，及避免最常见的错误，必须达到很高的标准。现在，我们来探讨一下如何正确地使用专业技巧，将你的对话提升到一个新水平。在接下来的几页中，我将这些技巧分为四类：情感影响、个性化、微妙的阐述和潜台词。

情感影响技巧

大多数业余爱好者忽视了出色对话所必须具备的情感影响。相反，他们专注于提供有关情节和人物信息的对话。这导致对话单调、呆板和枯燥，最终使整个剧本看起来很糟糕。另一方面，情感影响，即让读者笑、哭、紧张，体验各种情绪，可以提升一个平庸的剧本，甚至可以推动作者为了丰厚利润重写对话。下面提供 25 种技巧，让你的对话更有情感冲击力：

1. 巧妙的反击

妙语是对角色问题或评论的快速、尖刻或诙谐的回应。要被认为是一句妙语，它应该比原来的评论更好。这在兄弟类电影中很常见，两个不喜欢对方的人不断互相侮辱。如果你有机会看兄弟类动作片，比如《致命武器》《48 小时》《尖峰时刻》，或者广受好评的电视情景喜剧，如《干杯酒吧》《欢乐一家亲》《宋飞正传》等，你会发现很多诙谐的例子能激发自己的灵感。再次说明，出于篇幅考虑，以下对话示例的格式并不标准：

《异形》

哈德逊：巴斯克斯，你有没有被误认为是男人？

巴斯克斯：**没有，你呢？**

《彗星美人》（约瑟夫·L.曼凯维奇）

比尔：这是蓄意破坏吗？我的事业对你来说毫无意义吗？你能不能像个人一样考虑问题？

玛尔戈：我面前**要有个人，我就能！**

《天才反击》（尼尔·伊斯雷尔／帕特·普罗夫特）

肯特：哦，你是新来的优等生，还是差等生？

米契：你是什么意思？

伯帝：优等生，高手，聪明人。你就是那个 12 岁的孩子，对吧？

米契：我 15 岁。

卡特：**你的身体知道吗？**

《安妮·霍尔》（伍迪·艾伦、马歇尔·布瑞克曼）

安妮：那你想不想去看电影？

阿尔维：不，我不能去看一部已经开演的电影，因为我比较吹毛求疵。

安妮：**对你来说这是个礼貌用语。**

2. 按钮式对话

这是我最喜欢的对话技巧之一。顾名思义，这类对话会触发另一个角色的情感按钮。这就是言语子弹。激发对话火花。而且它总是会触发对方的情绪反应，这也为读者创造了强烈的情绪钩子。想想你最喜欢的对话台词，我敢打赌大部分都符合这个标准。"你不太聪明吧？我喜欢男人这样"（《体热》）；"坦白说，亲爱的，我一点也不在乎"（《飘》）；"你担不起这真相！"（《好人寥寥》）。在按钮式对话里，从角色口中说出的文字是具有特定目的的武器，为的是伤害、怨恨、迷惑、吸引、取悦、诱惑、令人惊奇。始终要考虑角色说出台词的目的。如果没有目的，就考虑删除它。

《美国丽人》

凯洛琳：亲爱的，我一直在看你，**你一次都没搞砸！**

《彗星美人》

玛尔戈：讲得好，伊芙。但我不太担心你的心。你可以把那个奖放在你的**心里**。

《爱是妥协》

哈利：哇！完美的海滨别墅。

玛琳：我知道。我妈妈就不知道怎么做不完美的事。

哈利：**难怪你这么完美。**

《沉默的羔羊》

莱克特：你认为他为什么剥他们的皮，史达琳探员？动动你的脑筋，给我个惊喜！

克拉丽斯：这能让他兴奋。大多数连环杀手都会保留一些受害者物品作战利品。

莱克特：我没有。

克拉丽斯：**是。你把它们吃了。**

《尽善尽美》（马克·安德勒斯／詹姆斯·L.布鲁克斯）

卡罗尔：进来吧，但尽量别因为做你自己而**毁了所有事情。**

······

卡罗尔：你第一次来吃早餐的时候，当我看到你——就觉得你很帅······然后，当然，**你一开口······**

3. 讽刺

讽刺是另一种让单调对话活跃起来的方式，只要它适合角色就行，因为讽刺通常是一种人格特征。就像幽默一样，如果作者本身不具有这个特质，那就很难教会。因为讽刺主要用来侮辱另一个角色或对其表达蔑视，所以它经常被拿来和按钮式对话相比较。记住，尽管讽刺总能触动角色的情感，但按钮式对话并不总具有讽刺性或消极性。

《末路狂花》

路易丝：你为什么要这样？

赛尔玛：怎样？我该怎样？**请原谅我不知道在你打爆别人的头后该怎样！**

《米勒的十字路口》（伊桑·科恩、乔尔·科恩）

维娜：你去哪里？

汤姆：出去。

维娜：**别透露太多。**

《灵欲春宵》(恩斯特·莱赫曼)

玛莎走进来，穿着一条紧身弹力裤，露出深深的乳沟。

乔治：**怎么，玛莎！你的礼拜日教堂礼服。**

《美国丽人》

莱斯特：你不觉得这很奇怪，有点法西斯主义吗？

凯洛琳：可能吧。但你也不想失业吧。

莱斯特：哦，**好吧，让我们都出卖灵魂为撒旦工作，因为
那更方便。**

凯洛琳：**你能再夸张点吗?**

《欢乐一家亲》(大卫·安吉尔、彼得·凯西、大卫·李)

弗莱泽：爸爸，你觉得这里的风景怎么样？嘿，那是太空
针塔！

马丁：哦，**谢谢你指出来。在这里出生长大，我还一直不
知道呢。**

4. 滑稽的对比

幽默显然是一种能让任何对话闪光的技巧。我甚至不会尝试深
入教授幽默技巧，只能提供三个可以让你的对话更有趣的常见技巧。
第一种是滑稽的对比，即通过比较两种事物达到喜剧效果。

《欢乐一家亲》(电视剧)

达芙妮：很高兴见到你。哦，这是谁？

弗莱泽：那是埃迪(*狗狗*)。

马丁：我叫它"埃迪·意大利面"。

达芙妮：哦，他喜欢**意大利面**？

马丁：不，他**长虫**了。

《诺丁山》（理查德·柯蒂斯）

斯各特：这**酸奶**有点问题。

威廉：这是**蛋黄酱**。

斯各特：哦。

《西瓦拉多大决战》（劳伦斯·卡斯丹、马克·卡斯丹）

（帕登找回了他的马，他们正在"互相亲吻"。）

马歇尔：我怎么知道这是你的马？

帕登：你看不出来这匹马喜欢我？

马歇尔：以前有个女孩也这么对我。结果她没成为我的**妻子**。

《安妮·霍尔》（伍迪·艾伦）

安妮：这里（*好莱坞比佛利山*）好干净啊！

艾维：那是因为他们没把**垃圾**扔掉，而是把它变成**电视**了。

5. 滑稽的对照

第二种幽默技巧是对照，而不是对比两个相反的东西，从而产生喜剧效果。

《欢乐一家亲》（电视剧）

奈尔斯：爸爸和马里斯处得不太好。

弗莱泽：谁处得好？

奈尔斯：我还以为你喜欢我的马里斯呢！

弗莱泽：我确实喜欢。我……我从远处喜欢她。就像你喜欢太阳一样。**马里斯**就像太阳，除了**没有温暖**。

《爱就是这么奇妙》（史蒂夫·马丁）

哈里·泽尔：我想让你在镇上试试这三个想法。一：**一部喜剧**。漆黑的夜晚，女孩在新婚之夜的前两个月被强奸。

哈里斯：你说喜剧？

6. 滑稽的双关语

幽默的第三种方法是双关，我也会在潜台词部分讨论这点。这里指对话有两种不同的理解方式。

《天才反击》

阿瑟顿：我希望能在实验室里更多见到你。

克丽丝：你要我**裸体工作**？

《瘦子》（艾伯特·哈克特、弗朗西斯·古德里奇）

诺拉：**小报**上说你被枪杀了。

尼克：他们从未接近过我的**小报**。

《欢乐俏女郎》（电视剧）

卡罗琳：安妮，我以为你在大西洋城。你什么时候回来的？

安妮：昨晚。

卡洛琳：哦，你怎么样？

安妮：**运气**不错。（*Lucky 进入。他们亲吻。Lucky 离开。*）嗯，再见，**Lucky**。你是怎么了，嗯？

卡洛琳：戴尔和我大吵一架，然后分手了。

安妮：开什么玩笑。你怎么能和戴尔分手，他的**头发**那么好。

卡罗琳：我知道，安妮，但我想要**更多**。

安妮：他可以**留长发**啊。

《沉默的羔羊》（特德·塔利）

莱克特：我真希望咱们能多聊一会儿，但我要**和一位老朋友共进晚餐**。

7. 机智

就像幽默和讽刺一样，你要么机智，要么不机智。这属于另一个无法教授的"天赋"范畴，但你可以通过不断接触和练习来提升自己这方面的能力。以下是一些很棒的范例：

《48 小时》

福瑞兹：哦，你们上周来过。你最好四处问问。我不想老被打扰……我有朋友。

范赞特：嘿，**让你的舌头歇会儿**，甜心，我们只是想搜一个房间。

《西北偏北》(恩斯特·莱赫曼)

桑希尔：我想我没听清你的名字。

教授：我想我没说出来。

桑希尔：你是警察，对吗？还是 FBI ？

教授：FBI、CIA、ONI，我们都在同一碗字母面汤里。

《杀出个黎明》(昆汀·塔伦蒂诺)

赛斯：你，坐在那把椅子上。

人质：你打算怎么办？

赛斯：我说让你坐好。植物不说话。

8. 引起读者对某人或某事的注意

将注意力集中到某件事情上能引起读者的兴趣，并引发读者的好奇、期待和紧张。例如，在《西北偏北》里那个经典的飞机喷洒作物的场景中，读者先是好奇地看到桑希尔在荒凉、一望无际的农田里，当桑希尔说"那架飞机在没有庄稼的地方喷洒"时读者的情绪变得期待而紧张，注意力又集中到飞机上。《沉默的羔羊》中也使用了这种技巧。克拉丽斯在尸检现场检查第一个受害者，注意，当克拉丽斯说"她喉咙里有东西"时，我们的情绪发生了变化。我们的注意力集中在她的喉咙上，很好奇那是什么"东西"。

9. 夸张

夸张，和它对应的轻描淡写一样，是取悦读者的好方法。从下面的例子中你可以看出，夸张并不是从字面上理解，而是隐喻。

《末路狂花》

赛尔玛：我确实看不出来，载别人一程有什么问题。你看到他的屁股了吗？达里尔的屁股一点都不可爱。**他屁股的阴影都可以停车了。**

《安妮·霍尔》

安妮停车后。

艾维：别担心。我们可以从这里走过去。

……

艾维：亲爱的，你的浴室里有只蜘蛛，**跟别克车那么大。**

《尽善尽美》

卡罗尔：耳朵感染能把我们送去急诊室——一个月五六次。**在那儿只有急诊室实习生给 9 岁的孩子治疗，**跟你聊天倒是很愉快。

《洗发水》（罗伯特·唐尼）

杰姬：别往那边看，莱尼·西尔弗曼在那儿。

吉尔：他是谁？

杰姬：一个真正的浪荡子。**两百年以来，**他一直想跟我搭上关系。

10. 轻描淡写

夸张会放大事实，轻描淡写则会淡化事实，通常与实际形势有反差的情况下使用该手法。你可能在灾难片里看到过这样的例子，在应对重大危机时或生死关头，一个角色会说出一句自嘲的台词，比如："休斯顿，我们有麻烦了。"

《虎豹小霸王》（威廉·高德曼）

布奇：那家老银行怎么了？它好美。

警卫：人们不停地在抢劫它。

布奇：**这就是它为美丽付出的小小代价。**

《几近成名》（卡梅伦·克罗）

安妮塔和妈妈握了握手，走了出去。汽车启动。

依莲：她很快就会回来的。

远处传来她女儿的欢呼声。

安妮塔：耶——呼——

依莲：**可能不会很快……**

《惊魂记》（约瑟夫·斯蒂凡诺）

诺尔曼·贝茨：妈妈…**今天不大对劲。**

《终极尖兵》（沙恩·布莱克）

两个人走到门口。吉米拿出钥匙串。

海伦贝克：警察会检查这个地方，不要碰任何东西。

吉米：好的，玛撒。

吉米打开门。开了灯。他停下脚步。

房间已经被人蓄意地搞乱。家具坏了，衣服碎了。一片狼藉。看起来像一个战场。

吉米：乔，**有人捣乱。**

11. 偏离正题

这种技巧就像突然而出乎意料地从高速公路上偏离出口。你要让一个角色突然偏离讨论的主题。

《美国风情画》（乔治·卢卡斯）

特瑞：我经常外出。毕业后，我打算加入海军陆战队。

黛比：他们的制服最拉风。但如果发生战争呢？

特瑞：有了核武器，谁会发动战争？我们会一起完蛋的。不管怎样，我宁愿在前线。我就是这样的人——你知道，我更愿意去事发现场。有一次我和……打了一架。

黛比：我爱艾迪·伯恩斯。

特瑞停下来，试图弄清楚他们的谈话进行到了哪里。

特瑞：艾迪·伯恩斯——哦，是的，艾迪·伯恩斯。我也见过他一次。

黛比：**你真觉得我长得像康妮·史蒂文斯吗？** 我喜欢她，塔斯黛·韦尔德也太像垮掉的一代了，你不觉得吗？

《干杯酒吧》（电视剧）

诺姆：女人！不能和她们一起生活，**把啤酒坚果递给我。**

《彗星美人》

劳埃德：她想就采访时发生的事情解释一下，向某人道歉，却不敢面对玛尔戈……她想把一切都告诉我——可是她无法继续，哭得太厉害了……

他在窗边，背对着她。凯伦好奇地看着他，等待着他的回应。

劳埃德（*终于*）：**你知道，我一直在考虑我们的财务状况——请原谅我的措辞……**

凯伦：话题转得真快。

12. 不合宜的评论或回应

这是指角色以一种无意间冒犯或看起来不适合情境的方式告诉另一个人一些事情，或回应一些事情。

《神鬼愿望》（2000）（拉里·吉尔巴特、哈罗德·雷米斯、彼得·托兰）

卡萝：我是女同性恋，艾略特。

艾略特（*紧张地笑着*）：你不是。

卡萝尔打开钱包，拿出一张照片。

艾略特：**他是谁？**

卡萝（*平静地*）：那是黛安，我的另一半。

艾略特：哦，对不起。只是，**肩膀挺结实。**

《四个婚礼和一个葬礼》（理查德·柯蒂斯）

查尔斯：你那个漂亮的女朋友怎么样了？

约翰：哦，她不再是我的女朋友了。

查尔斯：**这也许最好。传言她和她见过的每个男人都上过床。**

约翰：她现在是我的妻子。

《爱就是这么奇妙》(史蒂夫·马丁)

哈里斯：嘿，几个业余航海者把几艘船给弄丢了。这没什么大不了的。如果他们有钱买船，那他们也有资本失去它。**再说，哪个笨蛋水手会相信那个疯子周末天气预报员？**

托德：就这一位。你被炒了。

13. 打断

打断另一个角色说话是增加对话紧张感和兴奋感的好方法。

《末路狂花》

赛尔玛（*拿着地图*）：嗯，看起来我们可以走 81 号公路往达拉斯，然后转到——

路易丝：**我不想走那条路。想个办法，不要经过德州。**

《本能》(乔·埃泽特哈斯)

尼克：我查明……

凯瑟琳（*镇静地*）：我知道你是谁。

她不看他们。只盯着水。

你也可以使用打断的方法来实现一个想法，达到喜剧效果，例如：

《肖申克的救赎》

安迪和瑞德玩跳棋。瑞德开始走棋。

瑞德：将军。

安迪：国际象棋。**这是国王的对决。文明、策略……**

瑞德：**……完全他娘的让人费解。讨厌这种游戏。**

14. 清单

这一技巧将特定对象列成清单，以产生戏剧性效果，通常由角色的挫败感所引发。

《永不妥协》（苏珊娜·格兰特）

埃琳：你要哪个号码，乔治？

乔治：你有不止一个？

艾琳：该死的，是啊。我的耳朵里都是数字。比如，10。

乔治：10？

艾琳：当然。这是我的数字之一。我小女儿的月龄。

乔治：你有个小女孩？

艾琳：对。很性感，是不是？5，我另一个女儿的年龄。7，我儿子的年龄。2，我结婚又离婚的次数。听得懂吗？16，我银行账户里的美元数。454-3943，我的电话号码。我给了你这么些数字，我猜你要打的次数是0。

《米勒的十字路口》

汤姆：哦，特瑞。你不是冲我吧？

特瑞：**首先**，我不知道你在说什么。**其次**，如果我针对的是你，我早就打中你了。**第三**，我根本就不知道你在说什么。

《神鬼愿望》（2000）

魔鬼：这里没什么邪恶的东西。第一段就说了，我，魔鬼，在炼狱、地狱和洛杉矶设有办事处的非营利公司，会给你七个愿望，任你使用。

艾略特：为什么是七个？为什么不是八个呢？

魔鬼：为什么不是六个？我不知道，七听起来才对。这是个魔幻而神秘的事情。**一周七天，七宗罪，七喜，七个小矮人**，好吗？

《爱是妥协》

哈利：我们能明天谈谈吗？

艾丽卡：为什么呢？我看到和你一起吃晚饭的朋友了，如果你想要这样，这对我来说永远行不通。看着我。我是个中年女人，不要让这棕色的头发骗了你，我其实没有真正的棕色头发，它们几乎全是灰白的……这会吓到你，不是吗？我的**胆固醇超标**，我每天早上**背疼**，我**绝经了**，还有**骨质疏松**，我离**关节炎也不远了**，我知道你已经看到我的**静脉曲张**。面对现实吧，伙计，这不符合你的期待。

15. 隐喻和明喻

就像你可以在叙述性描述里使用隐喻和明喻一样，你也可以在对话中使用这两种文学工具来加强效果。

《几近成名》

妈妈开车送威廉去圣地亚哥体育馆。她看着窗外那些兴致盎然的音乐会观众。

依莲：看看这个。整整一代人都是**灰姑娘，可水晶鞋没了。**

《虎豹小霸王》

圣丹斯（咯咯地笑）：继续想吧，布奇。这是你的长处。

布奇：小伙子，我有远见，**这世上的其他人都戴着双光眼镜呢。**

《危险性游戏》（罗杰·昆宝）

凯思琳：唐璜正以**特奥会跨栏运动员的速度**前进。

《百万金臂》（罗恩·谢尔顿）

艾比：有人要跟别人上床吗？

安妮：你就是典型的**核熔毁**，亲爱的——冷却下。

《王牌大贱谍2》（麦克·梅尔斯、迈克尔·麦库勒斯）

邪恶博士：你还不够邪恶。你是半邪恶，你是个准恶魔。你是**邪恶的人造黄油。**你是**邪恶中的健怡可乐，**只有**一卡路里，**还不够邪恶。

《体热》（劳伦斯·卡斯丹）

拉辛：你还好吗？

马蒂（大笑）：还好。体温高了几度。一直在100度左右，我不介意。可能是**发动机**之类的问题。

拉辛：也许你需要**调整一下。**

马蒂：别告诉我——你正好有**合适的工具。**

16. 平行结构

这种技巧可以在对话中创造韵律，使其更有吸引力。这意味着使用同样的方法在一行中写作两个或更多的句子。这是公众演讲者常用的一种技巧，因为它能像音乐一样让听众平静下来。听起来让人很愉悦。大多数经典演讲中令人难忘的句子，如马丁·路德·金的"我有一个梦想"和肯尼迪的"不要问你的国家能为你做什么"，都是使用平行结构的例子。

《现代启示录》（约翰·米利厄斯、弗朗西斯·福特·科波拉）

库尔茨：**我们必须**杀了他们。**我们必须**把它们烧成灰烬。**一头又一头**猪。**一头又一头**牛。**一座又一座**村庄。**一支又一支**军队。

《双重赔偿》（比利·怀尔德、雷蒙德·钱德勒）

沃尔特·内夫：凯斯，的确有点眉目。**你说**那不是意外。**确认**。**你说**那不是自杀。**确认**。**你说**那是谋杀。**确认**。你觉得你掌握案情了，是吗？

《码头风云》（巴德·舒尔伯格）

特里·马洛伊：你不明白！**我本来可以**受教育的，**我本来可以**参加角逐，**我本来可以**出人头地的，而不是像现在这样，当一个流浪汉。

《煤气灯下》（约翰·范·德鲁登、沃尔特·瑞奇、约翰·L. 鲍尔德斯顿）

宝拉：但是**因为我疯了**，我恨你。**因为我疯了**，我背叛了你。**因为我疯了**，我心里很高兴，**没有一丝**怜悯，**没有一丝**遗憾，看着你带着荣耀离去！

《吉尔莫女孩》(埃米·谢尔曼 - 帕拉迪诺)

洛瑞：那么爷爷，保险生意怎么样？

理查德：**有人死了**，**我们**赔钱。**有人撞车**，**我们**赔钱。**有人失去一只脚**，**我们**赔钱。

17. 渐进式对话

顾名思义，这是一种紧张程度不断提升的对话，就像"我出了意外，我撞到头了，我可能会死！"或者对话紧张程度不断降低。注意第一个例子如何不断提升紧张度，然后第二个例子如何不断降低紧张度：

《巨蟒剧团的飞行马戏团》

采访者：所以，三年来你没有发现骆驼。

骆驼观察员：是的，**三年**来都没有。嗯，我说谎了，**四年**，公平点，**五年**。我观察骆驼已经**七年**了。当然，在那之前我是喜马拉雅雪人观察员。

采访者：雪人观察员，那一定很有趣……

骆驼观察员：见到一个，就等于见到了全部。

采访者：那你都见过了吗？

骆驼观察员：嗯，我见过**一个**。嗯，**一个小的**，**一张照片**……我听说过它们。

《尽善尽美》

梅尔文：谢谢你准时来……卡罗尔，这是服务员西蒙，是个基佬。

卡罗尔：你好……天啊，谁对你下的手？

西蒙：我……我……被袭击了。路上**撞见抢劫**。我被**送进医院**。差点**死了**。

《几近成名》

彭妮·莱恩：你多大？

威廉：十八。

彭妮·莱恩：我也是。（*停顿*）我们到底多大？

威廉：十七。

彭妮·莱恩：我也是。

威廉：实际上我**十六**。

彭妮·莱恩：我也是。是不是很有趣？真相听起来就是不一样。

威廉（*坦白*）：我**十五**。

《大亨游戏》（*大卫·马梅*）

布莱克：这个月我们要在销售环节加点东西。大家都知道，**一等奖**是一辆**凯迪拉克埃多拉多**。有人想看看二等奖吗？（举起奖品）**二等奖**是一套**牛排刀**。三等奖是**你被解雇**了。

（注意：这也是列清单技巧的一个例子）

18. 反转

这是指一个角色在思考过程中发生了相反的转变，这显然会给读者带来惊喜，通常还有幽默。使用这种技巧，你给读者设定了一个预期，然后用一个出乎意料和与读者预期相反的回应来扭转它。

《当哈利遇到莎莉》（诺拉·艾芙隆）

哈利：我想了很久，结论是，我爱你。

莎莉：什么？

哈利：我爱你。

莎莉：你希望我怎么回答呢？

哈利：说你也爱我，怎么样？

莎莉：**我要走了，怎么样？**

（注意：这也是平行结构的一个例子）

《虎豹小霸王》

布奇：我想我们甩掉他们了。你觉得我们甩掉他们了吗？

圣丹斯：没有。

布奇：**我也这么觉得。**

《抚养亚利桑纳》（乔尔·科恩、伊桑·科恩）

内森：你到底是谁？

摩托车手：伦纳德·史莫斯。我的朋友叫我伦尼……**只是我没有朋友。**

《双倍赔偿》

洛拉：他在那儿。公共汽车站旁边。他需要理发，不是吗？看看他。没工作，没车，没钱，没前途，什么都没有。（停顿）**我爱他。**

《尽善尽美》

卡罗尔：你想跳舞吗？

梅尔文：我想了好久了。

卡罗尔（起身）：然后呢？

梅尔文：**不跳……**

《巨蟒剧团之飞翔的马戏团》

角色A：我说……你在暗示什么吗？

角色B：不，不，不，不，不，不。（*停顿*）**是的**。

19. 设置和呼应

在情节设置上，故事早期一个看起来无关紧要的道具或手势，后期会发生作用。一段对话也可以这样设置，以便后期发生作用，对读者产生更强烈的影响。最著名的例子是《卡萨布兰卡》里这句台词："敬我们一起的时光。"这句台词出现在巴黎的闪回里，后来在高潮部分的告别中唤起了读者的情感。然后，当然，还有这句令人难忘的台词"围捕惯犯"，这是之前的设置，然后在结尾呈现出多重情感。下面是一些例子：

《夺宝奇兵》（劳伦斯·卡斯丹）

印第：把鞭子给我。

萨蒂波：把神像给我。没时间争论了。把神像扔给我。我把鞭子给你。

印第把神像扔向萨蒂波。

印第：把鞭子给我。

萨蒂波：**再见，先生**。（设置）

萨蒂波放下鞭子，向入口冲去。

过了会儿，印第发现自己与死去的萨蒂波面面相觑，尖刺从他流血的头部伸出。印第从地上取回黄金神像。

印第：**再见，白痴**。（呼应）

《本能》

沃克中尉：保姆一小时前来过，发现了他。她不住家。

格斯：**也许是保姆干**的。（设置）

沃克中尉：她54岁，体重240磅。

验尸官（*面无表情*）：他身上没有瘀青。

格斯（*咧嘴笑*）：**不是保姆的问题**。（*呼应 #1*）

沃克中尉：他和女朋友大约半夜离开了俱乐部。那是最后一次有人看到他。

尼克（*看着尸体*）：那是什么？

验尸官：碎冰锥。摆在客厅的咖啡桌上。薄钢柄。法医把它带到市里去了。

哈里根：床单上到处都是精液——他还没玩完就玩完了。

格斯：**那可以排除保姆**。（*呼应 #2*）

20. 触发词或短语

这是在场景中保持连贯对话的最好方法。你也许能想起，出色对话的一个特点就是，对话的每一句都能连接到另一句，前后衔接，在整个场景中创造出一种有节奏的韵律。应用这种技巧就像创建一条锁链，每环连接到另一环，通过一个触发词或短语驱动另一个角色重复它，扩展它或反对它。由于它对创建对话节奏很有效，因而它是专业剧本中最常见的对话技巧之一。

《傻瓜大闹科学城》（伍迪·艾伦、马歇尔·布瑞克曼）

露娜：很难相信你已经有**两百年**没有性生活了。

迈尔斯：如果算上我的婚内情况，一共是 204 年。

《卡萨布兰卡》（朱利叶斯·J. 爱泼斯坦、菲利普·G. 爱泼斯坦、霍华德·科克）

拉兹洛：这是家非常有趣的咖啡馆。**祝贺你**。

里克：**祝贺你才是**。

拉兹洛：为什么？

里克：你的工作起效了。

拉兹洛：谢谢你。**我努力了**。

里克：我们都在努力。而你成功了。

《唐人街》（罗伯特·唐尼）

吉特斯：今天在马尔维斯塔酒店为贾斯珀·拉马尔·克拉布举行追悼会。他两周前去世了。

伊芙琳：为什么这**很不寻常**？

吉特斯：两周前他去世了，一周前他刚买下这块地。所以这事**很不寻常**。

《诺丁山》

安娜：我能待**一会儿**吗？

威廉：你可以**永远**待在这里。

《现代启示录》

威拉德：我被派去执行一项**机密**任务，长官。

库尔茨：看来已经**不再是机密**了，是吗？他们**告诉**你什么了？

威拉德：他们**告诉**我你已经完全疯了，你的**方法也很不可靠**。

库尔茨：我的**方法不可靠**？

威拉德：我看不出**有什么方法**，先生。

《非洲女王号》（*詹姆斯·艾吉、约翰·休斯顿*）

奥尔耐特：偶尔会多喝一点，这是**人之常情**。

露丝：奥尔耐特先生，"**人之常情**"，是我们来到这个世界上要**超越**的东西。

21. 意想不到的反应

幽默建立在惊喜和意想不到的基础上，因此经常运用这种技巧可以实现喜剧效果。顾名思义，它是指一个角色以令人惊讶的方式作出回应。这是一种修复可预测对话同时突出角色特质和态度的方法。

《几近成名》

威廉：你还不明白吗？他为了一箱啤酒把你给卖了！（*停顿了一下，含着眼泪。*）

潘妮·莱恩：**什么样的啤酒**？

《月色撩人》（约翰·帕特里克·尚利）

罗尼：我爱上你了！

洛丽塔：**振作起来！**

《特工狂花》

一些小孩子路过，被拿着长柄扫帚的可爱女士迷住了。

孩子1：嘿，女士，那东西是真的吗？

萨曼莎（*头也没抬*）：不。这就是个玩具。

轩尼诗点了点头，清了清嗓子。

轩尼诗：是的，这位是穆里尔·任天堂，公司总裁。她正在为一款游戏做研究。

孩子2对轩尼诗皱眉。

孩子2：**不是，笨蛋。任天堂的总裁是荒川稔，他是一个四十多岁的男人。**

轩尼诗：**听着，小子，去你的——**

萨曼莎：嘘。安静！

《通天神偷》（菲尔·奥尔登·罗宾森、劳伦斯·拉斯科、沃尔特·F.帕克斯）

科斯莫：我不能杀我的朋友。（*对他的亲信说*）**杀了我的朋友。**

22. 发自内心的对话

这是一种能让读者热血沸腾的对话。专门设计用来让读者紧张、害怕或兴奋。虽然在紧张的悬疑情节中，它会被过度使用，但你也可以用它来煽情，就像下面这个出自《本能》的例子：

科里根：你能告诉我们你和博兹先生的关系吗？

凯瑟琳：我和他发生性关系有一年半。我喜欢和他做爱。

她掌控着整个房间：她说话时看看这个人，又看看那个人。

凯瑟琳（继续）：他不害怕尝试。我**喜欢那样的男人。我喜欢能给我带来快乐的男人**。他带给我很多快乐。

他们看着她。她镇定自若。

《异形》

哈德逊：我们赶紧离开这鬼地方！

希克斯：**不是那条隧道，是另一条！**

克罗：你确定？小心点……我在你后面。你他娘的快走，行吗！

戈尔曼脸色苍白。很困惑。像石斑鱼一样大口喘气。形势怎么会恶化得如此迅速？

雷普利（对戈尔曼说）：把他们弄出来！现在就干！

戈尔曼：**闭嘴。你闭嘴吧！**

《最高危机》（吉姆·托马斯、约翰·托马斯）

卡希尔：**我们要失去密封了！快点儿！**

嘶嘶声越来越大，密封恐怕要消失了。特拉维斯抬起头，意识到……

特拉维斯：**关上舱门！**

格兰特犹豫了一下，还是伸出手臂。

特拉维斯：**我们就要失去它了！关上该死的舱门……**

23. 词语重复（呼应）

这种技巧是指重复某些关键词来创造节奏感以示强调。你可以用它来唤起一种特定的情绪，像《亡命天涯》（杰布·斯图尔特和大卫·杜西）杰拉德在火车被毁时的惊叹："哎呀，呀，呀，真是一团糟！"《致命武器2》中里奥在神经兴奋时不停地说："好吧，好吧，好吧。"《霹雳钻》（威廉·高德曼）中塞尔博士的神秘问题："安全吗？"还可以通过重复一个词或将短语进行反转来强化机智幽默，就像肯尼迪总统所说："不要问你的国家能为你做什么，要问一下你能为你的国家做些什么。"其他的例子还包括：

《日落大道》（唐·布莱克、比利·怀尔德、小 D.M. 马什曼）

乔·吉利斯：你以前**拍过电影**。你以前很**出名**。

诺玛·德斯蒙德：我确实**很出名**。那些电影和我比起来都**默默无闻了**。

《鸭羹》（伯特·卡尔马、哈里·鲁比）

鲁弗斯：**我可以和你一起跳舞，直到母牛回家。如果再仔**细一想，**我宁愿和母牛一起跳舞，直到你回家。**

《巴顿将军》（弗朗西斯·福特·科波拉、埃德蒙·H. 诺思）

巴顿将军：现在，我要你记住，**没有哪个杂种是靠为国捐躯而赢得战争的。他赢得胜利的方法是让其他可怜的笨蛋为他的国家而死。**

《彗星美人》

凯伦的声音：那是什么时候？多久以前？好像是上辈子的事情了。劳埃德常说，在剧院里，**一生就是一季，一季就是一生。**

24. 替代陈词滥调

这是指通过替代方法将陈词滥调转化为闪光点，同时仍保持原来的模式。例如：

《致命武器》

里格斯：哦，顺便问一句：那个朝我开枪的家伙？

莫塔夫：嗯。

里格斯：就是枪杀劳埃德的那个人。

莫塔夫：天哪……你确定吗？

里格斯：我从来不会忘记一个**混蛋**。

《一夜风流》(罗伯特·里斯金)

埃莉：好吧，我**一次又一次**证明了**四肢比拇指更强大**。

《天才反击》

阿瑟顿例行慢跑回来。他穿着昂贵的名牌运动服，配了所有合适的配饰。他还拥有时髦跑步者的所有愚蠢习惯——放松和伸展。

克丽丝：你要见我，**慢跑者**？

25. 是否的选择

问一个问题通常是开展叙述最简单的方法，但大多数答案往往都是"是"或"否"。有时候，这些简单的答案会给人以情感冲击，但更多的时候，它们会衍生出平淡而重复的对话，读者很容易就能猜到。为了获得更大的影响，你有两个选择：只要有可能，要么用一个揭示角色的开放式问题来替换问题，要么改变答案，使用替代"是"和"否"的创造性的答案。如"小菜一碟""没问题""如你所愿""你做梦"，或"好像是"！

《杯酒人生》

杰克：一直在看你的留言吗？

迈尔斯：**着魔似的**。

《米勒的十字路口》

卡斯帕：所以明白我的意思了吗？

利奥：……**糊涂得很**。

《城市乡巴佬》（洛维尔·冈茨、巴巴卢·曼德尔）

米奇：嗨，卷毛，今天杀人了吗？

卷毛：**今天还没结束**呢。

《疯狂店员》（凯文·史密斯）

兰德尔：你又给凯特琳打电话？

但丁：**是她打给我**。

兰德尔：你告诉维罗妮卡了？

但丁：**我的最高承受极限是每天和维罗妮卡吵一架，谢谢。**

《母女情深》（詹姆斯·L.布鲁克斯）

奥罗拉：你想进来吗？

加勒特：**我宁愿用针扎自己的眼睛。**

个性化技巧

对话的基本功能之一就是符合说话人的个性和态度，从而揭示人物的本质。大卫·马麦特在《真与假》中说："剧本里没有角色，只有书页上的文字。演员说出这些台词，读者就会产生一种真人的感觉，尽管角色本身只是一种幻觉。"对话是创造和维持这种幻觉的重要工具。因为每个角色都很独特，所以他们的对话也应该独特，而不是像业余剧本中那样听起来像作者的声音。

读者读剧本的普遍反馈是，所有的角色听起来都很相似——同样的说话模式、同样的词语，甚至对话的节奏也一样。在现实生活中，尤其是在电影剧本中，人们说话的方式不同，不仅仅是方言，还有他们的节奏、文化修养、口头表达习惯和词语选择。因此，为了给每个角色一个独特的声音，你必须考虑不同角色如何通过节奏、词语和说话风格来表现出自己的特点。编剧还必须确保这个声音在整个剧本中保持一致。

为了帮助你给每个角色发展出不同的说话方式，这里有各种不同的技巧：

1.对话与语境的对比

你已经意识到对比在吸引读者方面所具有的力量——在一个场景中将人物特征和态度形成对比，角色的价值观对比，甚至是角色和环境对比，实现格格不入的效果。在这里，我们将场景的背景和通过对话展现出的角色情感进行对比。例如，一个角色可能会在紧张而混乱的事件中用缓慢而冷静的声音说话，或者在葬礼上讲笑话并大笑。在《唐人街》里，当伊芙琳在一家豪华餐厅悠闲地吃饭时，被问到她父亲的情况，她结结巴巴、颤颤抖抖地说话，这引起了读者的好奇——为什么她这么紧张，她对吉特斯隐瞒了什么？在《终极尖兵》里，海伦贝克受到切特和巴勃罗两个杀手的威胁，但在这个生死攸关的场景中，他却表现得十分冷静，而巴勃罗本应掌控局面，却突然失控：

> 《终极尖兵》
> *海伦贝克用平掌击打。打断切特的鼻子。它凹进大脑。*
> *切特站着，不知所措。眨了下眼睛。倒在了地上。*
> *突然，巴勃罗不笑了。他难以置信地盯着海伦贝克。盯着躺在地毯上的切特。*
> 巴勃罗：上帝啊。（*拔出枪*）你这个狗娘养的。上帝啊！你杀了他！该死的，你杀了他，他他妈的死了！！
> *海伦贝克什么也没说。平静地回到座位上。*
> *就在这时，门打开了，米洛走了进来。*
> *头发光滑。穿着考究。镇定自若。*
> 米洛：有什么问题吗？
> 巴勃罗（*仍然震惊*）：他杀了切特，米洛。那个混蛋刚刚杀了他！
> *米洛朝海伦贝克望去。海伦贝克什么也没说。相反，他平静地往前探了探身体，从地毯上捡起切特的打火机。点着香烟。*

喷吐烟雾。

气氛紧张……接着米洛做了一件意想不到的事：他开始大笑。走进房间，咯咯地笑着。

米洛：哦，该死的。约瑟夫，约瑟夫，你没让我失望。

他画了一把沃尔特手枪，微笑着，愉快地走向海伦贝克。

米洛：你好像杀了我的人。

海伦贝克（耸耸肩）：我需要一盏灯。

2. 对比情感节奏

这是使角色富有个性化的最有效的方法之一，同时在场景中制造冲突。节奏是一个音乐术语，意思是旋律的速度。在这里，它指的是角色说话的速度，以此传达出角色的情感——例如，快速唤起快乐、兴奋或愤怒；缓慢而痛苦唤起悲伤。当你对情感节奏进行对比时——快与慢，愤怒与平静，它能突出情感，使场景更有趣。在第一个例子中，注意桑尼的情绪节奏与哈根的不同；在第二个例子中，轩尼诗与内森和萨曼莎的情绪形成对比：

《教父》

哈根：我们应该听听他们怎么说。

桑尼：不，不，军师。不是这个时候。不再和谈，不再讨论，不再上索拉索的当。给他们一个口信：我要索拉索。如果他们不同意，那就只能全面开战。我们要进入作战状态，让下面的人都到街上去。

哈根：其他的家族不会坐视不管。

桑尼：叫他们把索拉索交给我。

哈根：别这样，桑尼，你父亲不会想听这些。这不是私事，这是生意。

桑尼：他们枪击我父亲……

哈根：即使枪击你父亲也是生意上的事，不是私事……

桑尼：不，不，汤姆，别再建议我怎么让事情过去。你只要帮我赢。明白吗？

《特工狂花》

此刻他们在公路上。时速达到110英里。轩尼诗颤抖着；萨曼莎昏迷了。两个人都快冻僵了。

内森瞥了一眼后视镜。他第一次看清萨曼莎。反应，惊呆了。

内森：查琳，上帝啊。我都不敢相信我看到的，你这么胖。

这不是她想听到的东西。

萨曼莎：我……呃，我是说……什么？

内森：你到底吃了什么，你看起来像头牛！

轩尼诗退后几步。

轩尼诗：我们从楼上跳下去！

内森：是的，太刺激了。明天我们去动物园。闭嘴。

他们尖叫着开过急转弯。轮胎冒烟。

萨曼莎：你是温德曼。

内森：内森·温德曼。那里雾散了，是吗？听着，如果我在他面前说话，你以后可能会被要求杀了他。我无所谓，你说了算。

　　轩尼诗：我们从一栋该死的大楼里跳了下来！

　　内森：查琳，亲爱的。

3. 最喜欢的表达方式

　　另一个让角色深具个性的有效工具是赋予每个角色他最喜欢的表达方式。当你听到不同的人说话时——这对所有作者来说都是一个很好的练习——你可能会注意到他们至少有一个说话的癖好，无论是喜欢某个短语还是俚语流行语。如果你愿意的话，可以在一个角色的句子后面加上一句标签台词，比如"明白我的意思吧？"或"好吧？"——使他有别于其他角色。注意下面的标签台词如何使整个剧本中的人物更富个性：

　　《冰血暴》（伊桑·科恩、乔尔·科恩）

　　服务生：需要我帮你热一下吗？

　　安德森：**批准**。

　　《热情似火》（比利·怀尔德、I.A.L. 戴蒙德）

　　奥斯古德：**妙！**

　　《换妻俱乐部》（乔恩·费儒）

　　特伦特：**厉害，你真有钱。**

　　《致命武器2》

　　利奥：**好吧，好吧，好吧……**

《玩具总动员》（约翰·拉塞特、安德鲁·斯坦顿）

巴斯光年：**飞跃无限！**

《洛奇》（西尔维斯特·史泰龙）

洛奇：我想我要去泡个澡。真该看看我打架的样子。我打得不错，**你懂的。**

4. 碎片化、简化的短句

如果你记录一段真实发生的对话，会发现很少有完整的句子。真正的谈话往往是紧张不安的。我们经常断断续续，打断别人，犹豫，使用弱词、不完整的句子。我们也经常用名词和动词缩略语，例如，说"I'm... you're... shouldn't... I'd..."而不是"I am... you are... should not... I would..."。我们经常省略词语，使我们句子变得零零落落。

《美国风情画》

约翰：那是弗雷迪·本森的雪佛兰……他喝醉撞坏了车头。没救了。该死的好司机，也是个。再骂谁也白费，而这也不都是他们的错。

卡萝：需要喷漆，这是肯定的。

约翰没有听见，继续往前走。

约翰：那边那辆雪佛兰。沃尔特·霍金斯的，一个真正的二百五。撞在一棵无花果树旁的梅萨维斯塔上，里面有五个小子。去参加短程高速汽车赛的，该有多蠢？所有的二百五迟早都会出事。也许这就是发明汽车的原因。远离这些二百五。跟他们一块儿出事就倒霉了。

　　这一切都是为了让对话尽可能紧凑。通过省略词语，比如当约翰说，"该死的好司机，也是个"，而不是"他也是个该死的好司机，"他的对话听起来真实、自然、毫无雕饰，就好像他只是在过程中随感而发。

　　碎片化、简化也有助于修正生硬的对话，正如你在本章前面看到的，这是一种做作的、正式的、语法正确的对话。仔细检查你的对话，在适当的时候，看看你是否可以碎片化、简化或省略词语，通常是省略句子的第一个词，可以让你的角色听起来更真实、更独特。

5. 选词：行话和俚语

　　就像你可以给角色一个最喜欢的表达方式，你还可以关注他的词汇量，通过行话和俚语让他的对话更加丰富多彩。行话是指某一特定行业或文化群体特有的术语和简略表达。如果你听不同职业、不同年龄层的人说话的方式，尤其是青少年的说话方式，你会发现不同行业有不同的说话方式。例如，警察、大学教授和医生会有非常不同的说话方式。这种类型的对话可以让你的角色拥有真实感，同时让他们的声音变得独特。

　　《银翼杀手》

　　狄卡：好气色！衣服看起来真不错。谁是你的裁缝？

　　霍尔顿：一场该死的皮肤手术**把我弄崩溃，毁了我**！看在上帝的份儿上，看看我！

《体育之夜》（电视剧）（艾伦·索金）

女声：准备录音，准备录像。

男声：佐治亚穿顶十分火热。

另一个女声：一样火热，亚特兰大。

男声：有谁知道，箭头球场，切回哩高球场，是这样的吗？

第一个女声：我们还有 60 秒直播。

第二个女声：箭头球场切回哩高球场。

不同年龄段的人有自己的行话，尤其是青少年：

《美国丽人》

简：我需要一个模范父亲，而不是那种每当我把女朋友从学校带回家就会掉裤子的好色怪胎。（哼了一声）真是丢人。真该有人帮他结束痛苦。

《美国风情画》

约翰：我不喜欢冲浪音乐。自从巴蒂·霍利[1]死后，摇滚乐就走下坡路了。

卡萝：你不认为"海滩男孩"很酷吗？

约翰：你懂什么，你这个邋遢的**小笨蛋**。

卡萝：邋遢？你个**大傻瓜**，如果我有男朋友，他会揍扁你的。

1　译者注：巴蒂·霍利（Buddy Holly）（1936—1959），美国人，创作型歌手、音乐家、音乐制作人。《滚石》杂志将霍利列为"100 位最伟大艺术家"第 13 名。

299 第十章 对话：生动的声音

《爱是妥协》

漂亮女孩：我对这次试镜感到**非常**兴奋……有一个**非常**搞笑的场景，她和一个大男子主义的老男人约会，就在他们约会的时候，他呻吟起来，她认为他是真的**喜欢**她，**对吗**？但是他心脏病发作，她**吓坏**了，她的母亲，虽然根本看不起他，但冲进来，给他做心肺复苏，救了他一命。

俚语是一种非正式的行话，通常只有没受过教育的人、城市人、粗俗的人或犯罪人群，但俚语也并不只有他们才用。为了避免使用陈词滥调，你可以自己编个俚语，只要它听起来真实可信，并且能让读者理解就行。俚语能使你的对话鲜活，丰富多彩，充满趣味。

《米勒的十字路口》

汤姆：给我一杯烈酒。

托尼：不闲聊，嗯？他们杀了你的**老马**？

《洛奇》

洛奇：每周都在榨取。

胖子：我知道每周都在榨取。我工作六个月就为了付那该死的利息。

洛奇：是啊，你才七十**刚出头**。

《落水狗》（昆汀·塔伦蒂诺）

平克先生：我得**找找**，这个**地牢**的**马桶**在哪里？

如果你选择自己创造单词和短语，你得确保它们听起来像真的一样，这样对话的意思才能清楚，角色也知道他们在说什么。你经常会在科幻小说和幻想类题材中看到这种技巧，比如《发条橙》（斯坦利·库布里克）：

> 亚历克斯：我，也就是亚历克斯，还有我的三个同伴，皮特、乔治和迪姆，我们坐在科罗瓦牛奶吧，商量着晚上该做什么。科罗瓦牛奶吧卖牛奶**加菲罗赛、辛乐梅**或**德瑞克龙**，这就是我们在喝的，它能让人精神振奋，让你做好准备，迎接一些暴力。

《惊爆银河系》（大卫·霍华德 / 罗伯特·戈登）通过这种技巧描写了这段调侃对话：

> 布兰登：关先生？在第十九集里，当反应堆聚变时，你用利奥波德6号元素修复量子火箭。那叫什么来着？
>
> 弗雷德：比夫拉基姆。
>
> 布兰登：包裹在蓝色护套里？
>
> 弗雷德：那是双热管克雷比低盐外壳。
>
> *布兰登做记录，感谢他，并和团队一起离开。*
>
> 盖伊：你是怎么记住这些东西的？
>
> 弗雷德：哦，我瞎编的。多用克和比就行。

6. 自己的议程

即使当角色滔滔不绝地阐述内容的时候，对话也一直是角色在场景中想要或需要的功能。当他们固执地坚持自己的安排时，对话就变得有趣起来。角色们相互倾听，相互回应，但他们的安排依然坚定而清晰。一个完美的例子是《沉默的羔羊》中克拉丽斯和莱克特之间"交换条件"的场景，每个角色都有明确的目标：克拉丽斯想要得到信息，抓住水牛比尔，而莱克特想让她说出自己的过往，以此催眠她。这个场景太长了，没法在这里写，但当你阅读或观看它时，请注意他们之间对主动权的争夺，每个角色都紧紧抓住自己的目标，使用尖锐的命令，如：

> 莱克特：交换条件。我告诉你，你也告诉我。
>
> 莱克特：告诉我。别撒谎，不然我会知道。
>
> 克拉丽斯：交换条件，医生。
>
> 克拉丽斯：不。告诉我为什么。
>
> 莱克特：你父亲死后，你成了孤儿。接下来发生了什么？
>
> 克拉丽斯：不！交换条件，医生。

这里有一个经典例子，是为了营造轻松的气氛：

> 《热情似火》
>
> 杰瑞：听着，奥斯古德——我跟你说实话。我们根本不能结婚。
>
> 奥斯古德：为什么不能呢？
>
> 杰瑞：首先，我不是天生的金发。
>
> 奥斯古德（宽容地）：没关系。
>
> 杰瑞：我还抽烟。我老是抽烟。

奥斯古德：我不在乎。

杰瑞：而且我有一段糟糕的过去。我曾经和一个萨克斯手同居了三年。

奥斯古德：我原谅你。

杰瑞（*越来越绝望*）：而且我永远也不能有孩子了。

奥斯古德：我们可以领养孩子。

杰瑞：但你不明白！（*他扯下假发，发出男声*）我是个男人。

奥斯古德（*未察觉*）：嗯——人无完人。

7. 自己的思路

这与上面的技巧相似，只是这里，一个角色完全忽略了另一个角色，无视另一个角色在说什么，并继续自己的思路。他们都沉浸在自己的世界里，而不是倾听对方的声音并做出反应。

《热情似火》

甜甜拧紧瓶盖，把它塞到吊袜带下面。

甜甜：我的缝是直的吗？

杰瑞（*检查她的腿*）：我觉得是。

甜甜：再见，姑娘们。她挥挥手，从出口进了普尔曼车厢。

杰瑞：再见，宝贝。（*对乔说*）我们跟错乐队了。

乔：下来，达芙妮！

杰瑞：那个酒柜的形状怎么样？

乔绕着他转了一圈，解开他衣服的背面的纽扣，整理滑落的胸罩。

乔：算了吧。只要走错一步，他们就会把我们赶下火车——

到时候就会有警察、报纸和芝加哥的暴徒来找我们……

杰瑞：伙计，我能借一勺糖吗？

乔（*把他转过来，抓住他衣服的前襟*）：看——没有黄油，没有糕点，也没有糖！

《好汉两个半》（电视）（李·爱伦森、查克·罗瑞）

艾伦：查理，我得跟你谈谈这件事。

查理：我也是。如果这个网站什么都不需要我做，我就得搬到宾夕法尼亚去追阿米什女人了。

艾伦：朱迪想和解。我一直梦想这件事能发生，但现在它发生了，我想知道这是否真的是我想要的东西。

查理：我在想，建这个网站的人，我至少跟她约会过一次。

艾伦：对杰克来说，能让他的父母都住在一所房子里真是太好了，更不用说还不用支付赡养费，我不会再去理发店理发了。

查理：我想我可以排除掉那些结了婚的、不会说英语的、从来没有被正式介绍过给我的小妞。

艾伦：我应该列个清单，列出和朱迪复合的利与弊。

查理：你知道吗，我要列个清单。

艾伦：我很高兴我们把这件事谈清楚了。

查理：我永远站在你这边，兄弟。

艾伦：我也是。

8. 地方口音 / 外国口音和外语

另一种让每个角色都有自己声音的有效方法是使用地方口音或

外国口音、说话模式，也就是所谓的方言。例如，一个南方乡村男孩会说乡村方言，比如"我冇觉得他说谎"。而在城市环境下的大学教授可能会使用学术性和知性的语言——"我想这不是捏造的"。你可以把它与行话和俚语结合起来，形成一种非常独特的声音。这种技巧的运用大师包括大卫·马麦特（骗子和街头白话）和科恩兄弟[1]（乡村语言）。

《抚养亚利桑纳》（乔尔·科恩、伊桑·科恩）

艾德：给我。

他把婴儿递给她。

艾德：哦，他真漂亮！

嗨：他真他娘的棒极了。我想我找到了最好的。

艾德：别在他面前骂人。

嗨：他很好。我想是小内森。

艾德：我们做得对，不是吗，嗨？我的意思是，他们负担太重了。

嗨：亲爱的，我们已经讨论过很多次。有对，也有错，两者泾渭分明。

艾德：但你不觉得他妈妈会很难过吗？我的意思是伤心欲绝？

嗨：当然，她会难过，亲爱的，但她会走出来的。她有四个孩子，都和这个一样好。

1　译者注：科恩兄弟（Coen Brothers），美国电影导演组合，由哥哥乔尔·科恩和弟弟伊桑·科恩组成。

9. 揭示态度和特征

因为没有两个人具有完全相同的经历或身体特征，所以剧本中不应该有两个角色以相同的方式看待世界。他们对别人说什么，如何说，定义了他们的态度和价值观，并向读者展示出他们是谁。事实上，每句对话都是一个展示角色个性和态度的机会。除了人物当前的情绪，词语选择和说话方式还应该反映人物的个性。

然而，在你能够通过对话揭露角色之前，你必须知道他们是谁，这就是为什么有关基本角色的第五章对这个技巧生效很关键。一旦你知道角色对问题的感受，他的恐惧、希望和价值观，他的对话将变得更加独特。这个技巧很简单，但用起来一定要有创意：选择一种个性或态度，把它"翻译"成对话，在不同的语境下通过用词或说话方式反映出来。举个例子，假设你有一个角色，他很节俭，喜欢存钱。当他对自己的妻子说："希望你没把优惠券扔了。"或者对餐馆的服务员说："请分开结账。"这不算最好的对话，但你能明白我的意思。这是电视情景喜剧中常使用的典型技巧，编剧多年来通过不同的剧集和不同的笑话重复定义明确的个性。看看《唐人街》这部经典电影，罗曼·波兰斯基把吉特斯的名字念错了，并无视他的纠正，暴露出他具有优越感的态度。在《飞越疯人院》中，拉契特护士使用控制性语言，不断命令别人，显示了她的优越感，而比利的口吃暴露出他的自卑。在《谁害怕弗吉尼亚·伍尔芙？》中，玛莎和乔治的对话揭示出他们对彼此的刻薄态度。在《一夜风流》（罗伯特·里斯金）中，我们可以看到一个很好的例子，它通过一个语速很快、令人讨厌、带有性别歧视对话，展现出一个旅行推销员的性格和态度：

　　沙佩利：沙佩利，这是我的名字——这就是我喜欢的方式！你坐在我旁边是对的。私下跟你说，在这样的舞会上遇到的那种人没什么好写信告诉老婆的。我常说，你要非常当心你勾搭的人是谁，还有你也不能太挑剔。有一次我去北卡罗来纳，碰到了一位漂亮妈妈。年轻，而且很有品位。你知道的，有点合我意。你知道这种感觉。先生，简直像被重型卡车撞倒。她从公共汽车上下来时，我正在热身。你猜她是谁？嗯？还是放弃吧。女强盗！报纸上报道过的那个。（*他拿出一支雪茄*）怎么了，妹妹？你怎么不说话。

10. 感觉偏好

　　神经语言学，是一种我们与自己、与他人沟通的心理模型，根据这个模型，我们通过五种感觉——视觉、听觉、动觉、味觉和嗅觉描绘世界。我们也倾向于使用一个主要的表象系统，这点经常出现在我们的语言中。例如，如果我们是一个视觉型人，我们会对图像做出反应，并使用像"很高兴见到你""待会儿见""让我看看""关注它""观察它""要清晰一点""仍然迷迷蒙蒙""想象一下""注意""它看起来像"或"我觉得不错"这样的话。听觉型的人对声音有反应，倾向于使用"听""待会儿再聊"或"我一直听到关于它的好评"这类词语。动觉型的人对触觉和内心感受非常敏感，他们会说这样的话："我感觉很好，我会保持联系，等下，我不能理解这个假设，或者我以后再处理。"还有嗅觉型的人，他们对气味很敏感（"对我来说闻起来很腥"），味觉型的人对味道很敏感（"我靠得很近，我能尝出来"）。但最常见的是视觉、听觉和动觉。我必须承认，这是编剧们很少使用的一个小技巧，因为这些感觉线索常常填充在对话里，经常在改写时被删除。然而，尤其是当你在一个场景中偏好某种感官时，它们可以增加角色的独特性和真实性，像这本书中的许多其他技巧一样，这是一种不知不觉中起作用的技巧。读者不应该意识到这一点。

11. 语言的节奏

威廉·津瑟[1]在《写作法宝》一书中说道："记住，当你选择词语并把它们串在一起时，要注意它们的发音。这看起来似乎很荒谬，读者在用眼睛阅读。但实际上，他们通过内耳听到的东西比你意识到的要多得多。"这就是"耳朵"之于对话的用处——能够听到对话的"声音"。对话就像音乐。你真的能听到它。它有韵律和节奏、渐强、停顿和沉默。《体育之夜》和《白宫风云》等电视节目中的对话非常有名，它们的编剧艾伦·索金曾说过："我没有故事可以讲。我喜欢的是对话的声音和对话的音乐。这是我喜欢写的东西。"其他的对话大师，如帕迪·查耶夫斯基[2]、大卫·马梅（David Mamet）和昆汀·塔伦蒂诺可能会同意，因为他们以重写对话直到节奏合适为止而闻名于世。

那么，如何培养这种技能呢？你得先培养自己的耳朵，其他别无选择。你可以通过听别人说话来实现这一点，偷听尽可能多的不同的群体——乡下人、城里人、小市民，非洲裔美国人、西班牙裔

1　译者注：威廉·津瑟（William Zinsser）（1922— ），美国作家、教师。代表作为《写作技巧》。

2　译者注：帕迪·查耶夫斯基（Paddy Chayefsky）（1923—1981），美国编剧、演员，代表作《电视台风云》《医生故事》获奥斯卡金像奖最佳原创剧本奖。

美国人，海滩上的人，南方人，青少年，等等，直到你能分辨出所有不同的说话模式、节奏和声音的细微差别。另一个有用的建议是寻找拥有优质对话的剧本，最好是不同类型和不同作者的剧本。最后，你可以坐下来听别人大声朗读你写的对话，以此提升自己的水平。以下是不同节奏的例子：

《抚养亚利桑纳》

嗨：我因为签了无效支票而入狱，但商人这样做时，被称为透支。请注意，我不是在抱怨，我只是说世上所有的薄饼都有两面。现在监狱生活安排得很有条理——比大多数人所关注的都要多……

《米勒的十字路口》

利奥：和其他人一样，你花钱寻求保护。据我所知，这个镇子上我不知道的事情也不值得知道，警察没有查封你的任何一家酒吧，地方检察官也没有碰过你的任何一笔非法交易。你还没买过能杀签单人的许可，今天我也不卖。现在带着你的马屁精去吊死吧。

《百万金臂》

克拉斯：你，拉里·霍克特应该认识我，因为五年前在得克萨斯州联赛中，你为埃尔帕索投球时，我是什里夫波特的第四位击球员。在第八局3∶2的比分时，你打出了一个弧线球，我把它击到固特异轮胎标志上，以4∶3击败了你，我还得到了固特异颁发的车轮定位系统。

微妙的阐述技巧

虽然视觉阐述是最佳方式，但最简单和最常见的阐述方式是对话。然而，以一种有趣和引人入胜的方式表达它，而不是以尴尬、突兀和毫无生气的方式表达，是业余作者面临的最大挑战之一。这包括在一个场景中要透露多少信息。初学者通常会在角色的对话中塞入太多信息。与其他剧本元素一样，关键在于在情感层面如何呈现。这就是为什么关于阐述最常见的建议是通过冲突来传达信息。当读者对冲突做出反应时，人物所透露的任何信息都会在无意识中被吸收。这种无形或者是微妙的阐述，在分散读者情绪时提供了信息。据说亨弗莱·鲍嘉[1]曾说过，如果他一定要喋喋不休地阐述，最好有两只驼峰在后面出现，分散观众的注意力。当然，还有其他一些技巧可以通过对话无缝地穿插在描述中。

1. 咬文嚼字：少量呈现

这是指有节制地呈现信息，通过滴管而不是勺子给读者投喂信息。对于没有经验的作者来说，常见的错误就包括过早地透露太多信息。想象一下，你给孩子分发糖果的方式——让他足够开心，但又不足以让他生病。一次过多的阐述会让剧本变得笨拙、枯燥。这就是为什么你经常看到动作剧本中的技术信息通过多个角色陈述出来，就像几位工程师在一个房间中解释科学数据，每个人都只给出一点内容。

《世界末日》（乔纳森·汉斯雷、J.J. 艾布拉姆斯）

戈尔登：好了，伙计们，NASA 历史上最糟糕的日子正变得

---

1 译者注：亨弗莱·鲍嘉（Humphrey Bogart）（1899—1957），美国制片人、演员。作品《非洲女王号》获得奥斯卡最佳男主角奖，代表作还有《北非谍影》。

更糟。千万分之一的概率。今天早上撞击的东西是碰撞物向前甩出的物质，它不过是即将到来的撞击物的先锋。

克拉克：一颗巨大的小行星。预计到达时间，18天。比导致恐龙灭绝的那个五英里撞击物大得多。

戈尔登：有得克萨斯州那么大。

《谍影重重2》（托尼·吉尔罗伊）

一切都停止了，照片——模糊、倾斜——开始在房间里的半自动监控器上显示出来。

帕梅拉（*对尼基说*）：是他吗？

凑近一看，她点了点头……

克罗宁：他没有躲起来，这是肯定的。

左恩：为什么是那不勒斯？为什么是现在？

库尔特：可能是随机行为。

克罗宁：也许他在跑步。

艾伯特：用他自己的护照？

金：他到底在做什么？

克罗宁：他在做什么？他犯了第一个错误……

然后，从他们后面……

尼基：这不是一个错误。（*大家都看过去*）他们不会犯错。他们并不随机行事。总有一个目标，总有一个目标。（*停顿*）如果他在那不勒斯，用他自己的护照，那就肯定有原因。

2. 前兆

前兆指的是一些看似无关的事情，但在故事背景下往往隐含着对即将发生事情的不祥暗示。简而言之，它是对未来的危险的暗示，或通过转折、线索或角色的细微差别而出现的对事物前景的承诺。这就产生了期待、紧张、担忧和阴谋。

《城市人》

米奇：嗨，卷毛，今天杀人了吗？

卷毛：**今天还没结束呢。**

《本能》

尼克：你的新书是有关什么的？

凯瑟琳：一个侦探。他爱上了错误的女人。

尼克：他后来怎么样了？

凯瑟琳（*直视他的眼睛*）：**她杀了他。**

《末路狂花》

麦克斯：我们没有太多的选择，不是吗？我不知道他们是真的很聪明还是真的很幸运。

哈尔：这不重要。头脑只能让你走这么远，而**运气总是会用完的。**

《异形》

雷普利：在被宣布逾期之前，我们还有多久才能得到救援？

希克斯：17 天。

哈德逊：17 天？听着，伙计，我不想扫你的兴，但我们撑不了 17 个小时！那些东西会像以前一样出现在这里。它们会来这里……

　　雷普利：哈德逊！

　　哈德逊：……他们会涌进来，然后**杀了我们**！

3. 情感渲染

　　当阐述充满情感时，读者会更容易接受它。它可以是任何角色的情感，如愤怒、喜悦、恐惧或不耐烦。它也可以是我们迄今为止讨论过的任何一种读者情绪——好奇、期待、紧张、惊讶或幽默。例如，在《唐人街》中，当我们跟随吉特斯调查莫瑞的婚外情时，罗伯特·唐尼用好奇和期待为沉重的叙述蒙上一层情感色彩。虽然我们期待有证据表明莫瑞确实撒谎，但在背景事件中，我们对洛杉矶的干旱、水资源管理的政治和农民的困境都有了了解。其实，这是一种运用在悬疑片的有效技巧，由好奇心和紧张感驱动。读者在整个故事中遇到的线索和启示才是真正的阐述。在《本能》中，乔·埃斯特哈斯在阐述中使用紧张和好奇对气氛进行渲染，比如在审问的场景中，警察局所有的侦探都参与审问凯瑟琳，而她完全能掌控局面。在《谜中谜》里，在餐馆里有个很长的阐述场景，巴塞洛缪向瑞姬讲述了五个人为什么追查失踪的25万美元的背景故事。在这里，由于侍者的打断和瑞姬古怪的行为，整个阐述充满了不耐烦和幽默的情绪。事实上，不耐烦是一种装点阐述的有效的诀窍。例如，一个角色想要学习一些非常重要的东西。他接近了另一个拥有这些信息的角色，但不管出于什么原因，这个人谈论的都是其他事情，就是没有这个特定的主题。这个人所说的"其他一切"就是你需要向读者展示的内容。

　　下面是另一个例子，它用幽默和感官刺激来润饰最枯燥的阐述——科学信息：

《天才反击》

雪莉（*亲吻之间*）：跟我说点俏皮话。

克里斯：什么？

他们躺在盘子里。激情澎湃，手指摆弄着皮带和纽扣，衣服在滑落；天啊，这两人在做爱。

雪莉：求你了，我需要它。你最喜欢的课程是什么？

克里斯：我想，现在我得说是流体力学。

雪莉：噢噢噢噢噢噢噢……

克里斯：还有体操。

雪莉：谢谢。

克里斯：对不起。

雪莉：你和阿瑟顿研究什么？

克里斯：超高功率激光作为核聚变的能量。对全世界的男人都有巨大的好处，对女人也是。

雪莉：聚变，更多的聚变。

克里斯：它是从氢的形式如氘和氚中，获取大量能量的过程。

雪莉：哦，天哪，还有呢？

克里斯：提取燃料不是问题。

雪莉：嗯。

克里斯：让它们聚合并释放能量是个问题。

雪莉：哦哦哦，是的。

克里斯：它需要 1 亿摄氏度的温度。

雪莉：哦，上帝。

克里斯：我……

雪莉：是的。

克里斯：……

雪莉：是的。

克里斯：……激光……

雪莉：哦，是的。

克里斯：……脉冲……

雪莉：嗯嗯。

克里斯：……很热……

雪莉：噢……

克里斯：……并导致……

雪莉：是的。

克里斯：融合……

雪莉：啊——

4. 暗示信息

隐含的信息总是比直接的信息更有趣，一个重要的原因是：读者会积极参与，试图找出信息，而不是被动地接受信息。这相当于"直白的对话"和"潜台词"，后者即隐含的情感和想法。我们将在本章的后面部分深入探讨潜台词，但这里有几个例子，说明信息是隐含的而非直接的：

《银翼杀手》
布莱恩特：你要找到他们，把他们干掉。

狄卡：不是我，布莱恩特。我不再为你工作了。交给霍顿吧，他行。

布莱恩特：我已经叫他去做了。

狄卡：然后呢？

布莱恩特：**他现在还可以呼吸……只要没人拔掉他的呼吸机。**

《彗星美人》

马克斯：回答我。是什么让一个人成为制作人？

艾迪生：**是什么让一个人只带着一把椅子就走进狮子笼？**

马克斯：这个答案让我百分百满意。

《永不妥协》

埃德：你只查到这么多？

埃琳：到目前为止是。但那地方乱得要命。如果还能查到更多，我也不会觉得惊讶。

埃德：是啊，那种地方就是这样。你凭什么认为自己大摇大摆进去可以找到我们想要的东西？

埃琳：**因为我有大咪咪，**埃德。

《吉尔莫女孩》（电视剧）

罗蕾莱：米歇尔。电话。

米歇尔：它在响。

罗蕾莱：你能接一下吗？

米歇尔：不行。今天人们特别愚蠢。我不能再跟他们说话了。

　　罗蕾莱：你知道谁最适合聊天吗？**失业救济机构的人。**

　　米歇尔拿起电话。

5. 在读者急于了解时提出来

　　关于阐述最常见的问题是，在时机成熟之前我们渴望知道它之前，就把它呈现出来。这遵循的基本原则是，当我们想了解信息时，它会变得更有趣。如果你首先激发出读者想知道答案的渴望，培养出好奇心，读者就会特别想得到问题的答案。当你回答这个问题时，他就不会感觉你在阐述。这就是为什么尽可能长时间地保守秘密信息比一下就脱口而出更有趣，就像《唐人街》里伊芙琳的秘密那样。运用这种技巧的其他例子还包括《虎豹小霸王》中"我不会游泳"的场景。当我们急切地想知道为什么圣丹斯不跳崖的时候，再也没有比这更好的时机来揭示圣丹斯不会游泳的真相了。在《夺宝奇兵》中，在面对蛇时我们发现印第安纳·琼斯多么讨厌蛇。在《卡萨布兰卡》中，我们急于知道为什么里克对伊尔莎如此刻薄时，关于巴黎的闪回出现。

6. 用冲突包围它

　　正如前面提到的，大多数专业作家建议将阐述作为冲突的副产品。换句话说，你的剧本中不应该有任何无聊的阐述，只存在通过冲突（如战斗、争论、复杂情况或生死攸关的时刻）来发现有趣的东西。例如，在《西北偏北》中，桑希尔透露关于他自己的所有信息的时机，都是与试图杀害他的人相冲突时。在《终结者》中，有一个十分钟的场景是纯粹的阐述，瑞茜刚刚把莎拉从终结者手里救出来，他列出了我们需要知道的所有信息：他来自哪里，终结者是什么，以及所有旨在创造预期的铺垫。然而，由于警察和终结者追逐瑞茜和莎拉制造出的冲突和刺激，使得这个场景并不像在阐述。想象一下，如果在一个长达十分钟但没有任何冲突的餐厅场景中，阐述这一系列信息，会是什么感觉。冲突是掩饰阐述的最好方式。

7. 增加戏剧性反讽

在第六章中，我们探讨过这一工具，它能最有效地激发读者的预期和紧张，从而推动故事发展。始终要记得，是这种预期而不是对话的新鲜感或场景中的动作吸引读者参与。这意味着你不能仅仅依靠时髦和前卫的对话或角色动作来吸引读者的注意力。当你在一个场景中加入戏剧性的讽刺，或者读者的优势地位时，你将拥有一个阐述最枯燥（当然不推荐）但耐人寻味的场景。在传递平淡信息时，这是一种已经验证过的有效技巧。看看《西北偏北》中作物喷洒飞机袭击后的场景，桑希尔返回酒店面对伊芙，我们知道伊芙为坏人工作并背叛了他（戏剧性的讽刺）。这段对话实在太普通，但因为我们知道一些伊芙不知道的东西，这就成了一个让我们激动的场景。我们想知道桑希尔会对伊芙做什么，他会有什么反应，他会不会爆发并与她对峙。

8. 让阐述更加主动

这种技巧类似于那些让任何其他元素如词语、句子、角色或对话等主动起来的技巧。主动总是比被动更有影响力。这与阐述没有区别。要使其主动，就要在角色互动时赋予信息目的。因此，阐述成为角色日程的一部分。当角色需要提供这些信息时，它便带有情感色彩，因此也更有趣味。例如，在第一次约会时，一个角色的大部分例行公事般的阐述可能都是为了给人留下深刻印象，吸引或引诱别人。因此，它不应该让人觉得无聊。在《热情似火》中，当乔伪装成壳牌公司的百万富翁公子哥，并在海滩上偶遇秀咖时，他的基本阐述是带有目的性的。这段是主动信息，因为他需要让秀咖相信自己就是她一直在寻找的百万富翁。一定要确保角色有正当理由在此时此地传递这一信息。这将使它听起来像真实的场景。

9. 扭转人物的情绪以获取信息

没有什么比把信息强加给你更无聊的了，也没有什么比别人试图隐瞒的信息更有趣。因此，如果你让角色需要这些信息，并让他们为获得信息而努力，那么无聊的阐述就会变成紧张的冲突。怎么做到这点呢？一个有效的方法是扭曲另一个角色的情绪来获得真相。你要让自己的英雄积极地获取信息，而不是被动地听到信息。乐趣来自意愿的冲突和对方情绪被操控的方式。通过利用一个无可奈何的角色的基本动机——贪婪、嫉妒、恐惧、愤怒、不耐烦或欲望——另一个角色可以从他们身上榨取信息。例如，你可以利用别人的贪婪，通过给他们钱来获取信息。在侦探电视剧中，我们到底多少次看到一个不情愿的酒保被塞了20美元然后提供信息，或者警探威胁不情愿的证人，如果不作证就控诉他是从犯？你的工作是创造。在《唐人街》里，请注意罗伯特·唐尼是如何让吉特斯激怒耶尔伯顿的秘书，从而利用她的不耐烦来获取关于诺亚·克罗斯以及他与水利部关系的有价值的信息。

10. 以独特的方式呈现

如果你找到了一种独特的方式阐述，读者在其他无数剧本中都没见过的方式，他会接受这种阐述，因为他会被新鲜、冷静和独特性的情感所吸引。想想《星球大战》中莱娅公主的全息图如何传递关键信息，《E.T. 外星人》如何通过飘浮在空中好像行星一样的物体传递信息，还有电视剧版《碟中谍》里如何自毁磁带。在《安妮·霍尔》中，关于角色童年的背景信息是通过成年角色在家里和教室中与他们的童年版本互动来呈现的。呈现方式越独特，读者就越容易接受它。

潜台词技巧

　　临场对话可能是业余脚本中最常见的缺陷。当对话把场景中发生了什么事情，或者角色的想法或感觉是什么直接告诉读者时，这种对话通常让人感到枯燥，令人不满意。另一方面，优秀的对话能切中要害——它能在不说话的情况下阐明角色的想法。这就是"潜台词"，一位作家曾称之为"文字下流淌的情感之河"。例如，一个男人和一个女人可能正在谈论他们前一天晚上看的电影，但他们真正表达的是对第一次约会的感觉。在《教父》中，有一句令人难以忘怀的台词"我会给他一个无法拒绝的理由"，这句话的含义我们所有人都很清楚，尽管这句话本身又没说出它的含义。关于潜台词最好的例子是《安妮·霍尔》中的会面场景，艾维和安妮谈论着寻常话题，而字幕则揭示出他们的真实想法。

　　潜台词的挑战在于，如何在不借助字幕的情况下掩蔽角色的思想和情感。这就是本节要讲的内容。然而，在我们讨论潜台词技巧之前，我们应该分析一下为什么潜台词在戏剧场景中如此重要，以及它在什么时候很有必要。有时，人们更喜欢潜台词，有时，直白的对话更符合戏剧的需求。与剧本中的其他元素一样，直白的对话和潜台词对话达到平衡最为理想。

为什么潜台词如此重要

　　很长一段时间，我都觉得简单直接的对话没什么不对。毕竟，我在专业的剧本和优秀的电影中都看到过这种对话。我还觉得直白的对话会让场景更清晰，因为我不相信读者会足够敏锐能抓住所有微妙之处。但我成长为一名经验更丰富的编剧后，我意识到哪些时间哪些地点需要潜台词。需要潜台词，有两个具体原因：如果角色把内容直接说出来，他们会失去很多；你希望读者能主动体验场景，而不是被动体验。

这就是情感赌注高时我们说话的方式

这是个心理问题。在人际关系中，当我们面对愤怒、怨恨、爱恋或渴望等强烈情感时，我们往往害怕暴露自己的情感。所以我们通常会隐藏自己的真实情感和欲望。回想一下，当你对一个朋友生气时，当你四处采购一件昂贵物品货比三家时，当你面对一个不喜欢的老板时，当你外出约会时，难道你没有掩饰过自己的意图，拐弯抹角地说话，一步步向自己真正想要的东西前进吗？原因是，直接说出我们想要的东西可能会让我们陷入麻烦。情感风险太高。所以当涉及你的角色时，问问他们在场景中有什么冲突。他们要冒什么风险？每个人的利害关系是什么？他们害怕暴露什么？正是这种潜在的恐惧导致他们需要通过潜台词间接表达。他们更喜欢隐藏内心不敢对别人说出的想法和感受，因为这些想法和感受要么太私密，要么当时不合适。罗伯特·唐尼曾经说过："对角色来说，意义越大，就越难说出口。"如果没有克制，没有压抑，没有内疚，没有羞愧，就没有戏剧性。

它能积极吸引读者

读者喜欢潜台词的另一个原因是，它就像优秀的填字游戏那样具有挑战性。它使读者参与到阅读体验里并活跃起来。因为潜台词有更多内容，通过把读者带入对话，让读者思考更多。因此，要让读者沉浸在我们的角色和他们的对话中时，你不能直接告诉他发生了什么。读者更乐意自己去发现。当你直接告诉他某件事时，你就剥夺了他努力为自己创造交流意义的机会。这会使读者的阅读体验变得被动，也不会有太多理由投入阅读你的剧本。

你可以通过让读者脑补未说的内容来吸引读者。杰弗里·斯威特（Jeffrey Sweet）在《剧作家的工具箱》一书中列举过这个例子：写出"2+3=5"，读者会带着一副厌烦的表情承认这是对的。但如果你写"2+x=5"，读者的第一冲动就是填上那个 x。这种反应是一种主动参与感——读者参与这个等式。潜台词相当于让读者自己填写 x 的戏剧性对等物。有了潜台词，读者成为场景中的积极参与者，而不是被直白对话狂轰滥炸的被动读者。

为了更好地使用潜台词，首先你必须知道场景中到底发生了什么，以及为什么发生。角色包括哪些人，他们真正的感受是什么，如果他们直接表达这些感受会有什么风险？然后你可以按照自己的想法简单直接地写出对话。不必担心太直白。这是初稿。除了你没人看。第一个关卡是角色在场景中真正在思考或想要的是什么。然后，改写时，你再决定潜台词是否有必要，以及有多少真正的意思需要直白写出。在暗示出真正的意义而非直接阐述前，每次修改都能达到一个新层次。要做到这一点，你可以应用下列技巧：

1. 行动即回应

这是一种简单却经过验证的技巧，即角色通过行动对一个问题、请求或声明进行回应，而非直接说话。例如，如果有人说"我爱你"，而另一个人打了他一巴掌，而不是说"你怎么敢？"或说"哦，我恨你"。这一巴掌就是潜台词。想象一下，对"我爱你"做出回应的另一个动作——哭，离开房间，单纯地盯着那个人看很长一段时间然后回过去看报纸，每一个具体的动作虽然没有用嘴巴直接回应，但都说出了一些别的东西。下面这个完美的例子来自《电视台风云》（帕迪·查耶夫斯基）：

麦克斯：听着，那个吉普赛人预言了所有情感牵连和中年男人的事情，如果我们能暂时回到他那儿，你今晚打算吃什么？

*戴安娜在门口停了一下，然后轻快地走回写字台，**拿起电话，拨了个电话号码**，等了一会儿——*

戴安娜（*对着电话说*）：我今晚没空，亲爱的，明天给我打电话。

她把听筒放回话机，看了看麦克斯，他们目光相接。

2. 转移话题，回避

另一种暗示而非阐述的技巧是让角色突然改变谈话的主题，从而回避可能带来不舒服的情绪和压力的话题。例如：

《美国风情画》

史提夫：我说到哪儿了？

罗芮：嗯，你觉得高中的恋情很可笑，我们开始约会只是因为你觉得我有点可爱和风趣，但后来你突然意识到你爱上我，这很严肃……嗯……你在酝酿一件大事。

史提夫：你说得好像在做听写一样。嗯，说真的，我的意思是，啊……既然我们真的很在乎彼此，既然我们真的把自己当成年人看待。现在，我，啊……**能给我来点薯条吗**？

《欢乐一家亲》（电视剧）

弗莱泽：嗯，节目的其余部分还不错。（*罗兹什么也没说*）这是一场精彩的演出，不是吗？

罗兹（*撕下一张便条*）：**哦，你哥哥打电话来过。**

弗莱泽：罗兹，在业内我们称之为"逃避"。别转移话题，告诉我你的想法。

罗兹（*指着控制台*）：**我告诉过你这个小按钮是做什么的吗？**

弗莱泽：我不是拉里克玻璃。我能接受批评。我今天怎么样？

罗兹（*把椅子转向他*）：让我想想……你掉了两个广告，总共留下28秒死气沉沉的空白时间，打乱了电台的呼机，把酸奶洒在控制板上，一直把杰瑞——称为"杰夫"——这是身份危机。

弗莱泽仔细考虑着这些批评。

弗莱泽（*拿起便条*）：**你说我哥哥打电话来了……**

《吉尔莫女孩》（电视剧）

罗蕾莱：所以……

洛瑞：什么？

罗蕾莱：跟我说说那个人。

洛瑞：**你知道我们的关系有什么特别吗？** 你对个人隐私需要全面了解。我是说，你真的很懂边界。

《末路狂花》

> 路易丝往路那边望去，见一辆高速公路巡逻车朝他们开来。当警车从另一边驶过时，她慢慢向前滑行，没去看他们。J.D. 和路易丝对视了一眼。

> J.D.：也许你的停车罚单太多了？

> 路易丝：**我们送你到俄克拉荷马城，然后你最好自己上路。**

3. 对话与行动对比

在第 11 章的潜台词部分曾简要讨论过，对话与行动对比是在场景中创造潜台词的最好方法之一。对话本身并没有揭示出交流的真正目的，相反动作却揭示了——就像一个角色说他喜欢狗，但当他看到狗时退缩了。潜台词来自行动，而不是对话。这就是为什么我们说行动比语言更响亮。创建潜台词，让一个角色说的与他做的事相反。如《当哈利遇到莎莉》的末尾，当莎莉告诉哈利她讨厌他，然后又吻了他，或在《卡萨布兰卡》里，当里克说，他不为任何人冒险，但随后把信装进口袋。

4. 难以表达情感

除非被迫公开，否则对话一般都不是表达情感的最好方式。还记得前面阐述部分讲过的内容吗？被迫提供的信息总是比主动提供的信息更吸引人。同样的道理也适用于潜台词，当角色试图避开一个敏感的问题，或难以找到语言来表达感觉时，你可以让角色挣扎于其表达方式来传达情感，就像下面这两个例子：

《性、谎言和录像带》（史蒂文·索德伯格）

安：你仅仅是问他们些问题？

格雷厄姆：是的。

安：他们只需回答吗？

格雷厄姆：大部分是这样。有时他们也做一些别的。

安：对你？

格雷厄姆：不，不是对我，是对着镜头。

安：我不……为什么……为什么你要这样做？

格雷厄姆：真抱歉说到了这些。

安：这只是……所以……

格雷厄姆：也许你想去。

安：是的，我想去。

《卡萨布兰卡》

伊尔莎（*控制自己*）：哦，里克——这是个疯狂的世界——任何事情都可能发生——如果你不能逃脱——如果——如果有什么事情把我们分开——无论他们把你放在哪里——无论我在哪里——我想让你知道我——（*她说不下去了；抬起头来面对他*）吻我。吻我，就像——就像这是最后一次。

5. 一语双关

在本章的前面，我们讨论了喜剧效果的双重含义。在这里，它可以用来戏剧性地传达一种特定情感。一个角色使用对话有两层意思。第一层是对话本身的表层意思，第二层是对话隐含的情感。下面的例子展示了这种技巧：

《双重赔偿》

内夫：知道为什么你不理解这个吗，凯斯？我来告诉你。你要找的人离得**太近**了。就在你桌子对面。

凯斯：**比那还近，沃尔特。**

内夫：我也爱你。

《爱是妥协》

哈利：怎么穿高领衫？现在是盛夏。

艾丽卡：说真的，你为什么在乎我穿什么？

哈利：只是好奇。

艾丽卡：我喜欢穿它。我一直很喜欢穿它。我就是个喜欢穿高领衫的女孩。

哈利：**你从不觉得热吗?**

艾丽卡：不。

哈利：从来没有？

哈利：**最近没有。**

6. 情感面具

这个技巧反映了一个常见的心理学规律：当我们感到尴尬时，我们常常试图通过伪装的面具来隐藏负面情绪，以保持强硬和骄傲的假象。奥斯卡·王尔德曾经说过："面具比面孔能告诉我们更多。"例如，当一个十几岁的男孩约一个女孩出去，但她拒绝了他，男孩会说"没什么大不了的，反正我也有事情要做"，以此掩饰自己的羞愧。这种表面强硬、内心受伤害的欺骗性话语，是在对话交流中创造潜台词的有效方式，它还能让读者感受角色的情绪。来看看下面这个例子：

《不可饶恕》(大卫·韦伯·皮普尔斯)

黛丽拉：爱丽丝和丝琪给他们……免费服务。

芒尼(理解、尴尬)：哦。是的。

黛丽拉(害羞、胆怯)：你要……免费的。

芒尼(尴尬地把目光移开)：我？不。不，我不要。

黛丽拉很受伤……很受打击。她站起来，拿起剩下的鸡肉，芒尼羞于看她。

黛丽拉(掩饰自己的伤痛)：我不是说……跟我。**爱丽丝和丝琪，他们会给你……如果你想要的话。**

《欢乐俏女郎》(电视剧)

卡洛琳：也许我们可以找个时间看场电影。

德尔：好啊，什么时候？

卡洛琳：今晚怎么样？

德尔：哦，今晚不行。我还有点事。

卡洛琳：有点事……是选择性手术？

德尔：没有。我有，嗯，呃……

卡洛琳：哦，戴尔，我是个成年人。如果你有约会，就直接告诉我。

德尔：好的，我有个约会。

卡洛琳：约会？一个约会？

德尔：对，是你说我们应该，你知道的。继续我们的生活。

卡罗琳：**我们本该这样。事实上，有点巧，我刚想起来，**

我今晚也有个约会。

德尔：真的吗？

卡洛琳：好像有点尴尬，是吧？我先和你约会，然后后面还有个热烈的约会。

7. 暗示而非下结论

还记得"2+x=5"这个等式吗？我们如何自动得出"x=3"的？当剧本页面暗示出一些事情，而不是公开讲述这些事情时，就能让读者自己得出结论，乐在其中。暗示是潜台词；结论可能非常简单直接。选择很明确。通过技巧和艺术创造制造出有暗示意义能让读者猜测出真实意义的对话是你的职责。以下是专业人士的做法：

《银翼杀手》

狄卡：你的记忆从哪儿来？

蒂雷尔：在瑞秋案例中，我只是简单地复制和再生了我16岁侄女的大脑的细胞。瑞秋记得我小侄女记得的事。

狄卡：**我看过一部老电影。那家伙脑袋里装着螺栓。**

《桃色公寓》（比利·怀尔德，I.A.L. 戴蒙德）

弗兰（*解释粉盒里破裂的镜子*）：我喜欢这样。它让我看起来就像我感觉的那样。**当你爱上一个已婚男人的时候，你不应该化浓妆。**

《爱是妥协》

艾丽卡：所以我不知道……你是恨我，还是唯一一个懂我的人。

哈利：**我不恨你。**

《天才反击》

米契（*从笔记中读出*）：确实是搞错了，我想你们犯错了。看，你把最后两步颠倒过来了。

卡特（*抢过笔记*）：我不出错……（*读*）……**通常。**

8.隐喻或象征性对话

就像叙事描述一样，你可以在对话中使用隐喻来象征角色的思想或情感，而不是用一种明显的方式将其表达出来。

《桃色公寓》

舍尔爵克（*握住她的手*）：我想你回来，弗兰。

弗兰（*没抽回她的手*）：对不起，舍尔爵克先生——**我没胃口了。你得乘下一部电梯了。**

……

巴德：你知道，我过去的生活**像鲁滨孙漂流一样，在800万人的海洋里遭遇海难。**然后**有一天，我在沙滩上看到了一个脚印——你就在那里。**这是美妙的事，两个人的晚餐。

《杯酒人生》

杰克：不，我想我们两个都疯起来。我们应该放纵一下。我是说，这是我们最后的机会。这是属于我们俩的一周！我们应该分享点什么。

一位大龄女服务员走过来。

服务员：您要点什么？

杰克：但我警告你。

迈尔斯：燕麦粥、荷包蛋和黑麦吐司。干的。

服务员：好的。您呢？

杰克（*盯着迈尔斯*）：**猪肉卷。多加糖。**

《尽善尽美》

西蒙：你还觉得我在夸大其词吗？

弗兰克：**这绝对是一个你不想打开、不想碰的包裹。**

《百万金臂》

斯吉普：听着，伙计们，你们有一个选择。你想为迈达斯消音器把排气管焊到凯迪拉克的屁股上去烤你的蛋蛋……（*停顿*）还是想坐在凯迪拉克里，而另一家伙穿着工装拿着喷灯到处爬？（*停顿*）人生中只有两个地方——在凯迪拉克里或凯迪拉克底下。

看看《双重赔偿》里比利·怀尔德的经典场景。注意他如何通过使用汽车、警察和超速罚单的隐喻来避免老套的搭讪和典型的诱惑性对话：

内夫：我希望你能告诉我脚链上刻的是什么。

菲利斯：只是我的名字。

内夫：比如说？

菲利斯：菲利斯。

内夫：菲利斯，哈。我喜欢这名字。

菲利斯：但你不确定。

内夫：我得**开着它绕着街区转几圈**。

菲利斯（*站起来*）：内夫先生，你为什么不明晚八点半左右过来一下？他那时在。

内夫：谁？

菲利斯：我丈夫。你很想和他谈谈，不是吗？

内夫：是的。但我有点不记得这个想法了，如果你能明白我的意思的话。

菲利斯：这个州有**限速**，内夫先生，**每小时 45 英里**。

内夫：**警官，我开得有多快？**

菲利斯：**时速 90 英里左右。**

内夫：**假设你从摩托车上下来，给我一张罚单。**

菲利斯：**假设我这次给你个警告就放过你。**

内夫：假设它没发生。

菲利斯：假设我要给你点颜色瞧瞧了。

内夫：假设我突然大哭起来，把头靠在你的肩膀上。

菲利斯：你试试把它放在我丈夫的肩膀上。

内夫：那就太糟糕了……

9. 将情感物化

另一个经典场景是《码头风云》（巴德·舒尔伯格）里，特里和伊迪穿过公园，互相闲聊。他们走着走着，伊迪不小心掉了一只白手套。特里捡起它，拍干净，但没有马上还回去，而是拿着它，戴到左手上。这是一个将情感具体化的好例子。在这种情况下，戴上手套象征着他想接近她的渴望。这种技巧类似于"以行动作为反应"，只是在这里，角色没有对任何东西做出反应，而是将情感物化，而不是用语言表达出来。下面有更多的例子：

《末路狂花》

赛尔玛：我猜你还没有吉米的消息……嗯？

路易丝下颌收紧。汽车加速。

赛尔玛：……不要紧。

……

J.D.：哦……路易丝在哪儿？

赛尔玛：她跟吉米走了，那是她男朋友。

J.D.：我想你会有点孤单。我总觉得汽车旅馆的房间让人感到孤独。

赛尔玛假装她对这类事情很有经验。

赛尔玛（**让他进门**）：哦，是的，好吧，的确这样。

《杯酒人生》

在杰克的追赶下，迈尔斯冲下山坡，同时大口喝着瓶子里的酒。

几英里后他慢了下来，走在两边满是葡萄架的小路上。他把瓶子里的酒喝光然后扔了出去。杰克气喘吁吁地在旁边的葡萄藤走廊里追上他。

迈尔斯表情崩溃，好像要哭了。然后他倒在地上，紧闭双眼。

……

　　一个有气球装饰的标牌上手写着："接待处请往这里走！"箭头指向右边。

　　一辆接一辆的小汽车正在往右转。但轮到迈尔斯时，他却向左转。

10. 以问题来回答问题

　　这种对话风格，就是用一个问题来回答另一个问题。通常，当某人有什么东西要隐藏或不想把想法告诉任何人时，就用这种防御技巧。这也是这种技巧经常用于黑色电影的原因。在黑色电影里，回答侦探询问的陈词滥调通常是"谁想知道？"或"跟你有什么关系？"下面还有更多的例子：

　　《窈窕淑男》(拉里·吉尔巴特、莫瑞·西斯盖、唐·麦圭尔)

　　丽塔：我想让她看起来更迷人一点。你能退后多远？

　　摄影师：**你觉得克利夫兰怎么样？**

　　《猎爱的人》(朱尔斯·费弗)

　　乔纳森：你什么时候上的高中？

　　苏珊：**今年暑假你要做什么？**

　　乔纳森：**你为什么用提问来回答我的问题？**

　　苏珊：**你为什么和你最好的朋友的女朋友约会？**

　　《尽善尽美》

　　梅尔文走回公寓，正要关门，西蒙又鼓起了勇气。

西蒙：你……对他做了什么？

梅尔文：**你知道我在家工作吗？**

西蒙（*垂下眼睛*）：不，我不知道。

11. 通过节奏彰显情感

正如你之前读到的，节奏是受角色情绪影响的对话速度。例如，当他平静下来时，他语速正常；生气时，他语速很快，句子简短而生硬；高兴时，他语速很快；悲伤时，语速缓慢而犹豫，时而停顿，时而重新开始。这就是为什么场景中使用节奏对比是个性化角色声音的好方法。在此，你不需要担心对比，只需要传达出你想传达的特定角色的节奏即可。一旦你弄清他们的情绪，你就可以通过改变对话的速度以传达他们的感觉和态度，而不用直接说出来。下面这个例子来自电视剧《吉尔莫女孩》，洛瑞不仅通过说话速度，还通过电视片段中说出的单词量传达她的焦虑和不安感：

迪恩：我是迪恩。

洛瑞：嗨。（*顿了一下，然后意识到*）哦。洛瑞。我。

迪恩：洛瑞。

洛瑞：嗯，严格来说是罗蕾莱。

迪恩：罗蕾莱。我很喜欢。

他对她微笑。她温柔起来。

洛瑞：这也是我妈妈的名字。她用自己的名字给我取名。她躺在医院里，想到男人总用自己的名字给男孩取名，你知道吗？那么，为什么女人不能呢？她的女权主义思想刚刚开始冒头。虽然我个人认为派替啶也影响到这个决策。（*停顿*）我从来没说过这么多话。

12. 揭示性格特点和态度

在对话中添加潜台词的另一种方式是通过角色的讲话来暗示角色个性，这种技巧是隐含的，而不是由另一个角色公开讲述。例如，倘若你创造出一个有趣或讽刺的角色，要让读者通过他的对话来发现他的特点，而不是让另一个角色说"哇，你是个有趣的家伙"或"不必挖苦"。更多关于这个技巧的信息，你可以参考前面"揭示态度和特征"一部分。当人物说话时，读者应该就能知道他们是谁。

13. 场景语境可以提供潜台词

方法派表演老师桑福德·迈斯纳（Sandford Meisner）提供了一个练习，让两个演员面对面坐着，说出四行或更多的琐碎对话。对话必须同样保持无聊，只是无关紧要的闲谈。每次改变的都是场景的背景——即每个角色对彼此的感觉，或者场景开始前的经历。他们互相吸引吗？他们互相憎恨吗？一个是想从另一个那儿得到钱，还是伤害他？在不同的背景中，同样"普通"的对话突然呈现出不同的含义，每一种背景都赋予同一句台词新的潜台词。看看这些例子，并注意"我恨你"这句简单的话如何在场景背景和角色情绪变化时呈现出不同的含义：

一位悲伤的丈夫对死去的妻子大喊。

丈夫：我恨你……

他哭了起来。

一位有追求的女演员对自己刚刚赢得奥斯卡奖的偶像。

女演员：我恨你……

她笑了。

《当哈利遇到莎莉》的高潮部分

莎莉（几乎要哭了）：我恨你，哈利……我恨你。

他们吻起来。

14. 沉默

前一章讨论的"少即多"原则同样适用于对话。读读你的陈词滥调——沉默是金，沉默胜于雄辩，沉默时震耳欲聋。最重要的是，沉默可以非常有效地传达一种特定思想或情感，而不是诉诸直白的对话。无论是压倒性而非自愿的情绪，还是有意忽略某个评论或问题带来的沉默，它都能唤起读者的情感反应，如下面的例子所示：

《末路狂花》

路易丝：没用的。

赛尔玛：为什么呢？！

路易丝：没有物证。我们没法证明是他干的。我们现在可能都没法证明他碰过你。

他们俩停了一会儿。

赛尔玛：上帝啊。法律真是麻烦透顶，不是吗？

然后——

赛尔玛：你是怎么知道这些的？

路易丝没有回答这个问题。

《肖申克的救赎》

安迪：我做完了。现在就停。让布洛克税务公司申报你的收入。

诺顿猛地站起来，眼里闪着愤怒。

诺顿：什么也不能停！不能！否则你会吃尽苦头。再也没有守卫保护你。我会把你从只有一个铺位的希尔顿单间里拉出来，然后把你和我能找到的最极致的同性恋关在一起。日日夜夜轮奸不休！图书馆？没有了！一块砖一块砖地封起来！我们会在院子里把书都烧掉！几英里外的人们都能看到火焰！我们会像印第安人一样围着它跳舞！你明白我的意思吗？你明白我的意思了吗？

镜头缓慢推向安迪的脸上。眼神空洞。他被打败的表情说明了一切……

什么情况下可以接受直白对话

在我的对话课上，经常看到学生们满脸呆滞，因为他们明白要创作出精彩的对话需要付出多少努力。有些人甚至想知道，是否整本剧都要保持这种高水平的精彩对话。我的回答是，这不会有什么坏处。你在对话中运用的技巧越多越好，前提是对话要忠实于场景的动态变化。然而，当涉及潜台词时，请记住，当心理上面临着很大风险时，角色往往并不会把话直接说出来。潜台词是一种防御机制，保护说话者不受他们说出的话语的情绪影响。这意味着，当你可以安全地说出心中所想时，直白的对话也行。

实际上，面对三种情况时，直白的对话不仅可以接受还很可信。

1. 情感上安全时

在情感上感到安全时，角色可能会直接说出心中所想。想想第一次约会时，你会用潜台词说出心中所想，而一对幸福的夫妇则会毫无保留地交流。使用直白对话的场合是角色置身于安全可信的环境中，对**最好的朋友、知己、婴儿、宠物、治疗师、忏悔室的牧师或他自己说话**。当你和某人完全自在时，你不必用潜台词或小心翼翼地和他们相处。你可以诚实、放松、直接地跟他们交流。当**角色直接与我们对话**，打破第四堵墙，我们就会看到这样的例子：比如《失恋排行榜》和《安妮·霍尔》；或者通过画外音，比如《日落大道》和《美国丽人》。在这些地方，我们成为角色最好的朋友、治疗师和知己。《爱在黎明破晓前》中有一个很精彩的场景，两个角色在一家餐厅里用手机和各自最好的朋友聊天。但这只是一段假想的对话。其实他们俩各自拿着手机在告诉自己的"朋友"，他们如何在火车上相遇，以及对彼此的感觉。从技巧上讲，他们的对话很直白，但因为他们是与"最好的朋友"分享自己内心最深处的想法，而不是彼此之间，所以这完全可行。

2. 在来之不易时，在高潮部分

你有没有想过，为什么会在写得很精彩的专业剧本中看到直白的对话？这是因为它经常出现在高潮部分，当角色一直控制着自己的情绪，再也压抑不住，到高潮时就爆发了出来。换句话说，使用直白对话的权利要通过整本剧本的努力才能获得。在《美国丽人》的高潮时刻，安吉拉问莱斯特："你想要什么？"他回答："你在开玩笑吗？我想要的是你。"没有比这更直接的对话，但它似乎又没那么直白，因为这种感觉是通过剧本的潜台词传达出来的，通过整本剧本获得了直接表达的权利。

3. 简单而切中要害时

最后一点，在剧本里，最有效的对话往往是最简单的对话，当所有花里胡哨的东西都被删除时，角色能够准确地表达出自己的意思。编剧兼导演詹姆斯·卡梅隆说："有时候最难的事情就是表现得显而易见，因为那不是你的本能。你的本能是想更巧妙一些。你试图为一个戏剧性问题找一个聪明、优雅的解决方案，而最好的办法可能就是让这个人说出他的想法。"有时候，当想法简单而又能切中要点时，它听起来不太像直截了当的对话，就像《诺丁山》（理查德·柯蒂斯）中那个感人的例子，安娜对威廉说："我也只是一个女孩，站在一个男孩面前，请求他爱她。"

需要大量改写

在约翰·布雷迪的《编剧的技巧》（*The Craft Of The Screenwriter*）一书中，帕迪·查耶弗斯基[1] 提供了下列关于创造优秀对话的建议："我费尽心思地写出精彩的对话，因为我知道自己想让角色说什么。我想象着这个场景；我可以想象他们在屏幕上的样子；我试着想象说什么，怎么说，并让角色保持这种感觉。对话就是这样产生的。我想这对世界上所有的编剧都适用。然后，我改写它。把它删掉，然后改进，直到尽可能得到精确的场景。"写对话的艺术没法再表达得更多了。有效的对话通过试错形成。不要期望你的初稿就能产生精彩的对话。关键是在初稿中写出自己想到的所有东西，随后在改写时应用本章中提到的各种技巧对相关的内容进行优化。写出来，改写，删掉，打磨，完善，润色，直到它光芒四射吸引住读者。

测试你的对话

另一个提升对话技巧的有效方法是测试你已经写好的内容。大

1　译者注：帕迪·查耶弗斯基（Paddy Chayefsky），编剧，代表作品有《变形博士》《电视台风云》等。

声朗读你写的对话，或者让别人像日常说话一样大声朗读对话。电视节目里经常这样做，演员们聚在一起"桌上朗读"。我认识的作家经常会安排活动来朗读他们的初稿，以测试对话听起来效果如何。当演员说话时，编剧会坐下来细听，并在剧本里做笔记。你自己就可以做到这点。大声朗读对话，看看它是否"合格"。听起来像真人说话吗？流畅吗？能推动故事发展吗？能否显示或创造出紧张感？最重要的是，它对读者的情绪有影响吗？它能否以任意方式打动你——让你笑，让你哭，让你兴奋到不停地翻页，看看接下来会发生什么。

研究对话大师

　　这一点再怎么强调都不为过：如果你想学习写一本优秀的剧本，你就必须阅读、研究和分析优秀剧本。从概念到对话，每一个技巧元素都是如此。事实上，本书中提到的技巧在卓越的剧本中都能看到它们在实践。我的方法很简单：读剧本；遇到一个能影响我情绪的时刻——任何有情绪影响的事情；用彩笔做标记；然后分析它是如何实现这点的，从而发现一种技巧，并应用到自己的写作中。任何人都能做到这一点。这不是火箭科学，但你必须读剧本。说到精彩的对话，你必须读一读下面这些人写的广播稿或剧本：帕迪·查耶夫斯基、比利·怀尔德[1]、大卫·马麦特、伊桑·科恩、乔尔·科

1　译者注：比利·怀尔德（Billy Wilder）（1906—2002），美籍犹太裔电影导演、编剧、制片人。获得过两届奥斯卡金像奖最佳导演奖、两届奥斯卡金像奖最佳原创剧本奖、第18届奥斯卡金像奖最佳改编剧本奖、第1届戛纳国际电影节金棕榈奖、第60届奥斯卡金像奖欧文·G.撒尔伯格纪念奖。代表作《妮诺契卡》《患难之交》《飞来福》等。

恩、罗伯特·里斯金[1]、昆汀·塔伦蒂诺、罗伯特·唐尼、艾伦·索金、尼尔·西蒙[2]、约瑟夫·L.曼凯维奇[3]、恩斯特·莱赫曼[4]、约翰.斯洛斯[5]、沙恩·布莱克、埃里克·博高森[6]、凯文·史密斯[7]、詹姆斯·L.布鲁克斯[8]、伍迪·艾伦、斯科特·罗森伯格[9]、斯科特·弗兰克[10]、理查

1　译者注：罗伯特·里斯金（Robert Riskin），影视编剧、制作人及导演。获得第7届奥斯卡最佳改编剧本奖。主要作品有《奇特的爱》《奇迹》《迪兹先生》等。

2　译者注：尼尔·西蒙（Neil Simon）（1927—2018），美国编剧、制片人。主要作品有《加州套房》《再见女郎》《阳光小子》。

3　译者注：约瑟夫·L.曼凯维奇（Joseph L. Mankiewicz）（1909—1993），美国编剧、导演、演员。获得两届奥斯卡金像奖最佳导演奖、两届奥斯卡金像奖最佳编剧奖、第44届威尼斯国际电影节终身成就金狮奖。代表作品《曾经有个狡诈的男人》《明星猜猜看》。

4　译者注：恩斯特·莱赫曼（Ernest Lehman）（1915—2005），美国编剧，代表作品《西北偏北》《新龙凤配》《情归巴黎》。

5　译者注：约翰.斯洛斯（John Sayles），美国制作人、演员，主要作品有《少年时代》《爱在午夜降临前》《伯尼》。

6　译者注：埃里克·博高森（Eric Bogosian）（1953— ），美国编剧、演员。主要作品有《杀手悲歌》《法律与秩序》。

7　译者注：凯文·史密斯（Kevin Smith）（1970— ），美国导演、编剧、演员。主要作品有《疯狂店员》《怒犯天条》《泽西女孩》。

8　译者注：詹姆斯·L.布鲁克斯（James L. Brooks）（1940— ），美国制片人、剧作家与电影导演。曾获3次奥斯卡奖与20次艾美奖；同时，他还是金球奖的持有者。代表作品《尽善尽美》《甜心先生》《广播新闻》《母女情深》《辛普森一家》。

9　译者注：斯科特·罗森伯格（Scott Rosenberg）（1963— ），美国编剧、制片人、演员、导演。代表作品《魔界奇谭》《十月之路》等。

10　译者注：斯科特·弗兰克（Scott Frank）（1960— ），美国影视导演、编剧、制作人、演员、副导演。代表作品《少数派报告》《金刚狼2》《金刚狼3》。

德·拉格拉凡尼斯、诺拉·艾芙隆[1]、凯文·威廉姆森[2]、埃尔莫·伦纳德（小说家）[3]等。这绝不是一个详尽的列表，只是为你开始阅读提供足够多的名单。你不会在这些优秀的对话编剧身上虚耗时光。

1　译者注：诺拉·艾芙隆（Nora Ephron）美国编剧，代表作《万物皆复品》《神奇牛仔裤》。

2　译者注：凯文·威廉姆森（Kevin Williamson）（1965—），美国编剧、制片人、演员、导演。代表作《吸血鬼日记》《恋爱时代》。

3　译者注：埃尔莫·伦纳德（Elmore Leonard）（1925—2013），美国小说家、编剧。全美最具影响力的畅销书作家之一。代表作品《矮子当道》《战略高手》《决斗犹马镇》《一酷到底》《危险关系》等。

第十一章

最后的思考：
在纸上作画

> 我听见了，我忘记了；我看到了，我记住了；我
> 做了，我理解了。
>
> ——中国谚语 [1]

这种充满情感冲击的写作技巧让读者惊叹不已，现在我们来到这段刺激的写作旅程的终点。我希望它能给你带来新的领悟和灵感，让你找到创作优秀故事的方法——本书中的大多数技巧在小说、非小说和剧本创作中都同样适用。

把这本书放在手边，当你在页面上遇到平淡的时刻就拿起看看。把它想象成你的写作伙伴，你可以问问他："我怎样才能让这篇文章更具悬念，或让对话更清晰？"多翻几页纸，就能找到答案。记住，这些技巧只是用来激发读者情感反应的工具。要创造伟大的艺术作品，你仍然需要为它增加你的个人魔力——即你独特的视野、你的原创性和创造力。

这些技巧并不是规则，只是几千年来在戏剧叙事领域里行之有

1　译者注：吾听吾忘，吾见吾记，吾做吾悟。出自《中庸》。

效的例子。唯一绝对的、万无一失的、牢不可破的规则，就是永远不要让你的文章无聊，这点永远毫无例外。在今天的好莱坞，随着大量的剧本争夺读者的注意力，你承担不起枯燥的一页。我知道这似乎是一个极端的标准，但这就是对专业编剧的期望。仔细想想，他们不仅要把纸上的单词串在一起，还要有情感影响，才能吸引有识之士满怀激情地加入这个项目。要达到这个标准，你很可能需要重写剧本。

重写提示

> 只有平庸的作家才总是处于最佳状态。
>
> ——威廉·萨默塞特·毛姆[1]

这不是你重写多少次剧本的问题，而是你必须做什么才能让它起作用，换句话说，要唤起读者期待的情感反应。专业作家和有追求的写作者之间的区别在于，专业作家能够识别没有情感影响的平淡作品，并愿意尽可能多地重写它。

在写作过程中，这一必要步骤最重要的部分是，没人知道你要重写多少次才能写出精彩的剧本。重要的是，除非你负责处理一个记录了重写记录和日期的剧本，否则没人想知道你在创作最终稿时在身体和情感上经历过什么。加州大学洛杉矶分校编剧项目的联合

1　译者注：威廉·萨默塞特·毛姆（W. SomerSet Maugham）（1874—1965），英国小说家、剧作家。代表作有戏剧《圈子》，长篇小说《人生的枷锁》《月亮和六便士》，短篇小说集《叶的震颤》《阿金》等。

主席理查德·沃尔特（Aichard Walter）说："重写就像在镜头上寻找焦点。你永远不会在第一次旋转时就找准焦距。你从失焦到对焦，再到跑焦，接着再调整，然后将镜头旋转到最清晰的画面。"

首先，你必须知道什么需要重写。这需要能区分好与不好的写作。来自编剧小组和剧本顾问的外部反馈也很重要。大多数初学者认为，重写就是这里调整一个角色，那里改变一些对话，也许增加一个场景，或者删除另一个场景。事实上，重写是一项艰巨的任务——有时甚至比写初稿工作量还要大。

就像专业的抄写员会对剧本抄写做规划一样，大多数人在做重写规划时，会在每一遍都专注于某个特定元素。例如，一旦有了初稿，你知道什么需要重写，你就可以专注于角色，确保他们的行动和对话一致。然后，你可以把注意力集中到结构，确保剧本的流畅性，使场景井然有序对故事的讲述至关重要。然后，你可以专注情节，确保情节没有漏洞，遵循明确的因果关系，没有任何矛盾之处。最后，进行润色，纠正任何格式和拼写错误，将之前所有可能更改的内容整合起来，并以对话结束。

这个过程很简单，却又很困难：写初稿——得到反馈——重写——得到反馈——重写——必要时尽可能多地重复。

这只是重写计划的一个例子。当然，职业编剧还会以其他的方式重写剧本——在我的《编剧自我修养》一书中，我分享了很多方法。重要的是什么对你有效。你可以完成初稿，然后重写；或者你也可以边写边重写，就像加州大学洛杉矶分校的资深教授卢·亨特（Lew Hunter）那样，他当天一写完就会重新写，然后在睡觉前再重写一遍。接着，第二天早上他会再重写一遍，然后写下一页。这样就像同时写三份草稿。

通过读脚本学习更多

欧内斯特·米勒尔·海明威曾经说过："找出能唤起你情感的东西，找出能让你兴奋的行为，然后把它们记录下来，写清楚，这样读者也能看到。"这条建议不仅是"展现，而非讲述"的好方法，也是向优秀作家学习新技巧的最好方法。当你阅读剧本时，标出那些让你有任何感觉的部分，无论是大笑、恐惧、好奇、期待、悲伤、同情、喜欢，还是不喜欢，并分析这种效果是如何产生的。我的写作小组里有位编剧，她有个习惯，每当她喜欢页面上的东西时，就会画上笑脸和打钩。这些都是在分析你对材料的情感反应。当你意识到自己因为太专注于剧本而忘了自己在哪里时，问问自己为什么。是什么让你如此紧张？同样地，当你发现自己与故事脱节，或者因为业余爱好者的缺点而分心时，找出原因，并学习如何在写作中避免犯同样的错误。

但你必须读剧本，而不仅仅是看电影。阅读剧本将迫使你专注于处理由页面的文字所引起的情感反应，这是你作为编剧表达艺术的唯一工具。完整的电影包含表演、导演、剪辑、摄影、布景设计和音乐等，而阅读可以让你在不受这些东西的影响下，发现专业编剧的戏剧写作技巧和诀窍。

在书页上，你是一名画家

> 给我讲个故事！假如没有故事，你只是在用文字
> 证明你能把它们串成有逻辑的句子。
>
> ——安妮·麦卡芙瑞[1]

　　成功的编剧总能考虑到特定的情感，尤其是读者的本能反应。你也可以这样做。你是纸上的画家，情感是你调色板上的色彩。剧本中的每个字、每一行、每一刻都会引起读者的反应。让他感到无聊还是兴奋，完全由你决定。一个伟大的艺术家能够绝对控制这些反应。

　　永远不要忘记你在做情感传递的工作。故事里，情感就是一切，而好莱坞是个出售情感的行业，精心包装情感并销往世界各地。了解它们，就像画家了解光谱中每种颜色的能量。如果你把情感放在场景的焦点位置，文字就会消失，读者就会沉迷在剧本里。

　　如果你刚开始写剧本，我建议你把这本书放在一边，多读几本关于剧本创作基础的书，这样你就能先打下坚实的基础，再磨炼你的技巧。先学会建构架，再处理肌肉、神经和皮肤的细微差别。

　　如果你是新手上路在写头几个剧本，耐心点。你的重点应该是修炼技巧，而非担心市场营销、找经纪人或推销剧本。尽可能多地学习你需要的课程，特别是加州大学洛杉矶分校的作家提升项目，无论是在线学习还是去校园学习都可以，尽可能多地阅读书籍和剧

1　译者注：安妮·麦卡芙瑞（Anne Mccaffrey）（1926—2011），美国人，她被人们称为"巨龙之母"，代表作《维乐搜索》获得雨果奖优秀中长篇小说奖。

本，并不断地写剧本，直到不止一个读者（不包括你的朋友或家人）告诉你，他们真的很喜欢读它。

　　如果你能得到一些奖励，如进入比赛的决赛，出售或预售剧本，或得到经纪人、经理支持你的作品，希望你能给我发邮件，或在我的任何研讨会上找到我，并分享好消息。祝你好运，写作愉快！

电影名称中英文对照表（译者注）

Albino Crocodile 白色鳄鱼

Home Alone 小鬼当家

The Talented Mr. Ripley 天才瑞普利

Forrest Gump 阿甘正传

Being There 富贵逼人来

Edward Scissorhands 剪刀手爱德华

Citizen Kane 公民凯恩

As Good As It Gets 尽善尽美

Rebel Without a Cause 无因的反叛

Finding Nemo 海底总动员

Spiderman 蜘蛛侠

Die Hard 虎胆龙威

D.O.A. 死亡漩涡

Ferris Bueller's Day Off 春天不是读书天

No Way Out 谍海军魂

Raiders of the Lost Ark 夺宝奇兵

Tootsie 窈窕淑男

It's a Wonderful Life 生活多美好

Mary Poppins 欢乐满人间

Frasier 欢乐一家亲

Seinfeld 宋飞正传

All About Eve 彗星美人

The Sound of Music 音乐之声

The Sixth Sense 第六感

Lethal Weapon 致命武器

A Fish Called Wanda 一条叫旺达的鱼

Rocky 洛奇

Armageddon 世界末日

Beauty and the Beast 美女与野兽

Casablanca 卡萨布兰卡

Brave heart 勇敢的心

On the Waterfront 码头风云

Mrs. Doubtfire 窈窕奶爸

To Kill a Mockingbird 杀死一只知更鸟

The Godfather 教父

Citizen Kane 公民凯恩

Patton 巴顿将军

Beverly Hills Cop 比佛利山超级警探

One Flew Over the Cuckoo's Nest 飞越疯人院

Tender Mercies 温柔的怜悯

Schindler's List 辛德勒的名单

Norma Rae 诺玛·蕾

The Right Stuff 太空先锋

Whale Rider 鲸骑士

Rambo 第一滴血

48 Hrs 48 小时

the Shawshank Redemption 肖申克的救赎

Shakespeare in Love 莎翁情史

Page One《纽约时报》头版内幕

Lethal Weapon 致命武器

Blaue Runner 银翼杀手

Se7en 七宗罪

The Long Kiss Goodnight 特工狂花

Aliens 异形

Something's Gotta Give 爱是妥协

Sideways 杯酒人生

American Beauty 美国丽人

Big Fish 大鱼

Axi Driver 出租车司机

Rocky 洛奇

Body Heat 体热

Casablanca 卡萨布兰卡

Thelma and Louide 末路狂花

The Lost World: Jurassic Park 侏罗纪公园 2：失落的世界

The Matrix 黑客帝国

The Shawshank Redemption 肖申克的救赎

Lethal Weapon 致命武器

Entrapment 偷天陷阱

Rush Hour 尖峰时刻

Cheers 干杯酒吧

Real Genius 天才反击

Annie Hall 安妮·霍尔

A Few Good Men 好人寥寥

The Silence of the lambs 沉默的羔羊

As Good as It Gets 尽善尽美

Millre's Crossing 米勒的十字路口

Who's afraid of virginia woolf 灵欲春宵

Notting Hill 诺丁山

Silverado 西瓦拉多大决战

L.A. Story 爱就是这么奇妙

The Thin Man 瘦子

Caroline in the City 欢乐俏女郎

North by Northwest 西北偏北

From Dusk Til Dawn 杀出个黎明

Shampoo 洗发水

Butch Cassidy and The Sundnce Kid 虎豹小霸王

Almost famous 几近成名（卡梅伦·克罗）

Psycho 惊魂记

The Last Boy Scout 终极尖兵

American Graffiti 美国风情画

Bedazzled 神鬼愿望

Four Weddings and Funeral 四个婚礼和一个葬礼

Basic Instinct 本能

Erin Brockovich 永不妥协

Cruel Intentions 危险性游戏

Bull Durham 百万金臂

Austin Powers: The Spy Who Shagged Me 王牌大贱谍2

Apocalypse Now 现代启示录

Double Indemnity 双重赔偿

On The Waterfront 码头风云

Gaslight 煤气灯下

Gilmore Girls 吉尔莫女孩

Monty Python's Flying Circus Sketch 巨蟒剧团之飞翔的马戏团

Glengarry Glen Ross 大亨游戏

Raising Arizona 抚养亚利桑纳

Sleeper 傻瓜大闹科学城

Chinatown 唐人街

The African Queen 非洲女王号

Moonstruck 月色撩人

Sneakers 通天神偷

Executive Decision 最高危机

The Fugitive 亡命天涯

Lethal Weapon 2 致命武器2

Marathon Man 霹雳钻

Sunset Boulevard 日落大道

Duck Soup 鸭羹

Patton 巴顿将军

It Happened One Night 一夜风流

Real Genius 天才反击

City Slickers 城市乡巴佬

Clerks 疯狂店员

Terms Of Endearment
母女情深

Fargo 冰血暴

Some Like It Hot 热情似火

Two and a Half Men 好汉两个半

Swingers 换妻俱乐部

Toy Story 玩具总动员

Rocky 洛奇

Sports Night 体育之夜

Reservoir Dogs 落水狗

A Clockwork Orange 发条橙

Galaxy Quest 惊爆银河系

Armageddon 世界末日

The Bourne Supremacy 谍影重
重 2

Network 电视台风云

Sex，Lies，and Videotape 性、
谎言和录像带

Unforgiven 不可饶恕

The Apartment 桃色公寓

Tootsie 窈窕淑男

Carnal Knowledge 猎爱的人

High Fidelity 失恋排行榜

Sunset Boulevard 日落大道

Before Sunrise 爱在黎明破晓前